UWE KLAUSNER

Die Bräute des Satans

MEIN IST DIE RACHE Kloster Maulbronn, im Jahre 1417. Die Hennen legen nicht, die Kühe geben kaum Milch, der Wein schmeckt wie Essig. Und als das Bauernmädchen Mechthild der Zauberei verdächtigt wird, ist die Krise perfekt. Bruder Hilpert, dem erst vor ein paar Wochen ins Kloster heimgekehrten Bibliothekar, stecken seine bisherigen Fälle noch in den Knochen und er hält sich zunächst bedeckt. Da der Abt jedoch am Konstanzer Konzil teilnimmt und der Prior das Bett hüten muss, tut Bruder Hilpert alles, um die Gemüter zu beruhigen und den klösterlichen Frieden wieder herzustellen. Doch das Unheil nimmt seinen Lauf. Kaum hat er mit seinen Ermittlungen begonnen, wird der verkohlte Leichnam eines Mitbruders gefunden. Vom Täter, der auf einem Pergamentröllchen die Buchstaben EST hinterlassen hat, fehlt dagegen jede Spur. Dann geschieht auch noch ein weiterer Mord – und wieder wird ein Schild mit einer geheimnisvollen Aufschrift gefunden ...

Uwe Klausner wurde in Heidelberg geboren und wuchs dort auf. Sein Studium der Geschichte und Anglistik absolvierte er in Mannheim und Heidelberg, die damit verbundenen Auslandsaufenthalte an der University of Kent in Canterbury und an der University of Minnesota in Minneapolis/USA. Heute lebt Uwe Klausner mit seiner Familie in Bad Mergentheim. Neben seiner Tätigkeit als Autor hat er bereits mehrere Theaterstücke verfasst, darunter »Figaro – oder die Revolution frisst ihre Kinder«, »Prophet der letzten Tage«, »Mensch, Martin!« und erst jüngst »Anonymus«, einen Zweiakter über die Autorenschaft der Shakespeare-Dramen, der 2019 am Martin-Schleyer-Gymnasium in Lauda uraufgeführt wurde.

UWE KLAUSNER
Die Bräute des Satans
Historischer Roman

GMEINER

Immer informiert

Spannung pur – mit unserem Newsletter informieren wir Sie regelmäßig über Wissenswertes aus unserer Bücherwelt.

Gefällt mir!

Facebook: @Gmeiner.Verlag
Instagram: @gmeinerverlag
Twitter: @GmeinerVerlag

Besuchen Sie uns im Internet:
www.gmeiner-verlag.de

© 2010 – Gmeiner-Verlag GmbH
Im Ehnried 5, 88605 Meßkirch
Telefon 0 75 75/20 95-0
info@gmeiner-verlag.de
Alle Rechte vorbehalten
6. Auflage 2023

Lektorat: Claudia Senghaas, Kirchardt
Herstellung: Daniela Hönig
Korrekturen: Katja Ernst / Doreen Fröhlich
Umschlaggestaltung: U.O.R.G. Lutz Eberle, Stuttgart
unter Verwendung des Bildes »Die Sieben Sakramente« von Rogier van der Weyden, aus: 5.555 Meisterwerke © 2000 Directmedia
Druck: Custom Printing Warschau
Printed in Poland
ISBN 978-3-8392-1072-7

DRAMATIS PERSONAE

(Intra muros[1])

HILPERT VON MAULBRONN, 37, Bibliothekarius

BRUDER GERVASIUS, 51, Cellerar

ALANUS, 17, Novize

BILLUNG VON STEINSFURT, 19, Novize

GOZBERT VON PFULLINGEN, 17, Novize

DIEPOLD VON GERMERSHEIM, 16, Novize

BRUDER THADDÄUS, 68, Pförtner

BRUDER ACHATIUS, 44, Granarius

BRUDER VENANTIUS, 33, Vestiarius

BRUDER MARSILIUS, 44, Infirmarius

BRUDER SIMPLICIUS, 30, Sakristan

---

[1] dt.: innerhalb der (Kloster)mauern

Bruder Cyprianus, 24, Novizenmeister

Adalbrand, 27, Prior

Bruder Oswin, 29, Elemosinarius

Albrecht von Ötisheim, Abt

DRAMATIS PERSONAE

(Extra muros[2])

WALPURGIS, 29, Dienstmagd

GRETE, Schwägerin von Walpurgis

ZIEGEN-VRONI, Hirtin

∽⦁∽

MECHTHILD, 16, Dienstmagd auf dem Schafhof

REMIGIUS VON OTRANTO, 38, Generalabt der Dominikaner und Großinquisitor

CUNTZ, 62, Stallknecht

ELS, 53, Dienstmagd und Armenpfründnerin

HIERONYMUS BALDAUF, 22, Studiosus zu Heidelberg

CESARE BALTAZZI, 25, Otrantos rechte Hand

---

[2] dt.: außerhalb der (Kloster)mauern

Lutz, 14, Hirtenjunge auf dem Schafhof

Berengar von Gamburg, 30, Vogt des Grafen von Wertheim

KLOSTERÄMTER

ABT, Klostervorsteher

PRIOR, Stellvertreter des Abtes

~⚬~

BURSARIUS, Verwalter der klösterlichen Finanzen und des gemeinschaftlichen Barvermögens

CELLERAR, Verwalter des Vorratsspeichers, der Getränke, des Brennmaterials und der Küche

ELEMOSINARIUS, Koordinator aller Putzarbeiten

GRANARIUS, Verwalter der Kornvorräte und Naturalabgaben

INFIRMARIUS, Krankenpfleger, dem die Klosterapotheke und der Kräutergarten unterstehen

KANTOR, Vorleser und Chorleiter

NOVIZENMEISTER, Aufseher und Ausbilder der Novizen

SAKRISTAN, für Reliquiare und Grabmäler verantwortlicher Mönch

VESTIARIUS, Aufseher über die Kleiderkammer

GEBETSZEITEN IM WINTER

(Zisterzienser: 14.9.1417 bis 11.4.1418)

Aufstehen: 1.20 h

Vigilien: 1.30–2.50 h

Laudes (im Morgengrauen): 7.15 h

Prim (bei Sonnenaufgang): 8.00 h

Messe: 8.20–9.10 h

Terz: 9.20 h

Kapitel: 9.35 h

Sext (Mittag): 11.20 h

Non: 13.20 h

Vesper: 14.50–15.30 h

Komplet: 15.55 h

Schlafengehen: 16.05 h

SCHAUPLATZ

Kloster Maulbronn
am dritten und vierten Tage
nach Sankt Martin

(Sonntag, 14. November / Montag, 15. November 1417)

Im Kloster Maulbronn, genauer gesagt im Ostflügel des Kreuzganges, der zum Schönsten zählt, was die mittelalterliche Architektur hervorgebracht hat, kann man auf den Gesimsen zahlreiche ›Graffiti‹ sowohl neueren als auch älteren Datums entdecken. Wer diese Hinterlassenschaften von Romantikern, ehemaligen Klosterschülern oder auch nur Witzbolden genauer in Augenschein nimmt, wird möglicherweise ein von ungelenker Hand eingeritztes lateinisches Wort entdecken. Es lautet ›ULTIO‹, zu Deutsch ›Rache‹ oder ›Vergeltung‹.

Die nun folgende, rundum fiktive Geschichte beschäftigt sich mit der Frage, wie es zu dieser Manifestation ohnmächtiger Wut gekommen sein könnte.

PROLOG

(Freitag, 30. April 1390)

KOMPLET

[19:50 h]

Worin die Geschehnisse, worüber im Folgenden berichtet werden soll, am Rossweiher zu Maulbronn ihren Anfang nehmen.

»Na los – worauf warten wir noch?«

Walpurgis umklammerte die Zügel und schüttelte den Kopf. »Ich weiß nicht so recht ...«, murmelte sie, während Korbinian, der Zugochse, ein ungehaltenes Schnauben von sich gab. »Und wenn uns jemand sieht?«

»Du mit deiner ewigen Vorsicht!«, maulte ihre Schwägerin, und bevor Walpurgis sie davon abhalten konnte, sprang Grete vom Kutschbock, zog sich aus und rannte jauchzend auf den Rossweiher zu.

Walpurgis sah ihr kopfschüttelnd hinterher. So war die Grete eben. Resolut, temperamentvoll und immer für eine Überraschung gut. Einfach zu beneiden. Weniger aufgrund der zwei Zentner, die sie mit sich herumschleppte, sondern wegen ihrer Keckheit. Diesbezüglich konnte man sich eine Scheibe von ihr abschneiden.

Die Zügel immer noch in der Hand, blickte sich die neunundzwanzigjährige, strohblonde und mit Sommersprossen besprenkelte Magd argwöhnisch um. Daheim auf dem Schafhof würden sie sich bestimmt schon Sorgen machen. Allen voran Amalrich, ihr Mann. Und außerdem war da noch ihr Kleiner. Er musste gebadet, gefüttert und zu Bett gebracht werden und wartete bestimmt sehnsüchtig auf sie. Aber andererseits war da dieses Verlangen, es ihrer Schwägerin gleichzutun, und so ließ sie fünf gerade sein, die Zügel aus der Hand gleiten und Korbinian und den mit Feldsteinen beladenen Karren einfach stehen.

Die Augen hinter der Brombeerhecke, die jede ihrer Bewegungen verfolgten, sah sie jedoch nicht.

Es war ein herrlicher Abend, der erste warme Tag in diesem Jahr. Vom Dachreiter der Klosterkirche, deren Umrisse mit der Abenddämmerung verschmolzen, war das Vesperläuten zu hören, und als sei dies ein Zeichen für sie, streifte Walpurgis ihre Kleider ab, rannte ihrer Schwägerin hinterher und tauchte kurz darauf in den mondbeschienenen Rossweiher ein. Ein, zwei Schwimmzüge, und sie hatte die Schinderei auf dem Schafhof, ihren Mann Amalrich und sogar ihr Neugeborenes vergessen. In diesem Moment gab es nur noch sie, den im Mondlicht glänzenden See und das Wohlgefühl, das sie mit Macht durchströmte.

»Heda, ihr beiden – wartet auf mich!«

Die Ziegen-Vroni, wie konnte es anders sein. Walpurgis drehte sich auf den Rücken, strampelte mit den Füßen und winkte. »Lust auf ein Bad?«, rief sie zum Ufer hinüber, und Grete ergänzte keck: »Oder hast du etwa Angst?«

Die brünette Endzwanzigerin mit den üppigen Proportionen lachte unbeschwert auf, band den Ziegenbock, nach dem sie auf der Suche gewesen war, an einen Strauch und entkleidete sich. Ein kurzes Jauchzen, dann tauchte auch sie in die Fluten ein.

Dass sie beobachtet wurde, wäre auch ihr nicht im Traum eingefallen.

―⊙―

Eine Viertelstunde später, im Licht des Vollmondes, der ihre nackte Haut wie ein nimmermüder Buhle liebkoste, kletterten die drei Frauen aus dem See, zogen sich an und verzehrten den Rest von Vronis Proviant. Sie taten dies mit großem Appetit, und nur wenige Augenblicke später war vom Ziegenkäse, der Schwarzbrotrinde und dem Dörrobst nichts mehr übrig.

An sich wäre es jetzt an der Zeit gewesen, sich auf den Nachhauseweg zu machen. Die drei Frauen, allesamt Bedienstete auf dem Schafhof, dachten allerdings nicht daran. Schuld daran war nicht etwa Pflichtvergessenheit, sondern die Tatsache, dass sie sich viel zu erzählen hatten. Erst als Vroni den Vorschlag machte, zum Abschluss noch ein Tänzchen zu riskieren, begehrte Walpurgis auf. Doch wie immer, wenn sie dies tat, erstickte Grete sämtliche Bedenken im Keim, nahm ihre Hand und zog sie lachend mit sich fort.

Keine vierundzwanzig Stunden später, als sich der Tag der heiligen Walpurgis, ihrer Namenspatronin, seinem Ende zuneigte, sollte die neunundzwanzigjährige Magd erkennen, dass sie einen unverzeihlichen Fehler gemacht hatte.

Um ihr Schicksal abzuwenden, kam ihre Erkenntnis jedoch zu spät.

ERSTER TAG

Siebenundzwanzig Jahre später
(Sonntag, 14. November 1417)

TERZ

[Skriptorium, 9:20 h]

Worin Bruder Hilpert, Bibliothekarius zu Maulbronn, mit einem ungewöhnlichen Vorfall konfrontiert wird.

»Bruder Hilpert – auf ein Wort!«
Nichts Gutes ahnend, ließ der siebenunddreißigjährige Bibliothekarius den Gänsekiel in den Federhalter fallen und legte das Messer, mit dem er ihn hatte schärfen wollen, wieder auf seinen Platz. Dann wandte er sich dem Cellerarius zu, der unter Missachtung sämtlicher Anstandsregeln ins Skriptorium gestürmt war. »Stets zu Diensten«, entgegnete der hagere Zisterzienserbruder mit der ergrauten Tonsur, zu dessen hervorstechendsten Eigenschaften seine wahrhaft stoische Gelassenheit zählte. »Womit kann ich dienen?«
Außer sich vor Bestürzung, knallte Bruder Gervasius, der übergewichtige Cellerar, die Tür des Skriptoriums einfach zu, fuchtelte wie ein Klageweib mit den Händen herum und lief ruhelos hin und her. »Einfach … einfach unfasslich!«, stammelte er und ließ seinen Worten eine Prophezeiung apokalyptischen Ausmaßes folgen: »Eine Heimsuchung, wogegen die zehn biblischen Plagen wie ein laues Lüftchen erscheinen.«

»Ich muss gestehen, Ihr macht mich neugierig, Cellerarius«, entgegnete Bruder Hilpert, die Hand auf sein Schreibpult gestützt. Und fügte mit unterschwelliger Ironie hinzu: »Wenn jemand wie Ihr sein Tagewerk ruhen lässt, muss schon allerhand passiert sein.«

Bruder Gervasius, dessen Leibesfülle in umgekehrt proportionalem Verhältnis zu seiner Auffassungsgabe stand, schnappte nach Luft, blähte die Backen und ließ den angestauten Atem entweichen. »Das könnt Ihr laut sagen!«, pflichtete er Bruder Hilpert bei und fuhr mit der Handfläche über beide Wangen, deren Rötung den passionierten Weintrinker verriet. »Schließlich hat man als Cellerar eine Menge zu tun.«

»Amen!«, warf der Rubrikator ein, dessen Arbeitsplatz sich an der Stirnseite von Bruder Hilperts Stehpult befand. Der zweiundzwanzigjährige Rheinländer, dem es oblag, beschriebene Pergamentbögen mit Initialen zu versehen, tauchte die Feder in eines der Rinderhörner auf seinem Pult und fuhr ohne aufzuschauen mit seiner Tätigkeit fort. Er war ein akribischer Arbeiter, verstand es meisterhaft, die verschiedensten Farbtöne zu kreieren. Berühmt-berüchtigt für seinen trockenen Humor, hatte es sich der Mönch mit den abstehenden Ohren folglich nicht entgehen lassen, den Auftritt des Cellerars auf die ihm eigene Weise zu kommentieren.

Da der Mimik des Rubrikators nichts hinzuzufügen war, verkniff sich Bruder Hilpert jede weitere Bemerkung und fragte: »Und was, Bruder Gervasius, hat dazu geführt, dass Ihr Euch über Gebühr echauffiert?«

»Die Hühner!«, japste der Cellerar und watschelte wehklagend hin und her.

»Hört, hört!«, setzte der Illuminator, ein begnadeter Künstler, mit vollendeter Unschuldsmiene nach, während er ein verschnörkeltes H mit Blattgold bestrich. Ein wahrer Meister seines Fachs, konnte dem zweiundfünfzigjährigen Heidelberger niemand das Wasser reichen. Zum Leidwesen von Bruder Hilpert traf dies jedoch auch auf die frivolen Kommentare zu, die er hin und wieder von sich gab: »Hat sie der gute alte Gallus mal wieder nicht in Ruhe gelassen?«

»Beileibe nicht«, jammerte der Cellerar. »Unser Hahn ist hinter ihnen her wie der Teufel ...«

»... hinter einer Jungfer?«, ergänzte der Illuminator, ganz auf seine Arbeit konzentriert.

Das war auch der Grund, weshalb ihm Bruder Hilperts strafender Blick entging. »Euer Hang zu bildhaften Vergleichen in allen Ehren, Bruder –«, machte dieser dem allgemeinen Gaudium ein Ende und wandte sich dem konsternierten Cellerarius zu, »was ist denn eigentlich los?«

»Die Hühner legen nicht mehr.«

»Aha!«, antwortete Bruder Hilpert schroff und widmete sich wieder dem halb fertigen Brief, den er an seinen Freund Berengar, Vogt des Grafen von Wertheim, schicken wollte. »Sonst noch was?«

Bruder Gervasius schnappte nach Luft, und eine Zeit lang sah es so aus, als bekäme er den Mund nicht mehr zu. Zum Leidwesen des Illuminators, Rubrikators und einem halben Dutzend Kopisten trat dieser Fall hingegen nicht ein. »Aber ... aber ... versteht Ihr denn nicht?«, fügte er händeringend hinzu.

»Doch!«, sprang einer der Kopisten in die Bresche. »In Zukunft werden wir uns mit noch mehr Hirsebrei, noch mehr Hafergrütze und noch mehr grob gesiebtem Brot begnügen müssen.«

»Unusquisque proprium habet donum ex Deo[3] ...«, deklamierte der Rubrikator mit sichtlichem Vergnügen, wurde jedoch jäh unterbrochen.

»Genug jetzt!«, schritt Bruder Hilpert energisch ein, schleuderte den Gänsekiel in die Halterung und schritt auf den einundfünfzigjährigen Cellerarius zu. »Und was, um diesen unsäglichen Diskurs zu beenden, gedenkt Ihr dagegen zu tun?«

»Ich?« Der Cellerar wandte die Augen ab und schwieg. Dann aber, unter dem Eindruck der amüsierten Gesichter seiner Mitbrüder, warf er sich in die Brust und posaunte: »Ich denke, ich werde den Kasus im Kapitel zur Sprache bringen.«

»Und das alles nur wegen einem altersschwachen Hahn, der mit seiner Manneskraft auf Kriegsfuß ...«

»Bruder Illuminator – ich muss doch sehr bitten«, fuhr Bruder Hilpert barsch dazwischen und nahm den Cellerar genauer ins Visier. »Ich hoffe, Ihr habt triftige Gründe dafür«, redete er ihm ins Gewissen, unsicher, ob Bruder Gervasius wirklich ernst machen würde.

Doch dem war so, zumindest nach außen hin. »Und ob!«, erwiderte der Cellerarius brüsk.

»Und die wären?«

»Hexerei.«

»Wie belieben?«, hakte Bruder Hilpert verdutzt nach.

»Verdacht auf Hexerei«, präzisierte der Cellerar und ergänzte: »Ein schwerwiegendes Faktum – findet Ihr nicht auch?«

---

[3] dt.: Ein jeder hat seine Gnadengabe von Gott, der eine so, der andere so. (Benediktsregel)

Nach der Terz

Hilpert, Bibliothekarius zu Maulbronn, an Berengar, Vogt des Grafen von Wertheim.

›Lieber Freund!
Obwohl bei uns derzeit nicht alles zum Besten steht, möchte ich vor Beginn unserer Kapitelsitzung die Gelegenheit nutzen, um einige Zeilen an Dich und Irmingardis zu Papier zu bringen. Wenngleich meine Mission im Kloster Himmerod schneller beendet war als gedacht, hat mich die Wiederbeschaffung des von einem gewissenlosen Frevler gestohlenen Tabernakels über Gebühr in Anspruch genommen. Die langwierige und gefahrvolle Reise hierher hat das Ihrige zu meiner Ermattung beigetragen, doch als ich wieder an den Ort gelangte, von wo aus ich vor mehr als einem Jahr ausgezogen war, ging mir das Herz auf, und alle Mühsal war wie weggeblasen. Trotzdem oder gerade deswegen möchte ich die Zeit, welche ich mit Dir während der Lösung unserer drei Fälle verbracht habe, nicht missen und erinnere mich mit Wehmut, vor allem aber voller Dankbarkeit daran zurück.
Wie Du Dir sicherlich denken kannst, habe ich trotz aller Wiedersehensfreude einige Zeit

gebraucht, mich wieder an die hiesigen Gepflogenheiten zu gewöhnen. Kloster ist nun einmal nicht gleich Kloster, das war mir von Anfang an bewusst. Mittlerweile geht jedoch alles wieder seinen geregelten Gang – beinahe jedenfalls.

Fast scheint es, als sei es mir nicht vergönnt, meiner Bestimmung gerecht zu werden, hat sich am heutigen Tage doch etwas zugetragen, das mich einigermaßen mit Sorge erfüllt. Ob die Mutmaßung unseres Cellerars, im Kloster seien bösartige Kräfte am Werk, zutreffend ist oder nicht – aufgrund der Abwesenheit unseres Abtes und der Erkrankung von Bruder Prior bin ausgerechnet ich es, welcher von Letzterem mit der Leitung der heutigen Kapitelsitzung betraut worden ist – zu meinem nicht geringen Verdruss, wie ich wohl nicht extra betonen muss. Allerdings bleibt mir keine andere Wahl, getreu der Regel des heiligen Benedikt, deren Befolgung unsere oberste Pflicht ist. Wie heißt es dort so schön: ›Primus humilitatis gradus est oboedientia sine mora‹.[4] Nun ja, mit dem ›sine mora‹ hapert es derzeit noch, aber ich werde mein Bestes tun, um die unerquickliche Angelegenheit so schnell wie möglich ad acta legen und mich wieder meinen Büchern widmen zu können. Um dies zu bewerkstelligen, gilt es nunmehr, sich zu sputen, bleibt mir bis zum Kapitel doch nicht mehr viel Zeit.

Und darum, mein teurer Freund, sei auf das Herzlichste gegrüßt, und selbstverständlich auch Du,

---

[4] dt.: Die erste Stufe der Demut ist Gehorsam ohne Zögern

holdselige Irmingardis, auf dass Dir die Zähmung des Raubeins an deiner Seite weiterhin so trefflich gelingen möge – ein Unterfangen, bei dem ich an meine Grenzen gestoßen bin.

Gottes Segen und alles nur erdenklich Gute,

Euer Hilpert, Bibliothekarius‹

ZUR GLEICHEN ZEIT

[Noviziat, 9:20 h]

Worin der Leidensweg von Alanus, eines siebzehnjährigen Novizen, seinen Anfang nimmt.

EIGENTLICH WAR ES so wie immer. Vor Beginn der Lektion, in der lateinische Stilübungen auf dem Programm standen, musste Alanus erst einmal zu Messer und Bimsstein greifen. Bruder Cyprianus war nun einmal äußerst penibel, was bedeutete, dass der Pergamentbogen wie neu aussehen musste. Rein wie das Gewand der Muttergottes, um mit den Worten des Novizenmeisters zu reden. Das war er natürlich nicht, davon konnte Alanus nur träumen. Wenn überhaupt etwas für die Novizen abfiel, dann Bögen aus dem Skriptorium, auf denen sich die Kopisten verschrieben hatten. An Papier, ebenso teuer wie selten, war sowieso nicht zu denken.

Und so machte sich der siebzehnjährige, schlaksige und etwas kurzsichtige Novize an die Arbeit. Es war eine Arbeit, die Alanus keineswegs schätzte, noch weniger als seine Gefährten, mit denen er die Schulbank drückte. Die waren im Umgang mit Schaber und Bimsstein wenigstens geschickter als er, wenngleich nicht annähernd so intelligent. Und genau das war das eigentliche Problem.

Alanus war der Lieblingsschüler von Bruder Cyprianus, und das bekam er bei jeder Gelegenheit von seinen Mitschülern zu spüren.

Genau wie in diesem Moment.

»Na, Bohnenstange – schon fertig?« Billung von Steinsfurt, bullig, dreist und dumm wie Bohnenstroh, der nichts Besseres im Sinn hatte als ihn zu schikanieren, hielt die passende Gelegenheit für gekommen. Und mit ihm seine Paladine, auf die er bedingungslos zählen konnte.

Wie gesagt, eigentlich alles so wie immer.

Mit dem Unterschied, dass er die Klinge eines Dolches an der Kehle spürte.

»Irre ich mich, oder hatte ich dich was gefragt, Pfeffersack?«, zischte die Stimme hinter ihm, in die sich das verächtliche Schnauben der beiden anderen Novizen mischte. Für sie, allesamt von Adel, war der Kaufmannsspross Freiwild, auch und vor allem, weil sie ihm nicht das Wasser reichen konnten.

Zumindest nicht, was ihre Geistesgaben betraf.

»Schon möglich«, antwortete Alanus und verstärkte seinen Griff um den Bimsstein, mit dem er den Pergamentbogen hatte glätten wollen.

»An deiner Stelle würde ich das bleiben lassen!«, meldete sich Gozbert von Pfullingen zu Wort, der mit Abstand Niederträchtigste der drei. Ein Wort von Billung, und der Auftrag wurde erledigt. »Sonst wirst du den morgigen Tag nicht erleben.«

»Deinen Ehrentag«, vollendete Diepold von Germersheim, dem die Rolle des Hofnarren zugedacht war. »Oder willst du etwa, dass dir vor deiner Profess etwas zustößt?«

Nein, das wollte Alanus nicht. Für sein Ziel, Mitglied des Konvents zu werden, hatte er ein Jahr Schinderei auf sich genommen, Grammatik, Rhetorik und Dialektik für das Trivium und anschließend Arithmetik, Geometrie, Musik und Astronomie für das Quadrivium gepaukt. Einmal Mönch, hatte er vor, sich später ganz der Jurisprudenz zu widmen, vielleicht sogar einmal Gelehrter zu werden. Und all das sollte er wegen drei Raufbolden, die ihre Aufnahme in die Klosterschule einzig und allein den Handsalben ihrer Altvordern zu verdanken hatten, aufs Spiel setzen?

Nein, und abermals nein.

»Was wollt ihr von mir?« Die Klinge höchstens einen Zoll von seiner Kehle entfernt, lockerte Alanus seinen Griff und schubste den Bimsstein weg.

Gozberts Antwort ließ nicht lange auf sich warten. »Eine kleine Gefälligkeit, nicht mehr«, warf der willfährige Diener seines Herrn und Meisters Billung ein.

»Und die wäre?«

»Um den guten Bruder Cyprianus ein wenig in Wallung zu bringen«, raunte ihm dieser mit wohlkalkulierter Lässigkeit ins Ohr, »wirst du während der heutigen Lateinstunde zu unser aller Nutz und Frommen die falschen Antworten geben. Das muss dir unser Wohlwollen doch wert sein, oder?«

Alanus schluckte. Darauf wollten die drei Unruhestifter also hinaus – ihn der Lächerlichkeit preisgeben.

»Und dann?«

»Was soll das heißen – ›und dann‹?«, fuhr ihn Billung an, ließ das Messer unter seinem Wams verschwinden und baute sich auf der Rückseite seines Stehpults auf. »Dann werden wir uns beraten, ob deine Vorstellung zu unser aller Zufriedenheit ausgefallen ist.« Der knapp zwanzigjährige Schläger, der einem Raubritter alle Ehre gemacht hätte, verschränkte die Arme und sah Alanus hohnlächelnd ins Gesicht. »Und wenn nicht – dann gnade dir Gott.«

KAPITEL

[Kapitelsaal, 9:35 h]

Worin Bruder Gervasius für erhebliche Unruhe sorgt, welche durch einen besorgniserregenden Vorfall weiter angeheizt wird.

DER NEBEL WAR einfach überall, und als Bruder Hilpert einen Blick in den Kreuzgarten warf, konnte er den Westflügel der Klausur kaum erkennen. Keine Spur mehr von Kletterrosen, Lavendel oder Buchsbaumkegeln, die ihren betörenden Duft verströmten. Oder von den Buchfinken, die im Geäst des Holunderstrauches nisteten. Bruder Hilpert seufzte, und die klamme Luft ließ ihn frösteln. Über allem, selbst dem Efeu, der sich zwischen die mit Heiligenlegenden geschmückten Fenster zwängte, lag eine Vorahnung des Winters, und er hatte Mühe, sich der tristen Stimmung zu erwehren. Zu alldem kamen noch die Renovierungsarbeiten an den Fenstern, was dazu führte, dass der gesamte Ostflügel mit Gerüsten verkleidet war. Mit klösterlicher Stille hatte all das hier nicht mehr viel zu tun, und er war froh, wenigstens heute vom Sägen, Hämmern und Meißeln verschont zu bleiben.

Um seine Stimmung abzuschütteln, schloss Bruder Hilpert die Tür und steuerte auf den schräg gegenüberliegenden Kapitelsaal zu. Leider nicht schnell genug, wie er zu seinem Bedauern konstatierte.

»Bruder Hilpert, Bruder Hilpert«, hörte er den Pförtner unter Verletzung des Schweigegebots schon von Weitem schwäbeln, »de Bruder Severus isch fort.«

Beim Anblick des Mondgesichts, das mit Laterne, zerzaustem Haarkranz und wehendem Habit auf ihn zustürmte, musste Bruder Hilpert wider Willen schmunzeln. Bruder Thaddäus war einfach ein Original, seiner Zerstreutheit und sonstigen Schrullen zum Trotz.

»Gemach, gemach«, redete er ihm gut zu, während sich der Strom der übrigen Brüder in den Kapitelsaal ergoss. »Bestimmt wird sich alles zum Guten wenden.«

»Des glaub i net«, keuchte Bruder Thaddäus, setzte seine Augengläser auf und schraubte sich zu dem fast zwei Köpfe größeren Bibliothekarius empor. »Dem isch bschtimmt was bassiert. I hen fai e ganz miserab… ich habe allenthalben ein … äh … ich habe ein ver…«

»… schlechtes Gefühl!«, vollendete Bruder Hilpert, der nicht wusste, ob er die Gemütsverfassung des Pförtners belächeln oder sich tatsächlich Sorgen machen sollte. »Und weshalb?«

»Weil i den alde Bruddler seit heit Morga … nix fir ôguat, Bruder … weil ich den alten Griesgram seit den Vigilien nicht mehr gesehen habe, darum.«

Bruder Hilpert, der aus alldem nicht recht schlau wurde, legte die Stirn in Falten und bugsierte den Pförtner auf die Pforte des Kapitelsaales zu. Gerade heute wollte er nicht der Letzte sein, und so ließ er es bei einem aufmunternden Klaps bewenden. »Also gut«, versprach er, bevor er an der Stirnseite des U-förmigen Eichentisches Platz nahm. »Ich werde mich darum kümmern.«

»Wirklich?«

»Versprochen, Bruder Thaddäus«, beruhigte Bruder Hilpert das aufgebrachte Unikum, sandte ein Stoßgebet zum Himmel und begab sich auf seinen Platz. Das kann ja heiter werden!, dachte der Bibliothekarius, doch es sollte noch schlimmer kommen.

Schlimmer, als er es sich hätte vorstellen können.

~~~

Zu Beginn des Kapitels, bei dem außer Bruder Severus und dem Prior niemand fehlte, war die Welt allerdings noch in Ordnung. Bruder Hilpert sprach den Segen, die Brüder nahmen Platz und der Rezitator begann mit der Lesung. So weit, so gut. Da das Kapitel über die Demut eines der umfangreicheren war, blieb Bruder Hilpert Zeit, die Gesichter seiner Mitbrüder zu betrachten. Auch hier nichts Ungewöhnliches, von Gefühlsregungen oder gar Unmut keine Spur. Folglich alles so wie immer, zumindest dem Anschein nach. Der Grund, weshalb sein Unbehagen binnen Kurzem verschwand und er sich voll und ganz auf den Rezitator konzentrierte. »Wenn also die Augen des Herrn über Gute und Böse wachen«, hallte seine Stimme von den Wänden wider, über denen sich das opulente Sternengewölbe erhob, »dann, Brüder, müssen wir uns zu jeder Stunde in Acht nehmen, damit Gott uns nicht irgendwann einmal als abtrünnig und verdorben ansehen muss, wie der Prophet im Psalm sagt.«

Vielleicht lag es daran, dass der Rezitator kurz Luft holte, bevor er mit der Lesung fortfuhr. Eventuell auch daran, dass Bruder Gervasius, der Cellerar, überhaupt nicht bei der Sache war. An dem Eklat, der sich anbahnte, änderte dies jedoch nichts. Ein Eklat, der in den Annalen der Abtei seinesgleichen suchte.

Die Kunstpause, oder worum immer es sich gehandelt haben mochte, war jedenfalls vorüber und der Rezitator bereits beim nächsten Abschnitt, als das Unfassbare geschah. Bruder Gervasius, hinter vorgehaltener Hand ›Lukullus‹ genannt, stemmte seinen Rumpf in die Höhe und rief: »Nehmt euch in Acht, Brüder – das Böse geht um!«

Die Anwesenden, und mit ihnen der Rezitator, der vor Schreck aschfahl geworden war, hielten den Atem an. Solange die Lesung nicht beendet war, durfte niemand das Wort ergreifen. Das war ein ungeschriebenes, über die Jahrhunderte praktiziertes Gesetz. Wer dagegen verstieß, musste mit ernsthaften Konsequenzen rechnen. Oder, wie im Falle von Bruder Gervasius, schwerwiegende Gründe haben.

Da Bruder Hilpert im Bilde war, hielt sich seine Verblüffung in Grenzen. Genau genommen wusste er nicht, was ihn mehr ärgerte: der eklatante Verstoß gegen die Ordensregeln oder der Umstand, seine Zeit mit einer Lappalie vergeuden zu müssen – Hühnereier hin oder her.

Dass er die Sache nicht auf die leichte Schulter nehmen durfte, wurde ihm umgehend bewusst. Denn kaum hatte sich die erste Verblüffung gelegt, als Bruder Achatius, seines Zeichens Granarius, das Wort ergriff. Der falsche Mann zum falschen Zeitpunkt, fuhr es Bruder Hilpert durch den Sinn, doch da war es bereits passiert. »Das Böse?«, echote der Mittvierziger, der sich den Spitznamen ›Ziege‹ dank Physiognomie und Stimme redlich verdient hatte. »Was soll das heißen?«

»Das soll heißen«, konterte Bruder Hilpert trocken, »dass unsere Hühner nicht mehr genug Eier legen.«

Wenn er gehofft hatte, damit die Lacher auf seiner Seite zu haben, sah sich Bruder Hilpert getäuscht. Eisiges Schweigen senkte sich über die Köpfe der knapp sechzig Fratres herab, und als er den Blick auf seine Tischnachbarn richtete, wichen diese ihm aus.

Kein Zweifel, der Kasus würde komplizierter werden als gedacht.

Und das nicht zu knapp. »Ich weiß nicht so recht«, näselte Bruder Venantius, Phlegmatiker von hohen Gnaden, vor sich hin, »doch ich bin der Meinung, man sollte die Angelegenheit nicht auf die leichte Schulter nehmen.«

Unpopulär wie kein Zweiter, erntete der dreiunddreißigjährige Vestiarius jedoch keinen Widerspruch, sondern das exakte Gegenteil. »Ich auch«, meldete sich Bruder Marsilius, der Infirmarius, zu Wort, der dies so gut wie nie zu tun pflegte. »Mit derlei Dingen ist nicht zu spaßen.«

»Zumal sich Vorfälle dieser Art in letzter Zeit gehäuft haben«, karrte der Cellerarius unverzüglich nach, wobei er Bruder Hilpert triumphierend ansah.

Doch damit hatte er den Bogen überspannt. »Findet Ihr nicht auch, Bruder Gervasius«, begann sich in Bruder Hilpert der Inquisitor zu regen, »dass unser klösterlicher Friede nicht wegen ein paar Hühnereiern aufs Spiel gesetzt werden sollte?«

»Und was ist mit dem Hagelschlag, der beinahe unsere Ernte ruiniert hätte?«, setzte sich der Cellerarius vehement zur Wehr. »Oder mit dem Nachtfrost kurz vor der Weinlese?«

»Oder, schlimmer noch, mit dem Wolfsrudel, das im Winter auf dem Schafhof gewütet hat?«, fügte der Granarius bissig hinzu.

»Nicht zu vergessen der Komet, der vor ein paar Wochen gesichtet worden sein soll«, ergänzte Simplicius, erst dreißig, dennoch seniler als ein Greis, woraufhin dem Sakristan beifälliges Raunen zuteilwurde und sich aller Augen auf Bruder Hilpert richteten.

»Mit anderen Worten«, begann dieser, bemüht, sich seine Verärgerung nicht anmerken zu lassen, »die versammelten Brüder sind allen Ernstes der Meinung, dass es im hiesigen Konvent nicht mit rechten Dingen zugeht.«

»Allerdings.«

»In diesem Fall, Bruder Gervasius, wäre ich für einen Hinweis, wie einer derartigen Heimsuchung beizukommen ist, über die Maßen dankbar«, fuhr Bruder Hilpert dem Cellerar in die Parade, den die Verschärfung des Tonfalls sichtlich irritierte.

»Ich weiß nicht so recht«, machte der Vestiarius erneut von seiner bevorzugten Redewendung Gebrauch, »vielleicht wäre es das Beste, wenn wir ...«

Dann brach seine Rede abrupt ab.

In der Annahme, sein Phlegma hindere den Vestiarius am Weiterreden, tauschten die um den Tisch gruppierten Fratres amüsierte Blicke. Dann aber, als der Vestiarius die Hand hinters Ohr hob, begriffen sie, dass ihr Mitbruder durch irgendetwas abgelenkt worden war.

Worum es sich handelte, blieb im Dunkeln, auch dann, als die Richtung, aus der das Geräusch kam, längst ausgemacht worden war. Einer nach dem anderen erhoben sich die Mönche von ihrer Bank, darunter auch Bruder Hilpert, der intuitiv nach Westen schaute.

Anfänglich nicht mehr als ein Brummen, wuchs sich das Geräusch zu einem Rumoren aus, welches wiederum in ein ohrenbetäubendes, von lautem Gebrüll begleitetes Krachen mündete. Vor Schreck wie gelähmt, rührten sich die Fratres nicht von der Stelle und starrten mit angehaltenem Atem zur Tür.

Paradoxerweise war es der Vestiarius, der die Initiative ergriff, wenngleich er aus dem Tumult, der sich wie fernes Donnergrollen anhörte, die falschen Schlüsse zog. »Ein Überfall!«, rief er, doch kaum hatte er das Wort ausgesprochen, ebbte das Getöse, das sich aus westlicher Richtung auf die Kirche zubewegte, urplötzlich ab.

Die Stille, die nun einkehrte, währte nur kurz. Nach anfänglichem Zögern, währenddem sich die Fratres unschlüssige Blicke zuwarfen, überwanden sie ihre Furcht, rissen die Tür auf und strebten mit wehendem Habit der Klausurpforte zu.

Zurück blieb ein konsternierter Bibliothekarius, der die Augen schloss, den Kopf in den Nacken legte und ihn mit der Hand abstützte. Als er sie wieder öffnete, entdeckte er wie zufällig die Leidenswerkzeuge, die auf den Schlusssteinen des Gewölbes abgebildet waren. Schwamm, Lanze und Geißel – trefflicher hätte man seine Situation nicht umschreiben können.

Sekunden später jedoch, als er erkannte, welch lästerliche Gedanken er gehegt hatte, richtete Bruder Hilpert den Blick nach vorn, rückte Tunika und Skapulier zurecht und verließ eilig den Raum.

»Dein Wille geschehe«, murmelte er, während er seinen Schritt beschleunigte und den Weg zur Klausurpforte einschlug. »Wie im Himmel, so auf Erden.«

NACH DEM KAPITEL

[Paradies, 9:55 h]

Worin Bruder Hilpert zum Retter des Bauernmädchens Mechthild wird.

»Da vorne – los, hinterher!« Halb tot vor Angst, rang die sechzehnjährige Dienstmagd nach Luft, schlüpfte durchs innere Tor und schob hastig den Riegel vor.

Dann atmete sie erleichtert auf. Ihr Glück, dass der Hilfspförtner nicht abgeschlossen hatte. Sonst wäre es zum Äußersten gekommen, und sie, Mechthild, der blindwütigen Rotte hilflos ausgeliefert gewesen.

Gerettet.

Fürs Erste jedenfalls.

So einfach, wie sie sich das gedacht hatte, lagen die Dinge allerdings nicht. Zum einen waren ihr die mit Knüppeln, Äxten und Mistgabeln bewaffneten Dorfbewohner immer noch auf den Fersen. Und dann waren da noch die gelehrten Fratres, und wie gerade sie darauf reagieren würden, dass sich eine Frau in ihre Gefilde gewagt hatte, stand in den Sternen.

Dennoch hatte sie keine andere Wahl. In der Kirche, unter dem Schutz der Muttergottes, würde niemand wagen, ihr ein Haar zu krümmen.

Oder etwa doch?

Kaum hatte Mechthild das Portal erreicht, brandeten ihre Verfolger auch schon gegen das Tor. Es hagelte Flüche und wüste Beschimpfungen, und die Tatsache, dass der Pförtner den Sehschlitz aufriss und ihnen mit Hölle, Pest und Fegefeuer drohte, änderte nicht das Geringste daran. Im Gegenteil. Einmal richtig in Fahrt, versuchte der Mob, das Tor einzutreten, und als dies nicht fruchtete, flogen die ersten Steine. Nicht mehr lange, und der Bruder Pförtner würde klein beigeben. Was dann passieren würde, wollte sie sich lieber nicht ausmalen.

Die Hände gegen die mächtigen, mit Zierbeschlägen und bemaltem Pergament bespannten Torflügel aus Tannenholz gestemmt, rang das junge Bauernmädchen nach Luft. Nun war guter Rat teuer. Wenn ihr nicht bald jemand zu Hilfe kam, würden sie die Häcker, Kärrner und Knechte, niemand anderes also als ihre Nachbarn, wie ein Rudel Wölfe in Stücke reißen. Mitleidlos, rachsüchtig und ohne Gnade. Der Tatsache, dass dies hier heiliger Boden war, zum Trotz.

Und dann war es auch schon passiert. In einem Anfall von Heroismus schob der Bruder Pförtner den Riegel zurück, sperrte das Tor auf und stellte sich der Rotte in den Weg. Doch er hatte die Rechnung ohne den Wirt gemacht. Die Stimmung war aufgeheizt, die Dörfler in Rage und die Situation derart außer Kontrolle, dass niemand, nicht einmal die Obrigkeit in Gestalt des Portarius, die entfesselte Rotte zu bremsen vermochte. Scheinbar unaufhaltsam rollte die Lawine aus schreiendem, Knüppel schwingendem und nach Blut lechzendem Mordgesindel auf das Paradies zu, in das sich Mechthild in ihrer Not geflüchtet hatte.

Da half nur noch Beten. Oder, besser noch, ein Wunder.

Bereit, sich in ihr Schicksal zu fügen, riss Mechthild den Arm hoch, wandte sich ab und schloss die Augen. Jeden Moment würden die ersten Schläge auf sie niederprasseln, man würde sie umstoßen, mit Füßen treten und an den Haaren hinaus in den Hof ziehen. Um sie dann, wenn der erste Zorn verraucht war, nach allen Regeln der Kunst zu Tode zu martern.

Doch nichts von alldem geschah, und der Lärm, der die Vorhalle erfüllte, ebbte auf einen Schlag ab.

Mechthild öffnete die Augen und wandte sich der Phalanx ihrer Verfolger zu. Keiner unter ihnen, den sie nicht kannte, mit dem sie nicht gesprochen, gescherzt oder gefeiert hatte.

Und jetzt dies.

Das rotblonde, blauäugige und mit Abstand hübscheste Mädchen im Dorf prallte zurück. Das waren nicht mehr die Gesichter, die sie kannte. Das war eine entfesselte, nach Blut gierende Meute, die, wäre der Pulk von Mönchen nicht gewesen, der sich soeben in den Arkadengang ergoss, jeden Moment über sie hergefallen wäre.

Damit war die Gefahr jedoch noch nicht gebannt. Die Dörfler wankten und wichen nicht, und die Tatsache, dass der halbe Konvent auf den Beinen war, ließ sie offenbar kalt.

Bruder Venantius, der allseits belächelte Vestiarius, nicht minder. »Was geht hier vor sich?«, herrschte er die Dörfler von oben herab an, schob seine Mitbrüder beiseite und warf sich prahlerisch in die Brust. »Wer wagt es, den Frieden dieses Ortes zu stören?«

»Ich«, lautete die Antwort des Hufschmieds, woraufhin er zustimmendes Gelächter erntete. »Und das gesamte Dorf.«

Der Vestiarius, Opfer seines Ego, das ihm zur zweiten Haut geworden war, lief vor Ärger rot an. »Was soll das heißen?«, blaffte er, um seine Unsicherheit zu kaschieren.

»Das soll heißen«, donnerte ein Hüteknecht zurück, der mit ausgestrecktem Zeigefinger auf Mechthild zeigte, »dass wir uns die da schnappen wollen.«

Bruder Venantius, der sie geflissentlich ignoriert hatte, sah die Sechzehnjährige von oben bis unten an, räusperte sich und wandte sich rasch wieder ab. »Und wieso?«, hielt der selbst ernannte Friedensstifter in wenig überzeugender Manier dagegen.

»Weil die rote Atzel an allem schuld ist – darum!«, meldete sich die Frau des Müllers zu Wort. Und legte unverzüglich nach: »Schon mal was von Mehltau gehört?«

»Und was hat das alles mit ...«, begann der Vestiarius, während er Mechthild mit seinem Blick streifte und darüber seine Erwiderung glatt vergaß.

»Was das alles mit der da zu tun hat, wollt Ihr wissen?«, trumpfte ein Schweinehirt auf und nahm dem Vestiarius damit endgültig den Wind aus den Segeln. »Das kann ich Euch sagen. Die kleine Dirne da ist an allem schuld. Nachtfrost, Hagel, Viehsterben, Mehltau – muss ich etwa noch deutlicher ...?«

»Nein, musst du nicht«, hallte es ihm plötzlich entgegen. »Schluss mit dem Unfug, und zwar sofort!«

Beim Anblick des Mitbruders, der dem Schweinehirten einfach das Wort abgeschnitten hatte, gaben die Fratres umgehend den Weg frei. Durch die Phalanx der

Dorfbewohner ging ein Raunen, und die vorderste Reihe wich merklich zurück.

»Das ist der Hilpert«, flüsterte der Hüteknecht seinem Nebenmann zu, als er den Bibliothekarius entdeckte. »Der war sogar mal Inquisitor. Verdammt harte Nuss. Vor dem müssen wir uns in Acht nehmen, mein Freund.«

Mit seiner Einschätzung lag der Hüteknecht keineswegs falsch. »Habt ihr nicht gehört – packt euch!«, herrschte Bruder Hilpert die Eindringlinge an. »Sonst sorge ich dafür, dass ihr alle exkommuniziert werdet.«

»Und dieser Abschaum da?«, begehrte die Frau des Müllers lauthals auf. »Soll das etwa heißen, die dreckige kleine Metze kommt ungeschoren davon?«

»Wer hier ungeschoren davonkommt und wer nicht, entscheidest nicht du, sondern allein unser Abt«, erklärte Bruder Hilpert barsch, nickte Mechthild aufmunternd zu und trat ganz nahe an die als Tratschweib verschriene Wortführerin heran. Der harsche Tonfall tat seine Wirkung, und nachdem sie versucht hatte, Bruder Hilpert zu trotzen, trat die Müllerfrau den Rückzug an.

Der Bibliothekarius gab sich damit jedoch nicht zufrieden. »Damit wir uns richtig verstehen«, rief er den Dorfbewohnern zu, deren Reihen sich bereits zu lichten begannen. »Der Kasus wird mit Sicherheit noch ein Nachspiel haben. Dies hier ist ein geheiligter Ort, und wer seinen Frieden bricht, wird mit ernsthaften Konsequenzen zu rechnen haben. Im Klartext: Für das, was hier geschehen ist, werden sich die Rädelsführer zu gegebener Zeit zu verantworten haben. Und was die Vorwürfe betrifft, welche von euch erhoben worden sind, lasst euch gesagt sein, dass ich von einem derartigen Nonsens in Zukunft nichts mehr ...«

»Verzeiht, Bruder Hilpert, wenn ich Euch unterbreche«, fiel Bruder Venantius dem Bibliothekarius ins Wort, reckte die Nasenspitze und sah sich Beifall heischend um, »aber so einfach, wie Ihr Euch das vorstellt, liegen die Dinge leider nicht.«

Der leidigen Diskussion überdrüssig, drehte sich Bruder Hilpert nach dem Vestiarius um. »Und warum nicht?«, fragte er in scharfem Ton.

»Weil, ungeachtet ihres ungehobelten Betragens, die Vorwürfe dieser Leute hier nicht einfach ad acta gelegt werden können.«

»Sondern?«

»Wer bin ich, der ich spontan hierüber befinden könnte«, erwiderte der Vestiarius aalglatt. »Da uns der Generalabt vom Orden des heiligen Dominikus jedoch demnächst mit seinem Besuch ehren wird, schlage ich vor, ihn bezüglich weiterer Schritte zu konsultieren. Um Euch und uns vor etwaigen Irrtümern zu bewahren.«

Bruder Hilpert erstarrte, und es fiel ihm schwer, sein Unbehagen zu unterdrücken. »Und woher wollt Ihr das wissen?«, erwiderte er mit gespielter Teilnahmslosigkeit.

»Das mit dem Besuch?«, gab der Vestiarius ebenso hochnäsig wie schadenfroh zurück. »Von unserem Prior. Im Vertrauen.«

»Weshalb Ihr es coram publico[5] herumposaunen müsst, ich verstehe.«

»Besondere Situationen erfordern eben besondere Maßnahmen.«

---

[5] dt.: vor aller Welt, öffentlich

»Ein Diktum so recht nach meinem Geschmack, Vestiarius – Kompliment«, retournierte Bruder Hilpert souverän, wenngleich er sich in Gedanken bereits mit seinem Intimfeind beschäftigte.

Remigius von Otranto. Einer, wenn nicht gar der gefürchtetste Inquisitor überhaupt. Bruder Hilpert stöhnte innerlich auf. Viel Gutes war von einem Mann wie ihm nicht zu erwarten. Höchstens das Gegenteil.

»Was ist mit Euch, Bruder – Ihr seid ja so blass!«, riss ihn die geheuchelte Anteilnahme des Vestiarius aus den Gedanken. »Hat Euch die Nachricht etwa so sehr ...«

Seiner Miene nach zu urteilen, hätte der Vestiarius die Pointe gerne noch an den Mann gebracht. Doch die Umstände in Gestalt der Hebamme, die mit gerafften Röcken durch das innere Tor stürmte, hielten ihn davon ab. Fast automatisch gaben die Dorfbewohner die Gasse frei, und nachdem die korpulente Matrone in die Menge eingetaucht war, erstattete sie atemlos Bericht.

Aus ihrem Gestammel, das zunächst keinen Sinn ergab, wurde Bruder Hilpert vorerst nicht schlau, und so näherte er sich der Menschentraube, welche die Hebamme umgab. Bevor er allerdings etwas aufschnappen konnte, lichteten sich die Reihen und die Müllerfrau trat mit hämischem Gesichtsausdruck auf ihn zu.

»Bin gespannt, was Ihr dazu zu sagen habt, Bruder«, schnappte sie und bedachte Mechthild mit einem hasserfüllten Blick.

»Zu was denn?«

»Dazu, dass die Frau des Verwalters im Kindbett gestorben ist«, trumpfte die Müllerfrau auf, verschränkte die Arme und genoss ihren Triumph in vollen Zügen. »Sieht so aus, als müsstet Ihr Euch etwas einfallen lassen.«

»Und das möglichst schnell«, ergänzte Bruder Venantius, doch Bruder Hilpert stellte sich taub, wechselte ein paar Worte mit Mechthild und geleitete sie zum Tor, vorbei an einem Spalier erzürnter Dorfbewohner, von denen nicht wenige die Fäuste ballten.

Wahrhaftig, er musste sich etwas einfallen lassen.

VOR DER SEXT

[Ostflügel des Kreuzganges, 11:10 h]

Worin über einen an Ruchlosigkeit nicht zu überbietenden Anonymus zu berichten sein wird.

IN ALL DEN Jahren, die er damit verbracht hatte, sich den Tag der Rache herbeizusehnen, hatte er sich noch nie so ermattet gefühlt wie eben. Und noch nie so zufrieden.
 Selbst jetzt noch, Stunden nach seiner Tat, überkamen ihn wohlige Schauder, und wie zufällig blieb sein Blick dabei auf dem Sims haften, worauf er sich verewigt hatte. Es war nur ein einziges Wort, das er hier eingemeißelt hatte, aber eines, das die Jahrhunderte überdauern würde. Und darauf, nur darauf kam es an. Jedes Mal, wenn er hier vorbeikam, wollte er an den heutigen Tag erinnert werden, und wenn er längst tot war, würde dies eine Wort zu seinem Epitaphium werden.
 Dies hier war sein Stammplatz, bereits seit vielen Jahren, und der heutige Tag bildete da keine Ausnahme. Während die übrigen Brüder durch den Kreuzgang wandelten, hatte er einfach nur hier gestanden, in den Garten hinausgestarrt und sich ausgemalt, wie es wäre, wenn Bruder Severus vom Angesicht der Erde getilgt würde. Belächelt, verspottet und von den meisten der Heuch-

ler, die sich Brüder schimpften, mit Missachtung gestraft. Doch damit war nun Schluss. Vom heutigen Tage an würde für ihn eine neue Zeit anbrechen, und die Kränkung, die Bruder Severus ihm zugefügt hatte, vergessen sein.

Für immer.

In Gedanken bei dem, was er vollbracht hatte, konnte er sich eines Lächelns nicht erwehren. Purer Zufall, dass Severus gerade hier sein Schicksal ereilt hatte, nun, da dem so war, hatte er nicht lange gezögert, nach dem Meißel gegriffen, den einer der Steinmetze hatte liegen lassen und das Dasein des ihm verhassten Bursarius ausgelöscht. Wäre er der gewesen, für den ihn seine Mitbrüder hielten, hätte man die Tat sofort entdeckt, nur war ihm auch hier der Zufall zu Hilfe gekommen. Fast hätte man meinen können, bei alldem sei Gottes Hand mit im Spiel gewesen, aber da er seit geraumer Zeit nicht mehr an ihn glaubte, schrieb er die Vertuschung seiner Tat primär dem eigenen Genius zu. Wer außer ihm wäre imstande gewesen, so schnell zu reagieren, so eiskalt zuzuschlagen und mit einer Kaltschnäuzigkeit, die selbst ihn überraschte, an die Beseitigung sämtlicher Spuren zu gehen?

Wohl niemand.

Schade nur, dass es so schnell hatte gehen müssen. Sonst hätte er seine Rache bis zur Neige auskosten können. Ein Schlag auf den Hinterkopf, ein Aufschrei, der in ein ersticktes Röcheln mündete – weiß Gott keine Entschädigung für die Unbill, welche ihm in all den Jahren zugefügt worden war. Dennoch: Es war vollbracht, die Schmach, unter der er gelitten und die ihm das Leben zur Hölle gemacht hatte, getilgt.

Von heute an würde alles anders werden, das stand fest. Und was die Beseitigung des Leichnams anging, hatte er ganze Arbeit geleistet. Sollten sie doch nach Bruder Severus suchen, wenn ihnen der Sinn danach stand. Seinetwegen das ganze Kloster auf den Kopf stellen. Niemand, nicht einmal der ach so gelehrte Hilpert von Maulbronn, würde auch nur eine Spur des toten Körpers finden.

Dafür hatte er gesorgt.

SEXT

[Noviziat, 11:20 h]

Worin der Novize Alanus eine unerwartete Entscheidung fällt.

SCHON ÜBER EIN halbes Jahr lang ging das so, und es hatte Tage gegeben, an denen er nicht mehr konnte. Tage, an denen die bald mehr, bald weniger offenen Schmähungen, Beleidigungen und versteckten Attacken einfach nicht mehr auszuhalten gewesen waren. Schwer vorstellbar, dass eine Steigerung seiner Drangsal überhaupt möglich war.

Und doch war dem so. Für Alanus, Lieblingsschüler des Novizenmeisters, war das Ende seines Martyriums lange noch nicht in Sicht. Dafür würden Billung und seine beiden Handlanger, die auf der Bank hinter ihm saßen, bestimmt sorgen.

»Sedete, discipuli.«[6] Von dem, was hinter seinem Rücken vorging, ahnte der vierundzwanzigjährige Novizenmeister aus dem Elsass freilich nichts. Bruder Cyprianus, dem normalerweise nichts entging, war mit den Gedanken woanders, und das merkten seine Schüler sofort. »Wo waren wir stehen geblieben?«

---

[6] dt.: Setzt euch, (liebe) Schüler.

»De bello Gallico, Buch eins, Kapitel eins«, tönte Diepold von Germersheim in die Stille des weiß getünchten Raumes hinein, in dem sich außer einem Kruzifix, dem Katheder und einem wurmstichigen Bücherregal keine weiteren Möbelstücke befanden. »Inhalt: Beschreibung von Land und Leuten.«

Spätestens jetzt, im Angesicht des täppisch grinsenden Novizen, hätte Bruder Cyprianus Verdacht schöpfen müssen. Der Novizenmeister nahm jedoch kaum Notiz von ihm, was auf den Unruhestifter wie eine Ermutigung wirkte.

»Und – wer kann den ersten Satz auswendig?« Bruder Cyprianus war zwar ein hoffnungsloser Idealist, aber was den Arbeitseifer mancher Eleven betraf, machte er sich keinerlei Illusionen. »Billung?«

Der stiernackige Sprössling aus niederadeligem Haus, auf dessen Ignoranz stets Verlass war, fuhr erschrocken in die Höhe. »Das ... äh ... der erste ...«, druckste er verlegen herum, während sich Bruder Cyprianus, geduldig wie immer, hinter das Katheder begab.

»Also – ich höre!«, hakte der stets etwas bleich und übernächtigt wirkende Novizenmeister nach und fuhr sich mit dem Handrücken über die hohe Stirn. »Was hast du mir zu sagen?«

Billung wurde rot wie eine Tomate. »Nichts, wenn ich ehrlich bin«, gestand er zögerlich ein, sehr zum Verdruss von Bruder Cyprianus, bei dem sich allmählich Unmut regte.

»Und wieso nicht?«

»Weil ... äh ... es ist nämlich so, dass ...«

»... du für das, was ich euch beizubringen versuche,

nicht das geringste Interesse aufbringst. Oder liege ich da falsch?«

Der bullige Grobian, dessen Barett, Wams und mit Goldstickereien durchwirktes Leinenhemd ein Vermögen gekostet hatten, hantierte verlegen an seiner Schnürung herum und wusste vor lauter Verlegenheit nicht, wohin er seinen Schafsblick richten sollte. »Ich glaube schon, Bruder«, hörte sich seine Replik denn auch alles andere als überzeugend an.

»Was mich betrifft, kann ich dir leider nicht zustimmen.« Bruder Cyprianus ließ die feingliedrigen Finger übers Gesicht gleiten, schüttelte verdrossen den Kopf und besann sich. »Also gut –«, fuhr er nach einer Weile fort, »da gutes Zureden bei dir nicht gefruchtet hat, werde ich von heute an andere Saiten aufziehen.«

Billungs Glupschaugen weiteten sich, und seine grünlichen Pupillen blickten starr. »Welche Saiten?«, echote er.

»Arbeit, mein Sohn –«, erwiderte der Novizenmeister, der an dem Gedanken, welcher ihm gekommen war, sichtlich Gefallen fand. »Du hast richtig gehört. Und zwar solche, bei der du zur Abwechslung einmal selbst mit anpacken musst.« Bruder Cyprianus musste unwillkürlich schmunzeln. »Mit anderen Worten: Für den Rest der Woche wirst du den Laienbrüdern drüben in der Weingartmeisterei zur Hand gehen.«

»Ich?«

»Ja, du«, erstickte der Novizenmeister jegliche weitere Diskussion im Keim und musterte Billungs Banknachbarn, denen die Furcht vor einem ähnlichen Schicksal ins Gesicht geschrieben stand. Nach weiteren Strafaktionen stand Bruder Cyprianus jedoch nicht der Sinn, und da aus Gozbert, Diepold und den übrigen Novizen höchstwahrscheinlich nie ein Cicero werden würde, wandte er sich dem Klassenprimus zu. »Nun denn – auf ein Neues«, verkündete er, während die übrigen Novizen erleichtert aufatmeten. »Wie wär's mit dir, Alanus?«

»De bello Gallico, Buch eins, Kapitel eins«, flötete Diepold von Germersheim mit einer gehörigen Portion Häme und Vorfreude auf das sich anbahnende Spektakel. »Thema: Land und Leute.«

Alanus erstarrte, und obwohl es üblich gewesen wäre, sich zu erheben, saß er wie festgenagelt auf der Bank. Auf einmal wog sein Körper wie Blei, aus dem Blick, den er Cyprianus zuwarf, sprach die nackte Furcht.

»Ich hoffe, du weißt, was du zu tun hast, Pfeffersack!«, zischte ihm Gozbert, seiner Sache sicher, ins Ohr. »Sonst kannst du deine Profess vergessen.«

Aller Augen, auch die von Bruder Cyprianus, waren nun auf Alanus gerichtet. Eingedenk dessen, was auf dem Spiel stand, wich auch noch der letzte Rest von Farbe aus seinem Gesicht, und die Kleidung klebte ihm vor Schweiß förmlich am Leib.

»De bello …«, war Diepold drauf und dran, es auf die Spitze zu treiben, handelte sich jedoch einen barschen Rüffel ein.

»Halt den Mund, von Germersheim!«, fuhr Bruder Cyprianus dazwischen, verließ seinen Platz hinter dem Katheder und sah Alanus gestreng an. »Ich höre.«

Die übrigen Novizen, allen voran Billung, lehnten sich genüsslich zurück. So etwas bekam man wahrlich nicht alle Tage zu sehen. Die Frage war lediglich, wie sehr, nicht etwa, ob Alanus sich blamieren würde. Auf die Idee, Letzterer würde ihnen einen Strich durch die Rechnung machen, wären sie nie und nimmer gekommen.

Und doch war dem so.

Als niemand mehr damit rechnete, legte der Jüngling, in dem sich alle getäuscht hatten, Griffel und Wachstafel beiseite, stand auf und begann mit lauter Stimme zu deklamieren: »Gallia est omnis divisa in partes tres, quarum unam incolunt Belgae, aliam Aquitani, tertiam qui ipsorum lingua Celtae, nostra Galli appellantur.«[7]

»Sehr schön. Und weiter?«

»Hi omnes lingua …«, fuhr Alanus fort, und als er geendet hatte, ahnte er, dass Billungs Rache nicht lange auf sich warten lassen würde.

Die Frage war lediglich, wann es ihn treffen würde. Und wo.

---

[7] dt.: Ganz Gallien ist in drei Teile geteilt, von denen den einen die Belgier, den anderen die Aquitaner, und den dritten diejenigen bewohnen, welche in ihrer eigenen Sprache Kelten, in der unsrigen jedoch Gallier genannt werden.

ZUR GLEICHEN ZEIT

[Spital, 11:20 h]

Worin Bruder Hilpert dem Prior Bericht erstattet und alsbald mit einer neuerlichen Hiobsbotschaft konfrontiert wird.

BRUDER ADALBRAND, PRIOR zu Maulbronn, war erst siebenundzwanzig, dunkelhaarig und von kräftiger Statur. Er war jemand, zu dem die Fratres aufschauten, ein brillanter Geist und Gelehrter. Er hatte eine sanfte Stimme, blaue Augen und eine Ausstrahlung, der sich die wenigsten, auch Bruder Hilpert nicht, entziehen konnten. Außer dem Lateinischen, das er fließend sprach, beherrschte er mindestens ein halbes Dutzend weitere Sprachen, darunter Griechisch, Hebräisch und Italienisch. Wenn es unter den Fratres jemanden gab, der allseitigen Respekt genoss, dann er. Der Grund, warum er nahezu einmütig zum Stellvertreter des Abtes gewählt worden war.

Selbst kein Unbekannter, schätzte Bruder Hilpert den Prior sehr, und wenn er Adalbrand um etwas beneidete, dann um die gute Laune, die er stets verbreitete. Was den Prior betraf, stieß diese Wertschätzung durchaus auf Gegenliebe. Für ihn, der er dieses Amt erst seit ein paar Wochen bekleidete, gab es nämlich nur einen, dem er genauso viel Achtung entgegenbrachte wie dem Abt – Bruder Hilpert.

Als dieser ihm Bericht erstattete, hatten die Fieberattacken, unter denen der Prior gelitten hatte, offenbar bereits nachgelassen, und bis auf eine leichte Blässe und den unsicheren Gang deutete nichts mehr auf seine Krankheit hin. »Durchaus besorgniserregend«, murmelte Adalbrand, als er Seite an Seite mit Bruder Hilpert durch den Spitalgang wandelte, dessen Rundbögen den Blick auf den Friedhof freigaben. Aus dem Nebel, der die Gräber wie ein Leichentuch verhüllte, ragten ein paar schmucklose Holzkreuze empor, und der Eindruck drängte sich auf, es würde nie wieder richtig Tag werden. »Und wo habt Ihr diese Dienstmagd untergebracht, Bruder?«

»Im Hospiz«, entgegnete der Bibliothekarius, dem die unwirtliche Szenerie langsam auf den Magen schlug. »Vorsichtshalber.«

»Unter Aufsicht?«

»Selbstverständlich. Bei dem, was sich heute Morgen abgespielt hat, führte kein Weg daran vorbei.«

»Wohl kaum.« Bruder Adalbrand hielt kurz inne, ließ Daumen und Zeigefinger über das Kinn gleiten und starrte nachdenklich vor sich hin. »Und Bruder Severus?«, fragte er. »Irgendwelche Neuigkeiten?«

»Bedauerlicherweise nicht.«

»Üble Geschichte.«

»Da muss ich Euch recht geben«, pflichtete Bruder Hilpert dem Prior bei. Bruder Marsilius, der Infirmarius, hatte offenbar ganze Arbeit geleistet, und abgesehen von seinen Sorgenfalten war Bruder Adalbrand schon fast wieder der Alte.

»Auf gut Deutsch: Wir müssen uns etwas einfallen lassen«, murmelte der Prior, holte tief Luft und setzte die Wanderung durch den Spitalgang fort. »Damit ich – respektive wir beide – von unliebsamen Überraschungen nach Möglichkeit verschont bleiben. Von der Wirkung, welche derlei Vorkommnisse auf unsere Brüder haben, gar nicht zu reden. Wie ich die kenne, hat sie der Aufruhr heute Morgen ganz schön in Wallung versetzt, hab ich recht?«

»Und ob«, stimmte Bruder Hilpert angesichts der nachdenklichen Miene seines Gesprächspartners zu. »Man könnte meinen, das Gerede, Mechthild sei an allem Schuld, fällt bei dem einen oder anderen auf fruchtbaren Boden.«

»So, könnte man das.« Bruder Adalbrand schnaubte amüsiert, doch kurz darauf verhärteten sich seine Züge wieder. Von den Lachfalten, seinem Markenzeichen, war nichts mehr zu sehen, und die stahlblauen Augen ließen den gewohnten Glanz vermissen. »Und was schlagt Ihr vor, um diese Kalamität zu beheben?«

»Schwer zu sagen.« Die Arme unter den Ärmeln seiner Tunika verschränkt, blieb Bruder Hilpert am Ostende des Spitalgangs stehen. Vielleicht war es falsch, noch mehr Öl ins Feuer zu gießen, Abwarten zunächst einmal das Klügste. Zumal kein Mensch sagen konnte, wo Bruder Severus eigentlich abgeblieben und ob ihm etwas zugestoßen war. »Gut möglich, dass das, was sich vorhin abgespielt hat, tatsächlich nichts anderes als Zufall …«

»Was sonst sollte es denn sein?«

»… ist und wir besser daran täten … bitte um Vergebung, Bruder Prior, aber ich war gerade in Gedanken.« Bruder Hilpert, bei dem der gestrenge Gesichtsausdruck des sonst so jovialen Priors auf Verwunderung stieß, zupfte sein Skapulier zurecht und sah Bruder Adalbrand aus dem Augenwinkel an. »Wie gesagt, ich denke, hierbei kann es sich genauso gut um eine Häufung höchst unglücklicher Zufälle handeln.«

»Der Meinung bin ich allerdings auch.«

»Dann wären wir uns ja einig«, erwiderte Bruder Hilpert und breitete die Hände aus, im Bestreben, das für ihn unerquickliche Thema nicht unnötig zu strapazieren. »Auf den Punkt gebracht: Wir werden alles unterlassen, was die Gemüter erhitzen und Spekulationen jedweder Art nähren könnte.«

»Genau«, antwortete Bruder Adalbrand, holte sein Schweißtuch hervor und betupfte sich die Stirn. »Dieses heimtückische Fieber«, ächzte er verstimmt. »Ich denke, es ist an der Zeit, dass ich mich wieder in meine Krankenstube …«

Diesmal war es der Prior, welcher unterbrochen wurde, wenn auch nicht durch Bruder Hilpert, der mindestens ebenso alarmiert war wie er.

»Bruder Prior, Bruder Prior!«, gellte es durch den gewölbeartigen Korridor, begleitet vom Klappern der Holzpantinen, die der Infirmarius in der Aufregung verlor. »Bruder Prior, hört mich an!«

Wie auf Kommando fuhren der Angesprochene und Bruder Hilpert herum. Die Stimme des Infirmarius, schrill wie ein Angstschrei, ließ ihn das Schlimmste befürchten, und als Bruder Marsilius Atem geschöpft hatte, sollte sich die Befürchtung des Bibliothekarius bestätigen.

Eine neuerliche Hiobsbotschaft. Und er konnte sich denken, welche.

»Bruder Prior«, stieß der Infirmarius zum x-ten Mal hervor, als ob der ihn nicht längst bemerkt hätte.

»Ja?«, erwiderte Adalbrand gefasst.

»Es ist wegen Bruder Severus«, keuchte der zuweilen recht zerstreute Infirmarius. »Er ist tot.«

»Tot?«, wiederholten Bruder Hilpert und der Prior wie aus einem Munde, wenngleich alles andere als überrascht.

»In der Tat«, bekräftigte der Infirmarius, während ihm ein nervöses Zucken übers Gesicht huschte. »Man hat ihn gerade gefunden – beziehungsweise das, was von ihm übrig geblieben ist.«

ZUR GLEICHEN ZEIT

[Torturm, 11:20 h]

Worin Remigius von Otranto, Generalabt der Dominikaner, im Kloster Station macht und sich die ohnehin prekäre Lage weiter verschärft.

»Heilandzagg – no net hudla![8]« Bruder Thaddäus, der Pförtner, stand im Ruf, eine Engelsgeduld zu besitzen. Am heutigen Sonntag, der ihm weiß Gott schon genug Aufregung beschert hatte, wurde er ihm jedoch nicht gerecht. Erst der Disput im Kapitel, dann diese Mechthild, die der Hexerei bezichtigt wurde, und dann auch noch das Gerücht, Bruder Severus sei tot. Wahrlich genug, um einem den Tag zu vergällen.

Und den nächsten gleich dazu.

Das Dröhnen des Klopfrings im Ohr, verließ der betagte Pförtner seine Stube, stieß eine unchristliche Verwünschung aus und griff nach dem Schlüsselbund, den er am Gürtel über seiner Tunika trug.

»Aprite la porta – subito!«[9] Im Begriff, den Sehschlitz zu öffnen, ließ Bruder Thaddäus plötzlich von seinem Vorhaben ab. Wenn ihn nicht alles täuschte, sprach der Strolch da draußen Italienisch, und da man den Welschen

---
[8] hochdeutsch: Verdammt noch mal – immer mit der Ruhe!
[9] dt.: Öffnet die Tür, aber ein bisschen plötzlich!

nicht über den Weg trauen konnte, war Vorsicht allemal angebracht.

»Wa widd, du Blärrer?«[10], hielt Thaddäus trotzig dagegen und lauschte. Nicht mit ihm – da konnte ja schließlich jeder kommen.

Die Antwort ließ nicht lange auf sich warten. »Che voi, idiota?«[11], verschärfte sich der Tonfall des Störenfrieds vor dem Tor. »Aprite la porta – subito!«

»Koin Woi?«, echote Thaddäus entsetzt. »Bisch negscheid? Mir gäba nix!«[12]

Betteln, und dann auch noch sonntags. Thaddäus schüttelte sein leidgeprüftes Haupt. So etwas brachte auch nur ein Italiener fertig. Höchste Zeit, diesem Tagedieb eine Abfuhr zu erteilen.

Der Pförtner riss den vergitterten Sehschlitz auf. Und fühlte sich sofort bestätigt.

Samtbarett mit Pfauenfeder, Stehkragen und scharlachrotes Wams. Ein Spitzbube, wie er im Buche stand.

»Wa widd, du Blôggoischd?«[13], grantelte der Pförtner.

Der piekfeine Signore, von Beruf Notarius, verstand kein Wort. Aber das war auch nicht nötig. Der Tonfall von Bruder Thaddäus machte die Musik. »Aprite la porta!«, wiederholte er unwirsch und winkte einen bis auf die Zähne bewaffneten Kondottiere herbei. Und der, nicht faul, überschüttete den Pförtner mit Flüchen und trat mit voller Wucht gegen das Tor.

Bruder Thaddäus schnappte nach Luft, und vor Wut stand ihm der wirre Haarkranz zu Berge. Um zu ver-

---

[10] hochdeutsch: Was willst du überhaupt, du Schreihals?
[11] dt.: Was willst du denn, du Idiot?
[12] hochdeutsch: Kein Wein? Geht's dir noch gut? Wir geben nichts!
[13] hochdeutsch: Was willst du überhaupt, du Plagegeist?

stehen, was die beiden von sich gaben, musste man kein Sprachgenie sein, und er schwor sich, es ihnen heimzuzahlen.

So weit sollte es allerdings nicht kommen. Drauf und dran, zum Gegenangriff überzugehen, blieb Bruder Thaddäus einfach die Luft weg. Nicht etwa, weil sein Vorrat an Schimpfwörtern plötzlich versiegt war, sondern wegen der Gestalt, welche sich durch den Nebel aufs Tor zubewegte.

Der Enddreißiger im Habit der Dominikaner war weder stattlich noch kräftig noch trug er irgendwelche Amtsinsignien zur Schau. Dank der Autorität, die ihm anhaftete, hatte er das auch nicht nötig. Ein Wink von ihm, und das Gezänk vor dem Tor war vorbei. Remigius von Otranto, Generalabt der Dominikaner und Großinquisitor, schien wie geboren für seine Position.

Das spürte auch Bruder Thaddäus. Der Pförtner ließ sich zwar ungern ins Handwerk pfuschen, aber dass er einen bedeutenden Mann vor sich hatte, blieb selbst ihm nicht verborgen. Umso verwunderlicher der Tonfall, den das hohe Tier ihm gegenüber anschlug: »Für den Fall, dass mein Sekretarius Euren Unmut heraufbeschworen haben sollte, möchte ich hiermit mein Bedauern ausdrücken, Bruder ...«

»Thaddäus«, liebedienerte der Pförtner und hatte es auf einmal furchtbar eilig, das Tor aufzusperren. Die spöttische Miene des Kondottiere und die Häme des Sekretarius nahm er kaum zur Kenntnis. Remigius von Otranto, der eine weiße Tunika und die dazugehörige schwarze Kappa trug, dafür umso mehr. »Stets zu Diensten.«

»Erfreut, Euch kennenzulernen«, sprach Remigius in dem für ihn typischen, halb einschmeichelnden, halb salbungsvollen Ton und bot dem Pförtner seinen blutroten Siegelring dar. Der wiederum hatte nichts Eiligeres zu tun als ihn zu küssen.

»Wie schön, dass wir uns verstehen«, fügte der Großinquisitor mit einem Hauch von Zufriedenheit hinzu. Und flüsterte süffisant: »Warum nicht gleich.«

»Euer gehorsamer Diener.« Bruder Thaddäus verstand sich selbst nicht mehr. Schließlich war das Granteln eine Art Steckenpferd von ihm. Im Angesicht des Ehrfurcht gebietenden, fast schmächtig zu nennenden Großinquisitors war jedoch keine Rede mehr davon. Dieser Mann war die personifizierte Autorität. Und mit der wollte er sich nicht anlegen.

»Eine Frage noch, Bruder.«

Um dem stechenden Blick seines Gesprächspartners auszuweichen, deutete Bruder Thaddäus eine Verbeugung an und flötete: »Aber gerne.«

Der Dominikaner, von dem er bislang nicht einmal den Namen kannte, lächelte stillvergnügt in sich hinein. »Ergebensten Dank«, erwiderte er, wobei das Lächeln genauso schnell verschwand, wie es gekommen war. »Gehe ich recht in der Annahme, dass Bruder Hilpert wieder in den Schoß dieses Konvents zurückgekehrt ist?«

»Freilich«, war zunächst alles, was Bruder Thaddäus in der Aufregung zu sagen einfiel, so sehr war ihm die Furcht vor dem unerwarteten Besucher in die Glieder gefahren.

»Und wann?«

»Vor ein paar Monaten.«

»Dann hat sich der Weg wenigstens gelohnt«, murmelte Remigius, ließ Thaddäus, seinen Sekretarius und den Kondottiere einfach stehen und verschwand wieder im Nebel, der seine fragile Silhouette wie eine Sinnestäuschung erscheinen ließ.

Wenig später preschte ein von berittenen Soldknechten eskortierter Reisewagen unter dem Torbogen hindurch, und während der Vierspänner auf die Stallungen zusteuerte, schlug der völlig verdatterte Pförtner ein Kreuz.

Und das gleich dreimal hintereinander.

Nach der Sext

[Kalefaktorium, 12:00 h]

Worin Bruder Hilpert etwas bevorsteht, gegen das er sich mit aller Macht sträubt.

BEIM BETRETEN DER Heizkammer, die unmittelbar neben dem Refektorium lag, fiel Bruder Hilpert automatisch sein Lieblingsdichter ein. ›Lasst, die ihr eintretet, alle Hoffnung fahren!‹ hieß es in Dantes Inferno, und was das Grauen betraf, das ihn ergriff, kam diese Reminiszenz nicht von ungefähr.

Das Gewölbe, über dem sich das Kalefaktorium befand, war nur etwa sechs auf vier Schritt groß und mit der Wärmestube durch mehrere kreisrunde Öffnungen verbunden. In der Mitte befand sich die Feuerstelle, von wo aus der Rauch über einen Kamin ins Freie gelangte. Nach etwa einer halben Stunde, wenn das Feuer richtig brannte, wurden die Bodenplatten im Kalefaktorium entfernt, und die Wärme strömte in den darüber liegenden Raum, wo sich die Fratres aufwärmen durften.

Was die Dreckarbeit betraf, waren sie sich allerdings zu schade. Die Beschaffung von Brennholz, Feldsteinen und Ziegeln war Sache der Laienbrüder, ebenso wie die Reinigung der Feuerstelle, die vom Kreuzgang durch eine mehrere Handbreit dicke Mauer getrennt war. Auf diese Weise blieben die Chormönche unter sich, was auch für die Benutzung der Wärmestube galt. Die Fratres waren zum Beten da, die Laien zum Arbeiten. So wollte es die Ordensregel, und da sie von alters her praktiziert wurde, wagte nicht einmal Bruder Hilpert, daran zu rütteln. ›Suum quique!‹[14], pflegten die alten Römer zu sagen, und obwohl ihm derlei Gepflogenheiten nicht behagten, behielt er seine Vorbehalte für sich.

Um ein Gespräch mit dem Laienbruder, dem die Befeuerung der Fußbodenheizung oblag, kam er freilich nicht herum. Ein Blick genügte, um ihm klarzumachen, dass der Kalefaktor, vorsichtig ausgedrückt, mit den Nerven am Ende war. Das war Bruder Hilpert zwar auch, aber da es einen Mord aufzuklären galt, musste er sich wohl oder übel überwinden.

»Und wann, Bruder Kalefaktor«, richtete der Bibliothekarius das Wort an den am Boden zerstörten Mönch, »hast du diese abscheuliche Entdeckung gemacht?« Bruder Hilpert wusste nur zu gut, dass seine Wortwahl eine absolute Verharmlosung war, hatte jedoch nichts Besseres parat.

»Etwa eine halbe Stunde vor der Sext«, antwortete der Laienbruder, der sich durch seinen Bart, die gebräunte Haut und eine Tunika aus grober brauner Wolle deutlich von Bruder Hilpert unterschied. Er mochte Mitte zwanzig sein, von bäuerlicher Herkunft wie so viele der zahlreichen Laienbrüder, die in der Küferei, Schmiede oder Wagnerei arbeiteten. »Bevor die Stube beheizt wird, wollte ich noch mal das Holz kontrollieren. Damit es keine Beschwerden gibt.«

---

[14] dt.: Jedem das Seine!

»Beschwerden?«, wiederholte Bruder Hilpert mit Blick auf die Hand, welche unter einem Berg von Buchenholzscheiten hervorragte. »Wie darf ich das verstehen?«

Der Kalefaktor, der den Anblick der Feuerstelle beharrlich mied, fingerte einen Tuchfetzen unter seinem Habit hervor und presste ihn gegen die Nase. Der Geruch, eine Mischung aus Rauch, Ruß und geronnenem Blut, war nur schwer zu ertragen, für Bruder Hilpert nicht minder. »Als ich das Holz gestern Abend nach der Komplet hergekarrt habe, ist gerade ein Regenguss runtergegangen. Na ja, und da ist das Holz eben ein bisschen nass geworden. Nichts Schlimmes, aber man weiß ja, wie die Brüder so sind, wenn die Heizung nicht richtig funktioniert.«

»Soso«, antwortete Bruder Hilpert, der die Grillen seiner Brüder gewöhnlich mit Nachsicht betrachtete, »und wie sind sie dann?«

Der Kalefaktor errötete bis in die Haarspitzen und scharrte mit dem Fuß. »Ungehalten –«, antwortete er mit Nachdruck, »gelinde ausgedrückt.«

»Der Grund, weshalb du es vorgezogen hast, hier nach dem Rechten zu sehen – ich verstehe. Und dann?«

»Dann ist mir sofort aufgefallen, dass hier was nicht stimmt.«

›Kann man wohl sagen!‹, pflichtete Bruder Hilpert dem Kalefaktor insgeheim bei, im Begriff, die Holzscheite über der Feuerstelle nach und nach beiseitezuräumen. »Ganz schönes Durcheinander«, murmelte er bedrückt. »Falls es das ist, worauf du eben angespielt hast.«

Der Kalefaktor sah Bruder Hilpert verdutzt an. »In der Tat«, antwortete er, voller Bewunderung für den Scharfsinn, mit dem der Bibliothekarius zu Werke ging.

»Mit anderen Worten: Du hast das Holz sorgfältig übereinandergeschichtet, anders als der Mörder, nachdem er sein Opfer hierher gebracht hatte. Um wen auch immer es sich dabei gehandelt haben mag, der Betreffende muss entweder in Eile oder in Panik oder völlig konfus gewesen sein.« Bruder Hilpert machte ein nachdenkliches Gesicht. »Woran hast du Severus eigentlich erkannt?«, fragte der Bibliothekarius, während er die Holzscheite entfernte, unter denen sich der zerstückelte Torso immer deutlicher abzuzeichnen begann.

Der Kalefaktor schluckte. »An seiner Hand«, presste er hervor, den Blick auf die gegenüberliegende Wand gerichtet. »Beziehungsweise dem kleinen Finger.«

»Gut beobachtet.« Bruder Hilpert kannte den Bursarius nicht besonders gut. Die Tatsache, dass sein kleiner Finger verstümmelt war, war allerdings jedermann, und nicht nur ihm, bekannt. »Eine Frage noch: Wann genau am gestrigen Tag hast du das Holz hier hereingeschafft?«

»Kurz vor der Vesper.«

»Keine besonderen Vorkommnisse?«

Kreidebleich im Gesicht, schüttelte der Kalefaktor den Kopf. In der Zwischenzeit hatte Bruder Hilpert, dem die Prozedur sichtlich zusetzte, sämtliche Buchenholzscheite beiseitegeräumt. Obwohl er wusste, dass dies unumgänglich war, hatte er seine ganze Kraft aufbieten müssen, und als er fertig war, kniete er nieder und sprach ein Gebet.

Der Leichnam von Bruder Severus, beziehungsweise das, was von ihm übriggeblieben war, war auf einen Jutesack gebettet und sah wie ein Tierkadaver aus. Wie immer, wenn Bruder Hilpert mit den Auswüchsen menschlicher Barbarei konfrontiert wurde, deprimierte ihn diese zutiefst, auch und vor allem an diesem Tag. Die Spezies Mensch, so sein persönliches Fazit, war nun einmal zu allem fähig. Daran war anscheinend nichts zu ändern.

Was diesen Fall von allen bisherigen unterschied, war vor allem die Grausamkeit, mit welcher der Mörder zu Werke gegangen war. Einen Widersacher vom Leben zum Tode zu befördern, war eine Sache, ihn wie Schlachtvieh zu traktieren, eine andere. Gewiss, am Tier im Menschen führte kein Weg vorbei. Das hier war indes nicht das Werk eines Tieres, sondern das einer Bestie. Wer in aller Welt war zu so etwas fähig, will heißen, ein menschliches Wesen in seine Einzelteile zu zerlegen? Wer war so abgebrüht, so verderbt, so gefühllos, dass er sämtliche Skrupel beiseite gewischt und dem Bursarius ein derartiges Ende bereitet hatte? Bruder Hilpert schlug die Hände vors Gesicht und ließ die Fingerkuppen langsam nach unten gleiten. Wer überhaupt war zu so etwas imstande?

Und warum?

»Kann ich jetzt gehen, Bruder?«

Es war der Kalefaktor, der ihn aus den Gedanken riss, und da sich jeder weitere Kommentar erübrigt hatte, rappelte sich Bruder Hilpert auf, atmete tief durch und nickte. Heilfroh, den Ort des Grauens hinter sich lassen zu können, überließ ihm der Laienbruder seine Laterne, wandte sich ab und machte sich aus dem Staub.

Es hätte nicht viel gefehlt, und Bruder Hilpert wäre dem Drang erlegen, es dem Kalefaktor gleichzutun. Sollten sich doch andere um den Kasus kümmern, weshalb immer nur er? In etwas mehr als anderthalb Jahren hatte er drei Fälle gelöst, einer schwieriger als der andere. Mit

Gottes Hilfe, auf dessen Beistand er stets hatte bauen können, war ihm dies zwar gelungen. Zweifelsohne hatte er jedoch Federn gelassen, weit mehr, als er sich hätte vorstellen können.

Ohne sich dessen bewusst zu sein, hatte sich Bruder Hilpert wieder von der Tür entfernt, und es dauerte nicht lange, bis sich seine Vorbehalte in Luft aufgelöst hatten. Er wusste zwar nicht, was ihn dazu trieb, sich mit dieser Angelegenheit zu befassen, aber da war dieser Drang, der sich seiner all die Male zuvor bemächtigt hatte. Der Drang, dem Bösen die Stirn zu bieten, ihm mit aller Macht entgegenzutreten. Selbst auf die Gefahr hin, dass er dabei unter die Räder geriet.

Die Laterne bald in der rechten, bald in der linken Hand, tastete sich Bruder Hilpert durch das Halbdunkel voran. Wie viel Zeit inzwischen verstrichen war, wusste er bald nicht mehr. Er wusste nur, dass das letzte Wort in diesem Fall noch nicht gesprochen war und dass er, Hilpert, so leicht nicht aufgeben würde. Obwohl ihm nicht klar war, wonach er eigentlich suchte.

Eher zufällig denn mit Absicht wandte er sich schließlich wieder dem Leichnam zu. Der Odem des Todes, der ihm entströmte, wehte ihm ins Gesicht, und die stickige Luft tat ein Übriges. Wahrlich, dies hier war die reine Hölle, das Böse zum Greifen nah. Bruder Hilpert schwindelte, und als er sich an der Wand abstützte, fiel der Lichtkegel auf die linke Hand des Bursarius.

Kurz davor, dem Würgen in seiner Kehle nachzugeben, beugte Bruder Hilpert die Knie, schnappte nach Luft und sah sich die Hand genauer an.

Und wurde fündig.

Das Pergamentröllchen, auf das sich sein Augenmerk richtete, ragte nur etwa zwei Zoll aus der geschlossenen Faust hervor. Es war kaum zu erkennen, selbst mithilfe der Laterne. Bruder Hilpert war wie betäubt, und er musste seine ganze Kraft aufbieten, um überhaupt hinsehen zu können. Ganz zu schweigen von der Selbstüberwindung, die er benötigte, um sein Vorhaben in die Tat umzusetzen.

Bis er das Pergamentröllchen zu fassen bekam, verging eine halbe Ewigkeit. Aber dann, sämtlichen Skrupeln zum Trotz, war es geschafft. Ein Ruck, und Bruder Hilpert hielt den Fetzen, auf den drei Buchstaben gekritzelt waren, in der Hand.

›EST‹ – blieb die Frage, was sie zu bedeuten hatten.

Und ob er der Bestie, der er den Kampf angesagt hatte, gewachsen war.

ZUR GLEICHEN ZEIT

[Hospiz, 12:00 Uhr]

Worin geschildert werden soll, auf welcherlei Weise sich Mechthild ihrer Haut zu erwehren versucht.

VERGLICHEN MIT DAHEIM war die Kammer, in die Bruder Hilpert sie gebracht hatte, geradezu luxuriös. Dort fand sie eine Bettstatt vor, Säcke mit frischem Stroh, Stühle und sogar eine Waschschüssel. Holzdielen statt festgetretenem Lehm: wirklich nicht zu verachten. Und erst das Fenster mit den Butzenscheiben. Von so etwas konnte sie auf dem Schafhof nur träumen.

Was es jedoch nicht gab, war ein Türriegel, und je länger ihr die Zeit wurde, umso größer wurde ihre Furcht. Gewiss, da draußen stand ein Laienbruder Wache, nur wozu ihre Widersacher fähig waren, hatten sie ja unter Beweis gestellt. Das halbe Dorf war hinter ihr her, und so schnell, wie Bruder Hilpert ihr hatte glauben machen wollen, würden sie nicht aufgeben. Dafür kannte sie ihre Nachbarn, von denen sie tagein, tagaus drangsaliert worden war, viel zu gut. Sie war und blieb nun einmal eine Außenseiterin. Sämtlichen Versuchen, ihr Los erträglicher zu machen, zum Trotz.

Das war nicht immer so gewesen, und während Mechthild an ihre Kindheit zurückdachte, verklärte sich ihr Blick. Die Mutter war früh gestorben, doch solange ihr Vater, ein Wollfärber, noch am Leben gewesen war, hatte es weder Zank, Neidhammeleien noch bösartige Gerüchte gegeben. Mit dem Wenigen, was sein Gewerbe abgeworfen hatte, waren sie halbwegs über die Runden gekommen, und wenn der Vater nicht im vorigen Jahr gestorben wäre, hätte es das Kesseltreiben gegen sie wohl nie gegeben.

Ein hitziger Disput, allem Anschein nach drunten am Tor, ließ Mechthild plötzlich aufhorchen. Da war jemand, der Einlass begehrte, und der Wortwechsel, der sich entspann, hörte sich alles andere als verheißungsvoll an. Nichts Gutes ahnend, öffnete Mechthild das Fenster, stieß die mit Pergament bespannten Läden auf und lauschte in den Hof hinunter. Kaum war dies geschehen, öffnete sich das Tor und ein vierspänniger, von feurigen Rappen gezogener Reisewagen fuhr in den Hof. Eine Eskorte bis auf die Zähne bewaffneter Soldknechte, einer grimmiger als der andere, sprengte hinterdrein.

Als der Wagen zum Stehen kam, sprangen die ersten Laienbrüder herzu, und der Diensteifer, mit dem sie es taten, ließ auf eine hochgestellte Persönlichkeit schließen. Mechthild war gespannt, wer das wohl sein mochte, und obwohl sie weiß Gott andere Sorgen hatte, konnte sie ihre Neugier kaum bezähmen.

Als sich der Wagenschlag öffnete, war die Sechzehnjährige fast ein wenig enttäuscht. Von dem Spektakel, das sich da drunten anbahnte, hatte sie sich eigentlich mehr erhofft. Weit mehr jedenfalls als die schmächtige, eher unscheinbare Gestalt, welche dem prunkvollen Gefährt entstieg.

Bei näherem Hinsehen musste Mechthild ihren Eindruck revidieren. Von dem Mönch im Habit der Dominikaner ging eine merkwürdige Aura aus, und als dieser sich dem Tor zuwandte, hielt sie instinktiv den Atem an. »Heilige Muttergottes!«, flüsterte sie und zog die Fensterläden zu, bis auf einen schmalen Spalt, durch den hindurch sie den Neuankömmling mit einer Mischung aus Neugier und Unbehagen fixierte. Wahrhaftig, solche Augen, so einen bohrenden, alles durchdringenden Blick hatte sie noch nie im Leben gesehen. Gut möglich, dass der Dominikanermönch noch keine vierzig war, von dem Eindruck, den seine hageren Züge hinterließen, einmal abgesehen. Die nämlich sahen wie das Gesicht eines vor der Zeit gealterten Mannes aus, wenngleich er von seiner Gestik, seinem Gang und dem würdevollen Auftreten her wesentlich jünger wirkte. Ohne jeden Zweifel war dies ein bedeutender Mann, sonst wäre die Aufmerksamkeit, die ihm zuteilwurde, nicht so groß gewesen.

Mechthild war so sehr mit dem Menschenauflauf auf dem Hof beschäftigt, dass sie das Knarren der Stubentür nicht bemerkte. Dies galt auch für die Schritte, die sich ihr von hinten näherten. Schritte wie die einer Katze, lautlos, behände und einzig und allein auf Beute aus.

»Na – bei der Arbeit?«

Einen Schrei auf den Lippen, der sich aber nicht von ihnen löste, wirbelte Mechthild herum. »Was ... wollt Ihr hier?«, herrschte sie den Vestiarius an, der die üppigen Rundungen unter dem Kleid aus grobem Wollstoff genüsslich betrachtete.

Bruder Venantius focht dies allerdings nicht an. Er war so sehr auf ihr scharlachrotes Kleid fixiert, dass er das

Treiben auf dem Hof glatt vergaß. »Hübsch, sehr hübsch«, murmelte er, während sich ein hauchdünner Speichelfaden aus seinem Mundwinkel löste und auf den Kragen seines Habits tropfte. Der Vestiarius schien es nicht einmal zu bemerken. »So leicht nicht zu übertreffen.«

Mechthild war zwar erst sechzehn, keineswegs jedoch aus der Welt. Wer sich wie sie allein durchschlagen musste, war mit dem, was die Mannsbilder im Schilde führten, bestens vertraut. »Wenn Ihr denkt, Ihr könnt mich hier so einfach …«, setzte sie sich vehement zur Wehr, wurde dabei jäh unterbrochen.

»Seit wann kannst du Gedanken lesen?«, fragte der Vestiarius süffisant, nachdem er sich die Lippen trockengewischt hatte. Beißender Schweißgeruch, von dem Mechthild fast schlecht wurde, erfüllte den Raum. »So etwas ist man doch eigentlich nur von Hexen gewohnt.«

»Kaum zu fassen.«

»Was denn?«

»Dass es Mönche gibt, die an so etwas glauben«, hielt Mechthild dagegen, während sie von Venantius immer mehr in die Enge getrieben wurde.

Mit so einer Antwort, noch dazu aus dem Munde einer Dienstmagd, hatte der triefäugige Vestiarius nicht gerechnet. An seiner Entschlossenheit änderte dies freilich nichts. »Ganz schön keck für dein Alter!«, keuchte er, ohne sich um das, was sich auf dem Hof tat, auch nur im Geringsten zu kümmern. »Doch so leicht, wie du kleine Metze dir das vorstellst, lasse ich mich von dir nicht ins Bockshorn jagen.«

»Noch einen Schritt, und dann schreie ich!«, fuhr Mechthild, die Wand im Rücken, den außer Rand und

Band geratenen Vestiarius an. Sein Blick sprach Bände und bedurfte keines Kommentars.

»Wem, denkst du, würde man eher glauben – einer Dirne, welche der Hexerei bezichtigt wird, oder mir?«

»Rührt mich nicht an, sonst könnt Ihr was erleben.«

»Soll das etwa eine Drohung sein?«

»Das werdet Ihr sehen, wenn es so weit ist«, zahlte Mechthild mit gleicher Münze heim und sah den Vestiarius wutentbrannt an. »Von Euch werde ich mir jedenfalls nichts gefallen lassen.«

»Das sollst du mir büßen«, zischte er, doch bevor er Mechthild zu fassen bekam, war drunten im Hof ein Schrei zu hören. Er bedeutete Mechthilds Rettung. Der Vestiarius, so perplex, dass sein Blick zwischen dem Mädchen und dem Fenster hin und her irrte, verharrte unschlüssig auf der Stelle, wandte sich dann aber von ihr ab und eilte zur Tür.

»Mein ist die Rache«, flüsterte er, glättete sein Habit und stürmte mit finsterem Blick zur Kammer hinaus.

MITTAG

[Klosterkirche, 13:00 h]

Worin der Mörder von Bruder Severus von allerlei Visionen heimgesucht wird, diese jedoch nicht zu deuten weiß.

UM DIESE ZEIT, eine gute Viertelstunde vor der Non, war der Chor der Klosterkirche leer, seine Arbeit so gut wie getan. Und so begab er sich auf seinen Platz im Chorgestühl und ließ die Gedanken einfach schweifen.

Wie immer, wenn er dies tat, vergaß er Zeit und Raum, Schmerz und Pein, Mühsal und Plage. Die alltäglichen Kränkungen verblassten und mit ihnen all das, was ihm widerfahren war. Die Tat, welche er begangen hatte, blieb ihm indes sehr deutlich in Erinnerung, und während er im Dämmerlicht vor sich hin sinnierte, huschte ein zufriedenes Lächeln über sein Gesicht.

Er mochte etwa drei Vaterunser lang so dagestanden haben, als ihn ein Geräusch, das vom Altar zu ihm herüberdrang, zusammenfahren ließ. Für den Bruchteil einer Sekunde wie erstarrt, fuhr er von seiner Miserikordie empor und lauschte. Da er von seinem Platz im hinteren Teil des Chorgestühls nichts sehen konnte, trat er nach vorn und sah zum Chor hinauf.

Die Nebelschwaden hatten sich immer noch nicht verzogen, weshalb durch das Maßwerkfenster hinter dem Altar kaum Licht ins Kircheninnere drang. Eine eigentümliche Stille erfüllte den Raum, und hätte er nicht gewusst, dass es Mittag war, wäre er ohne jede Orientierung gewesen. So aber blieb er einfach stehen und sah sich nach allen Seiten um.

Im Glauben, einer Sinnestäuschung erlegen zu sein, atmete er schließlich auf und machte sich auf den Weg nach draußen. Weit sollte er indes nicht kommen, denn kaum hatte er einen Fuß vor den anderen gesetzt, schreckte ihn das gleiche Geräusch, nur ungleich näher, erneut auf.

Da war etwas, und was oder wer immer dieses Etwas war, es schien jede seiner Bewegungen mit Argusaugen zu beobachten. Fragt sich nur, ob ich mir das alles nicht einbilde, beruhigte er sich, nahm seinen ganzen Mut zusammen und steuerte auf die Mönchspforte zu.

Doch er kam nicht weit. Denn plötzlich stieg ihm ein Geruch in die Nase, von dem er nur zu gut wusste, wer ihn verströmte.

Schwefel. Und so durchdringend, dass jeglicher Zweifel von vornherein ausgeschlossen war.

Grundsätzlich, sagte ihm sein Instinkt, hatte er nun zwei Möglichkeiten. Nichts wie raus hier oder einfach stehen bleiben, das war die Frage. Er entschied sich für Letzteres, im Glauben, überhaupt so etwas wie eine Wahl zu haben. In Wahrheit hatte er diese nämlich nicht, und das wurde ihm auch alsbald klar. Gegen die Kräfte, die ihn zum Umkehren nötigten, war nämlich kein Kraut gewachsen. Jeglicher Widerstand sinnlos. Da konnte er machen, was er wollte.

Mit wem er es hier zu tun hatte, war klar, umso mehr, als dass der Geruch mittlerweile unerträglich geworden war. Trotz alledem gab es nichts, das ihn hätte zur Flucht bewegen können, und als er vor der Altarmensa stand, hatte er sich bereits in sein Schicksal ergeben.

Das Triptychon, welches sich über dem Reliquienschrein erhob, war offen, und wie immer, wenn er der Darstellung von der Beweinung Christi ansichtig wurde, schlug er betreten die Augen nieder. Wann genau er vom rechten Pfad abgekommen war, konnte er beim besten Willen nicht sagen. Auf jeden Fall stellte die Ermordung von Bruder Severus das Ende, nicht etwa den Beginn dieses Weges dar.

Dachte er wenigstens.

»Gut gemacht, Fraticellus![15]«, hörte er plötzlich eine Stimme sagen, und der Schreck fuhr ihm durch sämtliche Glieder. Nicht im Traum wäre ihm eingefallen, sich von der Stelle zu rühren, und alles, wozu er sich durchringen konnte, war, den Blick auf den linken Flügel des Triptychons zu richten. Er tat dies eher zögerlich, obgleich er ahnte, wer da so unvermutet das Wort an ihn richtete.

Wie nicht anders zu erwarten, trog seine Ahnung nicht. Vor nicht allzu langer Zeit hätte er sich beim Anblick der gehörnten Kreatur, welche auf der Oberkante des Triptychons entlangtänzelte, noch bekreuzigt, am heutigen Tage jedoch starrte er sie einfach nur an.

Die Kreatur, aus deren Rachen eine Schlangenzunge schnellte, war höchstens drei Fuß groß, hatte giftgrüne Augen und die Füße eines Ziegenbocks. Aus ihren Nüstern schoss schwefelgelber Rauch empor, und die spitzen

---

[15] dt.: Brüderchen

Ohren waren mit Schuppenflechten bedeckt. Alles an ihr war abstoßend, durch und durch diabolisch, verderbt bis ins Mark. »Wie ich höre, hast du uns einen großen Dienst erwiesen«, raunte ihm der Gehörnte amüsiert zu, spreizte seine Schwingen und flatterte auf den gegenüberliegenden Flügel des Altars, auf dem der heilige Bernhard abgebildet war. »Kompliment. Dieser Severus hat es auch nicht anders verdient.«

Bleich vor Entsetzen, hielt er sich die Ohren zu, doch die Stimme drang mühelos durch seine Handflächen hindurch. Der Schmerz, der sich im gleichen Moment in seine Ohrmuschel bohrte, fühlte sich wie eine glühende Nadel an, und er musste an sich halten, um nicht laut aufzuschreien.

Das Höllenwesen schnaubte vergnügt. »Warum so schweigsam?«, spottete die Kreatur, während sich ihre Fratze zu einem überheblichen Lächeln verzog. »Nach meinem Dafürhalten kannst du wirklich stolz auf dich sein.«

Drauf und dran, das Weite zu suchen, blieb er unverrichteter Dinge stehen. Lähmendes Entsetzen ergriff Besitz von ihm, und um der Kreatur nicht ins Gesicht sehen zu müssen, konzentrierte er sich auf den Reliquienschrein.

Die Reaktion des Gehörnten ließ nicht auf sich warten. »Keine gute Idee!«, zischte er, bar jeder Spöttelei. »Nur keine Bange – das werden wir dir noch austreiben.«

Gegen seinen Willen, als drücke ihm jemand das Kinn in die Höhe, hob der Mörder von Bruder Severus schließlich den Blick. Und erkannte mit Entsetzen, weshalb der Bocksbeinige die Mehrzahl benutzt hatte.

Sie kamen aus allen Richtungen, sogar aus den Tiefen unter der Grabplatte, welche sich unmittelbar vor der

Altarmensa befand. Sie kamen durch die Totenpforte, hangelten sich von der Decke auf das Chorgestühl und wuselten mit halsbrecherischer Geschwindigkeit die Dormitoriumstreppe hinab. Sie kletterten über die Chorschranke, drängten durch die Mönchspforte, jaulten, kläfften und ließen ein vielstimmiges, infernalisches Triumphgeheul ertönen. Sie waren abstoßend hässlich, widerwärtiger als die Sünde, heimtückischer als der Tod. Der Chor hallte wider von ihrem exstatischen Geschrei, dem Fletschen ihrer Zähne, ihrem infernalischen Jaulen. Es war nicht zum Aushalten, selbst dann, als er vor der Altarmensa niedersank, war das Höllenspektakel ringsum noch nicht zu Ende, und der Gehörnte auf dem Triptychon brach in diabolisches Gelächter aus.

»Willkommen daheim!«, rief er ihm von oben herab zu, und als der Zusammengesunkene nicht reagierte, stand er auf einmal neben ihm. »Willkommen im Reich der Finsternis.«

Erst jetzt, als der Tumult jegliche Vorstellungskraft überstieg, tat er das, was er längst hätte tun sollen: Er schrie. Schrie so laut, dass die Kreaturen um ihn herum verblüfft innehielten. Dieser Zustand hielt indes nicht lange an, und während er sich die Seele aus dem Leib brüllte, um sich trat und wie ein Berserker mit den Armen fuchtelte, spotteten die Heerscharen Luzifers seiner, bildeten einen Kreis und vollführten einen Reigen, zu dem der Gehörnte auf der Altarmensa den Takt angab. »Willkommen, Fraticellus!«, wiederholte er, »der du erneut töten wirst.«

Dann war es auf einmal still und er stürzte in einen endlosen Schlund hinab.

NON

[Mönchslatrine, 13:20 h]

Worin darüber zu berichten sein wird, wie der Novize Alanus in eine Falle gelockt wird.

»Na – schon fertig?« Beim Klang der Stimme, die er plötzlich vernahm, zuckte Alanus nicht einmal zusammen. Irgendwann, sagte er sich, würde es ja doch geschehen. Ob heute, morgen oder erst in ein paar Tagen, war letztendlich egal.

Um ihm die angekündigte Lektion zu erteilen, hatten sich seine drei Widersacher etwas einfallen lassen. Der Novize gab ein verächtliches Schnauben von sich. Der Ort, an dem sie ihr Mütchen zu kühlen gedachten, hätte idealer nicht sein können. Bruder Cyprianus war auf dem Weg in die Kirche, Alanus somit ganz auf sich allein gestellt. Und da er am heutigen Tage Latrinendienst hatte, würde ihn sowieso niemand vermissen.

Zeit genug also, um Vergeltung zu üben, hatten sich die drei Raufbolde wahrscheinlich gedacht. Und vielleicht sogar recht.

Während er auf dem Fußboden kniete, Bürste und Scheuerlappen in der Hand, schüttelte Alanus entmutigt den Kopf. Von hier zu entwischen war unmöglich, unter anderem, weil die Latrine keine Fenster und nur einen Zugang besaß. Und der war natürlich blockiert, wie die Stimme von Gozbert, der ihn unvermutet angesprochen hatte, bewies. Und wo Gozbert war, waren sein Alter Ego Diepold und deren Herr und Meister Billung nicht weit.

Und so war es dann auch. Während sich die Tür der Latrine schloss, hallte das Geräusch von Billungs Steifenabsätzen auf den Steinfliesen wider. Klack, klack, klack. Pause. Klack, klack, klack. Und das Ganze wieder von vorn. Allein an seinem Gang konnte Alanus seinen Erzrivalen, der als Einziger Schaftstiefel trug, erkennen. Gozbert und Diepold hatten für gewöhnlich Schnabelschuhe an. Selbstverständlich aus Wildleder. Um sie dem jeweiligen Besitzer zuzuordnen, brauchte er nicht einmal den Kopf zu heben. Ein Blick aus dem Augenwinkel genügte vollauf.

Mit dem üblichen Vorgeplänkel war es jedoch alsbald vorbei. »Täusche ich mich – oder haben wir dich gewarnt?«, flüsterte Billung, stützte den Ellbogen auf den Handrücken und ließ den Zeigefinger über die Unterlippe gleiten. Im gleichen Moment rastete der Türriegel ein, die Lektion konnte also beginnen.

Alanus nahm das alles kaum wahr. Hier drinnen, noch dazu allein, war er verloren, die Wahrscheinlichkeit, dass jemand etwas mitbekommen würde, äußerst gering. Hinzu kam die Apathie, die ihn im Angesicht seiner drei Peiniger befiel. Alanus legte den Putzlappen beiseite, holte Luft und ließ den Kopf nach vorn sacken. Auf einmal war ihm alles egal, seine Profess, die Klosterschule und was dereinst aus ihm werden würde. Er war nur noch von einem Wunsch beseelt, nämlich dem, die bevorstehende Tortur möglichst rasch hinter sich zu bringen.

Dabei hätte er es eigentlich besser wissen müssen.

»Was ist los, Pfeffersack – hast du etwa die Sprache verloren?«, raunzte Gozbert ihn an und verpasste ihm einen Tritt. »Antworte gefälligst, wenn ich mit dir spreche!«

»Tut mir den Gefallen und lasst mich in Ruhe«, erwiderte Alanus, reckte den Oberkörper und machte Anstalten, sich zu erheben. »Oder habt ihr nicht Besseres zu tun, als ...«

Der Tritt in die Kniekehle traf ihn mit voller Wucht, und Alanus fiel der Länge nach um. Der Rest seiner Antwort ging im Gelächter unter. So leicht, wie er insgeheim gehofft hatte, würde er nicht davonkommen. Dafür würde Billung von Steinsfurt schon sorgen.

Alanus hatte sich nicht getäuscht. Denn kaum machte er den Versuch, wieder auf die Beine zu kommen, waren Gozbert und Diepold bereits über ihm, drückten sein Gesicht nach unten und fesselten ihn. Diepold stieß ihm den Fuß in den Nacken, während Gozbert ihn nach allen Regeln der Kunst knebelte.

Damit, so stand zu befürchten, war die Prozedur jedoch noch nicht vorbei. Alanus würgte, hechelte und keuchte – vergebens. Der Knebel saß so fest, dass er kaum noch Luft bekam. Erst jetzt verflüchtigte sich seine Apathie, leider zu spät.

»Wolltest du etwas sagen?«, spie Billung hohntriefend hervor, bedeutete Diepold, beiseitezutreten und blieb unmittelbar vor dem Gefesselten stehen. »Oder habe ich mich da verhört?«

Das Gelächter im Ohr, das daraufhin aufbrandete, rang Alanus verzweifelt nach Luft. Vergebens. Gozbert hatte ganze Arbeit geleistet.

»Na gut – dann eben nicht.« Die Art, wie Billung dies sagte, ließ nichts Gutes erahnen. Zur Freude seiner Kumpane, die ihm sein Opfer bereitwillig überließen, hatte er sich offenbar etwas ganz Besonderes ausgedacht, und während Alanus noch darüber nachsann, war es bereits so weit. Wie aus weiter Ferne drang erneut Gelächter an sein Ohr, begleitet von Hohn, Spott und üblen Zoten.

Und dann war da wieder Billungs Stimme, ganz anders als bisher. Dies war der Billung, wie Alanus ihn kannte, hasserfüllt, heiser und voller Hohn.

»Na, wo ist denn der gute Bruder Cyprianus?«, gab er sich nicht mehr die geringste Mühe, mit seiner Rachsucht hinterm Berg zu halten. »Hat dich wohl einfach im Stich gelassen. Macht nichts, bei uns bist du so sicher wie in einer Hure Schoß.«

Alanus stieg das Blut in den Kopf, und die Worte, die er hervorwürgte, hörten sich wie das Gebrabbel eines Wahnsinnigen an.

»Mein Wort als Ehrenmann«, fügte Billung, von neuerlichem Gelächter begleitet, hinzu. Dass seine Stimme von hinten kam, nahm Alanus kaum noch wahr. »Wenngleich du mir zustimmen wirst, dass ich für die Schmach, die du mir zugefügt hast, in angemessener Weise entschädigt werden muss. Da wir uns in der Latrine befinden, kannst du dir sicher denken, worin diese Entschädigung besteht. Gestatte mir daher, mich zu erleichtern.«

Nie und nimmer hätte Alanus mit so etwas gerechnet, und während Billung die Hose öffnete, sich in Position begab und seinen Gefährten belustigt zuzwinkerte, schwappte eine Woge des Ekels über ihn hinweg. An der Tatsache, dass Billung seine Notdurft verrichtete, änderte dies freilich nichts. Alanus biss die Zähne zusammen, doch der Schrei, den er in Gedanken formte, wurde durch den Knebel erstickt. Bald war sein Wams völlig durchnässt, und während er sich auf die Seite zu rollen versuchte, hallte Hohngelächter durch den Raum.

Doch wenn Alanus geglaubt hatte, seine Lektion wäre bald vorüber, täuschte er sich. »Und nun zum eigentlichen Höhepunkt«, flüsterte Billung, knöpfte sich die Hose zu und zückte den Dolch, den er am Gürtel trug. »Glaub mir – du wirst voll auf deine Kosten kommen.«

ZUR GLEICHEN ZEIT

[Klosterkirche, 13:20 h]

Worin Bruder Hilpert alsbald klar wird, dass von Remigius von Otranto nichts Gutes zu erwarten ist.

›EST‹ – DREI BUCHSTABEN und ein schier unlösbares Rätsel. Beim Betreten der Kirche, in die sich der Strom seiner Brüder ergoss, ließ Bruder Hilpert den vergilbten Pergamentfetzen verschwinden und steuerte auf seinen Platz im Chorgestühl zu. Des hohen Besuches wegen, in seinen Augen eher eine Heimsuchung, waren weit mehr Kerzen entzündet worden als üblich, unter ihnen auch solche, die nach Bienenwachs, Lavendel und sogar Flieder rochen. Bruder Hilpert fand das reichlich übertrieben, wenn nicht sogar unschicklich, hatte den Sakristan jedoch gewähren lassen. Bruder Simplicius, und beileibe nicht nur er, hatte auf die Nachricht vom Tod des Bursarius mit ostentativer Gelassenheit reagiert, und Bruder Hilpert nahm sich vor, der Ursache für diesen Affront auf den Grund zu gehen.

Es gab also viel zu tun, zu viel, als dass er die gewohnte Souveränität hätte beibehalten können. Hühner, die nicht legen, Dorfbewohner, die eine regelrechte Treibjagd veranstalten, Inquisitoren, die genau dann auftauchen, wenn es einem nicht passt – über einen Mangel an Beschäftigung konnte er wirklich nicht klagen. Bruder Hilpert stieß einen lang gezogenen Seufzer aus. Dies alles wäre freilich zu ertragen gewesen, dachte er, hätte es nur diesen abscheulichen Mord nicht gegeben. Er war der Tropfen, der das Fass wahrscheinlich zum Überlaufen bringen würde, dazu brauchte man nicht viel Fantasie.

Allein schon deshalb musste er alles daransetzen, auf die Spur des Mörders zu gelangen. Oder waren es gar mehrere Täter? Gut möglich, auszuschließen war so etwas natürlich nicht. Die Frage war nur, welches Motiv bei diesem Verbrechen mit im Spiel gewesen war. Einer Tat, die in puncto Menschenverachtung schwerlich zu übertreffen war.

Das und vieles mehr galt es zu klären, und der bloße Gedanke daran ließ ihn erschaudern. Mühsal, Gefahr und Abgründe zuhauf. Bruder Hilpert runzelte die Stirn. Zu dumm, dass der Prior immer noch das Bett hüten und er, Hilpert, die ganze Verantwortung allein tragen musste. Keine leichte Aufgabe also, aber eine, die er mit Gottes Hilfe lösen würde.

Die Frage war allerdings, wie. Das Auftauchen des Großinquisitors, von dem er geflissentlich ignoriert worden war, war bestimmt kein Zufall, und er fragte sich, was Remigius von Otranto im Schilde führte. Bruder Hilpert kannte ihn gut genug, um zu wissen, dass man ihm nicht über den Weg trauen konnte. Die Gelegenheit, sich in Szene zu setzen, würde er überdies wohl kaum verstreichen lassen. Von der Chance, ihm, Hilpert, zu schaden, ganz zu schweigen.

In solcherlei Gedanken vertieft, hatte der Bibliothekarius den Beginn des mittäglichen Gebets nicht bemerkt.

Dies war ihm außerordentlich peinlich, zumal aller Augen auf ihn gerichtet zu sein schienen. »Oh Gott, komm mir zu Hilfe!«, skandierten seine Brüder, und da der Vers seiner Gemütslage entsprach, stimmte er nach Kräften mit ein.

Der Rest des Gottesdienstes verlief so wie immer. Zuerst kam der Vers, dann der Hymnus und die Psalmen. Danach eine Lesung und zum Abschluss das Kyrieeleison. So war es Brauch, und obwohl er sich dafür schämte, ließ er den Blick über die Gesichter seiner Mitbrüder schweifen. Bruder Thaddäus, sangesfreudig wie immer, war anscheinend durch nichts zu erschüttern, ebenso wenig wie Bruder Gervasius, der feiste Cellerar. Das Gleiche galt für den Granarius, der seinem Spitznamen einmal mehr alle Ehre machte. Obwohl es dem Ernst der Lage nicht entsprach, huschte ein Lächeln über Bruder Hilperts Gesicht, der Vergleich von Bruder Achatius mit einer Ziege kam wahrhaftig nicht von ungefähr. Ganz anders Bruder Marsilius, der Infirmar. Er war mit geradezu heiligem Ernst bei der Sache, Vorbild für jedermann. Von Bruder Venantius, seinem Erzrivalen, konnte man das freilich nicht behaupten, und angesichts des blutleeren Lethargikers wurde Bruder Hilperts Selbstbeherrschung auf eine harte Probe gestellt. Ohne genau zu wissen, warum, kam ihm beim Anblick des dreiunddreißigjährigen Vestiarius die Galle hoch, und das ausgerechnet hier. Von Natur aus träge, haftete dem triefäugigen Phlegmatiker etwas zutiefst Unaufrichtiges an, und Bruder Hilpert hatte Mühe, seine Antipathie zu verbergen.

Blieb Bruder Simplicius, der Sakristan. Von allen Brüdern, die übrigen mit eingeschlossen, war er derjenige, bei dem die Nachricht vom Mord an Bruder Severus die wenigsten Spuren hinterlassen hatte. Der stets lächelnde, zuvorkommende und über die Maßen liebenswürdige Küster konnte keiner Fliege etwas zuleide tun und stand bei seinen Mitbrüdern in hohem Ansehen. Nicht etwa aufgrund intellektueller Brillanz, sondern dank seiner Hilfsbereitschaft, von der sich manch anderer eine Scheibe hätte abschneiden können.

»Was plagt Euch, Bruder? Der Mord an Bruder Severus? Oder ist am Ende gar der Geist in Euch gefahren?«

Beim Klang der Stimme, die er nach dem Kyrieeleison vernahm, war Bruder Hilpert sofort hellwach, und wäre sein Banknachbar nicht gewesen, der geduldig auf ihn wartete, hätte er gegenüber Remigius von Otranto vermutlich einen anderen Ton angeschlagen.

Der Bibliothekarius lächelte, ließ Bruder Oswin, den Elemosinarius, passieren und wandte sich dem gefürchteten Großinquisitor zu. Es war einige Zeit her, seit sie sich zum letzten Mal begegnet waren, und Bruder Hilperts Antipathie hatte während dieser Zeit nicht abgenommen. Dass sie auf Gegenseitigkeit beruhte, war ihm zwar durchaus bewusst. Im Gegensatz zu anderen Personen, zu denen er auf Distanz gegangen war, hatte er jedoch kein schlechtes Gewissen.

»In mich?«, erwiderte Bruder Hilpert, als er sicher sein konnte, dass seine Mitbrüder die Kirche verlassen hatten. »Einen Zisterzienser? Dafür sind die Brüder vom Orden des heiligen Dominikus doch weitaus besser geeignet.«

»Der gute alte Hilpert – schlagfertig wie eh und je.« Remigius von Otranto lächelte dünn, die Lippen nicht mehr als ein farbloser Strich. »Wie lange ist es eigentlich her, seit sich unsere Pfade zum letzten Mal gekreuzt haben?«

Nicht lange genug, dachte Bruder Hilpert im Stillen, doch da er nicht mehr Öl ins Feuer gießen wollte als nötig, fiel seine Antwort deutlich milder aus. »Bedaure, was mein Gedächtnis angeht, klafft diesbezüglich eine große Lücke.«

»Und das von einem der hellsten Köpfe, welche der Zisterzienserorden aufzuweisen hat.«

»Zu viel der Ehre, Bruder.«

»Warum so bescheiden?«, salbaderte Remigius, wovon sich Bruder Hilpert allerdings nicht täuschen ließ. Der Blick des Großinquisitors, listig wie der einer Schlange, sprach eine andere Sprache, der Klang seiner Stimme nicht minder. Dieser Mann war die Heimtücke in Person, Vorsicht das Gebot der Stunde. »Studium der Rechte in Heidelberg, Theologie in Rom, Philosophie an der Sorbonne – und Ihr wollt mir weismachen, Euer Gedächtnis habe Euch im Stich gelassen? Alles, was recht ist, Bruder, aber das kaufe ich Euch nicht ab.«

»Ein Vorschlag zur Güte: Wäre es nicht besser, die Vergangenheit ein für alle Mal ruhen zu lassen?«

Remigius lachte leise in sich hinein. »Zu gnädig«, erwiderte er in hochnäsigem Ton, runzelte die Stirn und fuhr durch die spärlichen Reste seiner Tonsur. »Wobei, vorausgesetzt, dass zumindest meine Erinnerung noch intakt ist, Ihr allen Anlass hättet, Euch über den gegen mich gewonnenen Prozess zu freuen.«

»Der Kasus in Béziers – lange her, findet Ihr nicht auch?«

»Sechs Jahre, elf Monate und dreißig Tage.« Remigius fuhr mit dem Zeigefinger über die Nasenspitze und sah ihn durchdringend an. »Wobei ich nie verstanden habe, weshalb Ihr Euch für ein verlottertes französisches Kräuterweib, welches der Hexerei bezichtigt wurde, dermaßen ins Zeug gelegt habt.«

»Täusche ich mich, oder wurde sie durch das bischöfliche Tribunal nicht freigesprochen?«

»Summum ius, summa iniuria«[16], erklärte Remigius von Otranto lapidar, wobei seine verkniffene Miene zeigte, welche Spuren die erlittene Demütigung bei ihm hinterlassen hatte.

»Wie gesagt: Ich würde vorschlagen, wir lassen die Vergangenheit einfach ...«

»Bezeichnend, dass ausgerechnet Ihr einen derartigen Vorschlag macht.« Remigius glättete die buschigen Brauen, nahm im Chorgestühl Platz und schlug genüsslich die Beine übereinander. »Eine Zierde Eures Ordens, der Ihr von der Vergangenheit auf höchst unerquickliche Art und Weise eingeholt worden seid. Reichlich spät zwar, aber immerhin rechtzeitig genug.«

»Ihr sprecht in Rätseln, Bruder.«

»Findet Ihr?«, fragte Remigius gespreizt. »Oder habt Ihr Euren leiblichen Sohn wieder vergessen?«

Die unverblümte Attacke traf Bruder Hilpert wie ein Keulenhieb, und in seinem Gehirn begann es fieberhaft zu arbeiten. »Keineswegs«, entgegnete er, während die Ereignisse des letzten Frühjahrs vor seinem inneren Auge vorüberzogen. »Wobei mich brennend interessiert, welcher Ohrenbläser Euch davon in Kenntnis gesetzt hat.«

---

[16] dt.: Wo es ein Höchstmaß an Recht gibt, herrscht auch ein Höchstmaß an Ungerechtigkeit.

»Gegenfrage: Habt Ihr schon einmal von einem gewissen Valentin von Helfenstein gehört?«

Bruder Hilpert stöhnte innerlich auf und kämpfte mit aller Macht gegen seine Aufgewühltheit an. Mittwoch vor Palmsonntag im letzten Jahr, der Tag, an dem er mit dem Stallburschen Alkuin im Kloster Bronnbach angekommen war, um eine Verschwörung von Satansjüngern aufzudecken. Dass er erst eine Woche vor seiner Ankunft von seiner Vaterschaft erfahren und sein vermeintlicher Sündenfall vor seinem Eintritt in den Orden stattgefunden hatte, würde Remigius wahrscheinlich nicht interessieren. Und deshalb ging er darauf auch mit keinem Wort ein. »Der bischöfliche Emissär, mit dem ich während meiner Visite im Kloster Bronnbach Bekanntschaft gemacht habe?«

»Ebender«, erwiderte Remigius aalglatt. »Wie er mir bei einem Bankett in Bamberg anzuvertrauen geruhte, scheint Ihr bei der Lösung Eures Falles recht unorthodoxe Methoden angewandt zu haben.«

»Und wie kommt der ehrenwerte Herr von Helfenstein an derlei Informationen?«, fragte Bruder Hilpert gereizt, nicht willens, sich vor Remigius zu rechtfertigen.

»Neuigkeiten wie diese sprechen sich eben schnell herum«, lenkte der Großinquisitor rasch ab. »Ihr erwartet doch hoffentlich nicht, dass ich meine Quellen preisgebe?«

»Von einem Dominikaner – Gott bewahre!«, versetzte Bruder Hilpert, auf dem besten Wege, die gewohnte Schlagfertigkeit wiederzuerlangen. »Mit anderen Worten: Ihr habt die Reise zu dem alleinigen Zweck unternommen, um mir eine Verfehlung unter die Nase zu reiben, die keine ist.«

»Weit gefehlt, weit gefehlt«, erwiderte Remigius von Otranto, ein hinterhältiges Lächeln im Gesicht. Dann erhob er sich, strich sein Habit glatt und entfernte sich. Vor dem Altar angekommen, drehte er sich noch einmal um. »Ich bin nicht gekommen, um den Moralisten zu spielen, Bruder«, sprach er mit samtweicher Stimme. »Ich bin gekommen, um Euch zu vernichten.«

NACH DER NON

[Elfinger Hof, 13:35 h]

Worin der alte Zehntgraf von seiner Vergangenheit eingeholt wird.

ER WAR VERHASST wie kein anderer, und vom Verwalter bis zum Schweinehirten gab es niemanden, der ihm nicht die Pest an den Hals wünschte. Aber als es so weit war und die Nachricht von seinem Tod eintraf, herrschte keineswegs eitel Freude. Das Leben auf dem Wirtschaftshof stand still, und wer konnte, ließ sich geraume Zeit nicht blicken.

Dabei hatte es so begonnen wie immer. Der Zehntgraf, der sich bei den Mönchen als Pfründner eingekauft hatte, verließ seine Stube, stapfte wutschnaubend zum Stall und brüllte den alten Cuntz zusammen. Der nahm die wüsten Beschimpfungen mit schicksalsergebener Miene hin, schwerhörig, wie er nun einmal war. Dann schlurfte er zur Koppel, holte den Schecken und legte ihm das Zaumzeug an. Als Letztes kam der Sattel, aus reinem Leder und des Zehntgrafen ganzer Stolz. Damit gab er sich am heutigen Sonntag besondere Mühe, weit mehr als sonst. Hätte der alte Griesgram genauer hingesehen, wäre ihm das stillvergnügte Lächeln des Zweiundsechzigjährigen, schwerhörigen und obendrein gichtkranken Stallknechtes gewiss aufgefallen. Da er jedoch damit beschäftigt war, seiner Übellaunigkeit zu frönen, fiel ihm die heitere Stimmung des alten Cuntz nicht auf.

Und so kam es, wie es kommen musste. Beziehungsweise sollte.

Der Zehntgraf, selbst nicht mehr der Jüngste, hangelte sich mühsam in den Sattel, übergoss Cuntz mit einem Schwall Verwünschungen und stieß dem alten Klepper die Stiefel derart heftig in die Flanken, dass er sich gequält aufbäumte. So etwas ließ der Zehntgraf natürlich nicht durchgehen. Mit der Reitpeitsche, seinem Lieblingsrequisit, war er wie immer schnell bei der Hand, und der Ziegenhirte, der in diesem Moment seinen Weg kreuzte, konnte von Glück sagen, dass ihm nicht das Gleiche widerfuhr.

Es war wie immer, wie vor jedem Ausritt, welchen der einstmalige Zehntgraf unternahm. Der Alte gab seinem Pferd die Sporen, die Gänse stoben auseinander, ein letzter Fluch, und er war zum Tor hinaus. Es war neblig an diesem Tag, die Schwaden, in welche er eintauchte, so glitschig, klamm und feucht, dass sie ihm wie der Hauch des Todes vorkamen. Doch davon ließ sich einer wie er natürlich nicht abschrecken, und so riss der alte Zehntgraf die Zügel herum und schlug den Weg nach Bretten ein. Er musste sich sputen, wollte er noch vor Einbruch der Dunkelheit wieder zu Hause sein.

Es geschah auf halbem Wege, unweit der Anhöhe, wo er sonst immer Rast zu machen pflegte. Man konnte keine zehn Klafter weit sehen, und obwohl er den Weg bereits Dutzende Male zurückgelegt hatte, beschlich ihn das Gefühl, sich verirrt zu haben. An dieser Stelle war der Weg holprig, noch dazu voller Schlaglöcher, und die gestrigen Regengüsse hatten das Ihre dazu beigetragen, ihn in eine Schlammwüste zu verwandeln. Das freilich focht den Zehntgrafen nicht an. Anstatt sich selbst und seinen Schecken zu schonen, spornte er ihn zu noch größerer Eile an, dies sogar mithilfe des Stocks. Der Gaul ließ es geschehen, zuckte unter den Schlägen zusammen und preschte wie von den Sendboten Luzifers verfolgt davon.

Doch die Gespenster der Vergangenheit, die dem Zehntgrafen just zu dieser Stunde auflauerten, waren schneller. Nicht etwa, dass er je einen Gedanken an sie verschwendet hätte. Nein, das hatte er seit Jahren nicht mehr getan. Überhaupt war er ein Mann, für den es das Wort Schuld nicht gab. Der, so ging das Gerücht, von Gewissensbissen noch nie etwas gehört hatte.

Das sollte sich jetzt ändern. Denn nachdem der Sattelgurt entzweigerissen, der Alte vom Pferd geschleudert und mit dem Hinterkopf auf einem Feldstein aufgeschlagen war, ließ der Tod noch geraume Zeit auf sich warten. An seiner statt tauchten drei junge Frauen aus dem Nebel auf, nackt, barfuß und tropfnass. Als sei nichts gewesen, lächelten sie dem mit Gevatter Tod ringenden, um Hilfe lallenden und mit krampfartigen Bewegungen auf sich aufmerksam machenden Zehntgrafen zu, fassten sich an den Händen und wirbelten wie von Sinnen um ihn herum. Der Reigen, den sie vollführten, wollte nicht enden, doch als der Alte seinen letzten Atemzug tat, brach er abrupt ab.

Die drei jungen Frauen indes deuteten auf den Leichnam, kicherten, was das Zeug hielt und verschwanden so lautlos, wie sie gekommen waren.

Gerade so, als habe es sie nie gegeben.

ZUR GLEICHEN ZEIT

[Refektorium, 13:35 h]

Worin sich Bruder Hilpert über die Gleichgültigkeit seiner Mitbrüder wundert und ihm der Ernst der Situation einmal mehr vor Augen geführt wird.

BEIM MITTAGESSEN, DER einzigen Mahlzeit des Tages, waren mit Ausnahme des Priors sämtliche Brüder versammelt. Von der Lesekanzel in der Ostwand hallten die Worte des Rezitators über die Köpfe hinweg, und da es die Ordensregel so wollte, hüllten sich die Fratres in Schweigen. Zur Feier des Tages gab es Barsch, Hecht und Karpfen, unter der Woche täglich ein Pfund[17] Brot, Linsensuppe, Dörrobst oder Haferbrei. Das war nicht gerade viel, und so gab es nicht wenige, die eine Erhöhung der Brotration forderten.

Bruder Hilpert, der am Kopfende der Tafel saß, war der Appetit hingegen vergangen. Und das ausgesprochen gründlich. Schuld daran war natürlich der Mord an Bruder Severus, darüber hinaus jedoch die Anwesenheit des päpstlichen Großinquisitors, der seine Mahlzeit mit großem Appetit verzehrte. An der Tatsache, dass der Platz von Bruder Severus leer geblieben war, schien er sich nicht

---

[17] dreihundert Gramm

sonderlich zu stören, und Bruder Hilpert war sicher, dass er durch den Vestiarius, seinen Nachbarn zur Linken, umfassend ins Bild gesetzt worden war. Das konnte er von sich selbst leider nicht behaupten, und so blieb ihm nichts anderes übrig, als in den Gesichtern seiner Brüder zu lesen. Was er darin vorfand, hatte mit Betroffenheit nicht das Geringste zu tun. Je länger er die Runde betrachtete, umso mehr fiel ihm die Gleichgültigkeit in den Mienen der Fratres auf. Gewiss, der Bursarius war nicht übermäßig beliebt gewesen, doch dass man nach seinem Tod mir nichts, dir nichts zur Tagesordnung übergegangen war, ließ Bruder Hilpert innerlich erschaudern. Er fragte sich, was der Grund dafür war, fand allerdings keine schlüssige Erklärung.

In Gedanken immer noch bei Bruder Severus, griff Bruder Hilpert nach dem Becher, der vor ihm auf dem blank polierten Eichentisch stand. Im Gegensatz zu seinem Freund Berengar, der einen guten Tropfen schätzte, hatte er für Wein nicht übermäßig viel übrig. Wenn überhaupt, trank er ihn lieber verdünnt, und dann nicht in großen Mengen. Das galt auch für Würzwein, welcher mit Honig, Majoran und Zimt verfeinert worden war. Wenn schon Rebensaft, dann ungesüßt, aber da er sich mit dieser Unsitte inzwischen abgefunden hatte, ließ er fünf gerade sein, seufzte und führte den Becher zum Mund.

Vielleicht war es sein Instinkt, oder vielleicht auch der Geruch, der ihm urplötzlich in die Nase stieg. Er kannte diesen Geruch, wenngleich er ihn nicht auf Anhieb zuordnen konnte.

Um kein Aufsehen zu erregen, tat Bruder Hilpert so,

als nehme er einen Schluck, stellte den Becher ab und wischte sich mit der Serviette über den Mund.

Dann betätigte er das Glöckchen, welches das Ende der Mahlzeit anzeigte. Das Zeichen für Bruder Oswin, den Elemosinarius, von seinen Brüdern die fällige Weinspende für die Armen zu erbitten. Schließlich war heute Sonntag, Geben Christenpflicht. Leider musste Bruder Hilpert auch hier feststellen, dass nicht alle Brüder sie erfüllten. Dafür schmeckte der Wein vom Klosterberg offenbar zu gut.

Als sich das Refektorium, um das man die Mönche von Maulbronn seines Prunkes wegen beneidete, langsam leerte, blieb Bruder Hilpert noch eine Weile für sich. Es gab viel zu bedenken, abzuwägen und sich eine Strategie zurechtzulegen. Das Problem war, dass er keinen Sozius hatte, sonst wäre ihm vieles leichter gefallen. Am besten sein Freund Berengar, mit dem er sich immer so gut ergänzt hatte. Er war es, den er am schmerzlichsten vermisste, und er hoffte, ihn bald wiederzusehen.

Am Ende mit seinen Ermittlungen, dies war ihm einmal mehr klar geworden, war er hingegen noch lange nicht, und irgendwie hatte er das Gefühl, als habe der Kasus noch gar nicht begonnen.

Schließlich war ja erst Mittag, und es konnte noch allerhand passieren.

Er sollte recht behalten.

Nach der Non

Hilpert, Bibliothekarius zu Maulbronn, an Alkuin, einstmals Stallbursche ebendaselbst

›Geliebter Sohn!
Verzeih, wenn ich Dich als Stallbursche tituliert habe, aber die Vorsicht, nicht etwa die Scham, hat mich zu dieser Maßnahme bewogen.
Ich hoffe, Dir und Laetitia geht es gut, was mich betrifft, vergeht keine Stunde, während der ich eurer nicht gedenke. Mein einziger Trost ist, meinen Freund Berengar in Deiner Nähe zu wissen, darum zögere nicht, seinen Beistand zu erbitten, sollten die Umstände dies erfordern. Wer weiß, vielleicht werden wir uns bald wiedersehen, für meinen Teil jedenfalls hege ich keinen sehnlicheren Wunsch. Alles, worum ich meinen Schöpfer bitten möchte, ist, dass er seine schützende Hand über Dich und Laetitia halten möge, auf dass es euch allzeit wohlergehen möge.
Was mich betrifft, kann ich Letzteres leider nicht behaupten. Wiewohl wieder zu Hause in Maulbronn, habe ich mir mein Dasein als Bibliothekarius wahrlich anders vorgestellt. Die Pforten der Hölle haben sich erneut aufgetan, und ich, der ich sie dereinst schließen half, stehe dem Treiben des

Bösen ratlos gegenüber. Befände sich Berengar an meiner Seite, wäre mir um einiges wohler, da dem nicht so ist, muss ich mich den finsteren Mächten allein entgegenstellen. Je mehr ich mich in den Fallstricken des Bösen verheddere, umso häufiger muss ich an das vergangene Jahr denken, in specialiter[18] an den Tag vor Palmsonntag, als ich Dir das, was mir selbst erst zehn Tage zuvor offenbart wurde, anvertraut habe. Mein Leben wäre anders verlaufen, hätte ich frühzeitig gewusst, wer Du wirklich bist, aber da Dein Schicksal durch die Bande zwischen Dir und Laetitia eine glückliche Wendung genommen hat, möchte ich nicht damit hadern. Euch beide glücklich zu wissen, ist mir ein Trost, und die Labsal, die er mir verschafft, macht es mir leichter, dem Ansturm Luzifers zu trotzen. Wisse denn, mein Sohn, dass sich just am heutigen Tage in diesem Kloster ein abscheulicher Mord ereignet hat. Da unser Abt auf dem Reichstage zu Konstanz weilt und Bruder Adalbrand, der Prior, nach einem Fieber noch nicht recht bei Kräften ist, obliegt es mir, sobald als möglich Ordnung zu schaffen und den Schuldigen seiner gerechten Strafe zuzuführen. Als sei dies noch nicht genug, ist vor ein paar Stunden wie aus dem Nichts einer meiner schärfsten Widersacher aufgetaucht. Besagter Remigius von Otranto, seines Zeichens Großinquisitor des Dominikanerordens, hat es sich zum Ziel gesetzt, mich zu vernichten, eines Zwistes wegen, der schon viele Jahre zurückliegt.

---

[18] dt.: ganz besonders

Das Mittel, mit dem er dies zu bewerkstelligen versucht, ist meine Vaterschaft, wobei Du und ich wissen, dass der Leib deiner Mutter lange vor meinem Eintritt in den Orden fruchtbar geworden ist. Wie Du Dir denken kannst, werden mir meine Mitbrüder beziehungsweise unser Abt diese Version möglicherweise nicht abnehmen, mich unter Umständen sogar aus ihrer Mitte verbannen. Und genau das ist es, was Remigius bezweckt: Rache zu nehmen für die vermeintliche Schmach, welche ich ihm vor Jahren zugefügt habe.
Um mir seine Großmut zu demonstrieren, hat er mir indessen eine letzte Frist eingeräumt. Sollte ich sie ungenutzt verstreichen lassen, wird er während des morgigen Kapitels in aller Öffentlichkeit über die Bande berichten, welche zwischen Dir und mir bestehen. Gelingt es mir bis dahin nicht, ihn zu desavouieren beziehungsweise den Mord an Bruder Severus aufzuklären, werden die Konsequenzen für mich unabsehbar sein.
Doch was immer geschieht, mein Sohn, ich werde Deiner stets mit Liebe gedenken, sollte ich auch für das, was man mir wohl kaum zum Vorwurf machen kann, zur Verantwortung gezogen werden.
So lebe denn wohl und sei allzeit umarmt, auf dass wir uns dereinst wiedersehen.

Hilpert, Dein Vater‹

VOR DER VESPER

[Spital, 14:40 h]

Worin Marsilius von Paderborn, der Infirmarius, mit Bruder Hilpert eine folgenreiche Unterhaltung führt.

ÜBER EINEN MANGEL an Beschäftigung konnte sich Bruder Marsilius, der Infirmarius, wahrhaftig nicht beschweren. Und das, wie er zu seinem Bedauern konstatierte, ausgerechnet am Tag des Herrn.

Der Abt auf Reisen, der Prior bettlägerig, der Bursarius dahingeschlachtet wie ein Stück Vieh. Und dann noch der Novize Alanus, den er halb tot auf der Latrine gefunden hatte. Der Jüngling konnte von Glück sagen, dass er im richtigen Moment zur Stelle gewesen war. Eine Viertelstunde später, und jede Hilfe wäre zu spät gekommen.

Das allein war jedoch nicht das Problem. Bruder Marsilius wusch sich die Hände, trocknete sie ab und rollte die Leinenbinden zusammen, mit denen er den Arm des Novizen bandagiert hatte. Dann wandte er sich wieder seinem Patienten zu. »Und du willst uns wirklich nicht sagen, wer es war?«, fragte er.

Alanus schüttelte den Kopf. Er hatte Mühe, sich aufrecht zu halten, und der Schemel, auf dem er saß, geriet ins Wanken. Noch nie in seinem Leben hatte er sich so elend gefühlt. Und allen Grund, mit der Wahrheit nicht länger hinterm Berg zu halten. Doch die Furcht vor seinen Peinigern, die ganze Arbeit geleistet hatten, saß tief.

»Nichts für ungut, Infirmarius«, schaltete sich der Novizenmeister, der bislang geschwiegen hatte, in das Gespräch mit ein. »Ich kann mir ohnehin denken, wer dahintersteckt.«

»Und wer?« Bruder Hilpert, Dritter im Bunde, wirkte ausgesprochen besorgt, wenngleich mit den Gedanken nicht bei der Sache. »Nur keine Scheu, Bruder Cyprianus – das Ganze bleibt unter uns.«

»Das weiß ich.« Selten um eine Antwort verlegen, tat sich Bruder Cyprianus dieses Mal schwer. Kaum älter als seine Schüler, kratzte sich der hagere Elsässer an der Stirn und dachte nach. Der Respekt vor Bruder Hilpert, dem weithin berühmten Gelehrten, saß tief, und er überlegte sich jedes seiner Worte genau. »Wenn Ihr erlaubt, Bruder, möchte ich die Bitte äußern, die Angelegenheit selbst regeln zu dürfen«, rückte er schließlich mit seinem Ansinnen heraus.

Bruder Hilpert und der Infirmarius tauschten einen überraschten Blick. »Sie sei Euch gewährt«, erwiderte der Bibliothekarius, ging auf Alanus zu und ließ die Hand auf seiner Schulter ruhen. »Allerdings unter einer Bedingung.«

»Und die wäre?«

»Dass Ihr unserem Patienten fortan nicht mehr von der Seite weicht«, entgegnete Bruder Hilpert besorgt, die Falten auf seiner Stirn tiefer denn je. »Damit unserem Konvent nicht noch mehr Unheil widerfährt.«

»Was meint Ihr, Infirmarius«, sprach Bruder Hilpert, nachdem sich die Tür hinter Bruder Cyprianus geschlossen hatte. »Ob die Wunde verheilt?«

»Kommt drauf an.« Bedächtig, wie es seine Art war, zog Marsilius von Paderborn seine blutverschmierte Schürze aus, hängte sie auf und genehmigte sich einen Schluck Wein. Der Infirmarius, ein Könner auf seinem Gebiet, war bereits über vierzig, mittelgroß und nicht sehr gesprächig. Es hieß, er führe bisweilen Selbstgespräche, aber da Bruder Hilpert nichts auf Gerüchte gab, wusste er die Künste des knorrigen Westfalen mit der Knollennase durchaus zu schätzen. »Soweit erkennbar, ist sie sauber. Von seinem Blutverlust einmal abgesehen.«

»Und seine Profess?«

»Mal sehen, wie es ihm morgen geht. Beziehungsweise, ob meine Umschläge und die Salbe Wirkung zeigen.«

Bruder Hilpert nickte. »Eine Rezeptur aus Ringelblumen, Kamille und Johanniskraut – stimmt's?«

Der Infirmarius sah verblüfft auf. »In der Tat«, murmelte er. Und ergänzte: »Ich muss sagen, Ihr überrascht mich immer wieder.«

»So, tue ich das?« Bruder Hilpert zog die Brauen in die Höhe, unterließ es jedoch weiter in Bruder Marsilius zu dringen. Stattdessen wechselte er das Thema und erklärte: »Wie dem auch sei – unser junger Freund hat eine Menge Glück gehabt.«

»Zweifellos.«

Bruder Hilpert schürzte die Lippen, rieb den Zeigefinger am Kinn und mimte den Nachdenklichen. »Wie kommt es eigentlich, dass Ihr genau im richtigen Moment zur Stelle wart?«, wollte er wissen.

»Indem ich zwischen Non und Vesper ein dringendes menschliches Bedürfnis verspürt habe – deshalb.«

Der Bibliothekarius setzte ein hintergründiges Lächeln auf. »Wogegen man in der Regel machtlos ist«, erwiderte er lakonisch, dies allerdings in schärferem Ton. »Mit anderen Worten: Im Bestreben, Euch zu erleichtern, habt Ihr die Latrine aufgesucht und den Novizen Alanus in seinem eigenen Blut liegen sehen. Richtig so?«

»Richtig.«

»Irgendetwas Auffälliges, Indizien, Spuren?«

Bruder Marsilius verneinte.

»Hm.« Bruder Hilpert kaute nachdenklich auf der Unterlippe herum. »Von den Chormönchen, denke ich, kommt wohl kaum jemand infrage.«

»Und die Laienbrüder?«

»Kompliment, Bruder«, antwortete Bruder Hilpert und nickte dem Infirmarius anerkennend zu. »Ich muss sagen, Ihr überrascht mich immer wieder.«

»Die Hochachtung ist ganz auf meiner Seite«, konterte Bruder Marsilius, für den das Thema hiermit erledigt zu sein schien. »Irre ich mich, oder wolltet Ihr nicht wissen, welche Rückschlüsse sich aus den sterblichen Überresten von Bruder Severus ziehen lassen?« Für seine Verhältnisse war dies ein wahrer Wortschwall gewesen, mehr jedenfalls, als der Infirmarius gemeinhin von sich gab.

»Das wollte ich in der Tat.« In Gedanken immer noch bei Alanus, war Bruder Hilpert nicht sonderlich erpicht darauf, mit weiteren makaberen Details konfrontiert zu werden. Da jedoch kein Weg daran vorbeiführte, reckte er das Kinn und sah Bruder Marsilius erwartungsvoll an. »Nur zu, Bruder«, ermunterte er ihn, »ich bin auf alles gefasst.«

Jetzt war die Reihe an dem Infirmarius, seinen Gesprächspartner zu belächeln, und er ließ sich die Chance dazu nicht entgehen. »Das bezweifle ich«, sagte er, während er Anstalten machte, sich in das an die Krankenstube angrenzende Laboratorium zu begeben. »Denn wenn Ihr wüsstet, was auf Euch zukommt, hättet Ihr längst das Weite gesucht.«

VESPER

[Klosterkirche, 14:50 h]

Worin sich der Mörder von Bruder Severus einmal mehr in Sicherheit wähnt.

LAUTLOS, WIE ES seine Art war, schlich er sich durch den Südflügel des Kreuzgangs, sah sich um und betrat die Kirche. Sie war leer, wenn nicht, hätte ihm ohnehin niemand Beachtung geschenkt. Er war ein Mensch, von dem seine Mitbrüder kaum je Notiz nahmen, schon gar nicht am heutigen Tag. Er war der Unsichtbare, Unberührbare, Unnahbare.

Vor dem Altar, wo der Sakristan bereits die Kerzen entzündet hatte, beschleunigte er seinen Schritt. Der Schreck aufgrund des Erlebten saß immer noch tief, weshalb er automatisch den Kopf einzog. Und siehe da, kaum war er an der Totenpforte angelangt, geschah das, was er die ganze Zeit über befürchtet hatte.

Die Stimme war wieder da. Und der Geruch, der sämtliche Abwehrinstinkte lahmzulegen schien.

Die Hand auf der Klinke, drehte er sich langsam um. Doch da war nichts, weder vor, auf noch neben dem Altar. Mit Ausnahme des Geruchs nach Schwefel und eines eiskalten Lufthauchs, aufgrund dessen die vier Bienenwachskerzen beinahe erloschen wären. Ihn fröstelte, und der Griff, mit welchem er die Türklinke umklammerte, verstärkte sich. Einen Ausweg aus seinem Dilemma gab es freilich nicht. Er war wieder da, und er musste ihm gehorchen. Ohne zu zögern, ohne wenn und aber.

Folglich ließ er die Türklinke los, machte kehrt und näherte sich dem Altar. Das Gefühl für Zeit und Raum war ihm völlig abhandengekommen, und als er die aufgeblätterte Bibel auf der Altarmensa liegen sah, wusste er, welche Stunde für ihn geschlagen hatte. Augenblicklich, im Angesicht des Unabwendbaren, war er nicht mehr der, für den er sich hielt. Der Mann, der den Bursarius ohne mit der Wimper zu zucken aus dem Weg geräumt und das, was von ihm übrig geblieben war, auf dem Rost der Heizkammer deponiert hatte. Er war nur noch ein willfähriges Opfer, und seine Hilflosigkeit ließ ihn erschaudern.

Doch war all das Nebensache, und ohne sich dessen bewusst zu sein, trat er vor den Altar, griff nach der Bibel und begann darin zu blättern. Nicht etwa wie ein Suchender, sondern mit einem ganz bestimmten Ziel. Ohne Notiz zu nehmen vom Blattgold, den Blütenranken, den vielfarbigen, bald purpurnen, bald karmesinroten Lettern. Aber auch ohne jedwede Eile oder gar Hast. Er wusste, was er zu tun hatte, worin seine Bestimmung lag. Und er gehorchte, ohne zu zögern.

Als er zu der Offenbarung des Johannes kam, hielt er inne. Was er da las, war ihm natürlich längst bekannt, doch wurde er das Gefühl nicht los, als nehme er diese Zeilen zum ersten Mal wahr. Nicht lange, und sein Gesicht rötete sich vor Zorn, und die schwarze Galle stieg unaufhaltsam in ihm empor. Er las laut, mit weithin vernehmbarer Stimme, die, hätte er sie gehört, er schwerlich als die eigene identifiziert hätte. »›Und wenn tausend Jahre vollendet sind, wird der Satan aus seinem Gefängnis losgelassen werden und wird ausgehen, zu verführen die Heiden an den vier Enden der Erde, den Gog und Magog, sie zu versammeln zum Streit, welcher Zahl ist wie der Sand am Meer. Und sie zogen herauf auf die Breite der Erde und umringten das Heerlager der Heiligen und die geliebte Stadt. Und es fiel Feuer von Gott aus dem Himmel und verzehrte sie. Und der Teufel, der sie verführte, ward geworfen in den feurigen Pfuhl und Schwefel ...‹«[19] Außer sich vor Zorn, hielt er abrupt inne, während sich seine sanftmütigen Züge in eine hasserfüllte Fratze verwandelten. Bis dato ein Mensch, dem man seine Ruchlosigkeit nicht ansah, wurde er von übermächtigem Hass erfasst, packte die Seite und riss sie mit einem kräftigen Ruck heraus.

Erst viel später, als die Laienbrüder bereits in die Kirche strömten, kam er wieder zur Besinnung. Dank der Chorschranke, derentwegen er nicht zu sehen war, blieb ihnen seine Anwesenheit jedoch verborgen. Da ihm bis zum Auftauchen der Fratres nur noch wenig Zeit blieb, musste er sich freilich sputen, und so zögerte er denn auch keine Sekunde.

Das Blatt in seiner Hand fing rasch Feuer, und während die Asche auf die Fliesen rieselte, huschte ein Lächeln über sein Gesicht. Das hier, genau wie der Mord an Bruder Severus, war seine Rache, und er genoss sie in vollen Zügen.

---

[19] Offenbarung des Johannes, Kapitel 20,7

Wieder an der Totenpforte angelangt, drehte er sich noch einmal um. Und siehe, ihm ward ein Lob zuteil, wenngleich die Stimme, welche aus der hereinbrechenden Dämmerung zu ihm herüberschallte, nichts Menschliches an sich hatte.

»Gut gemacht!«, zischte sie, während ein greller, aus dem Nichts aufgetauchter Blitz in die Altarmensa fuhr. »Und nun geh und tue, wie dir befohlen worden ist!«

VESPER

[Noviziat, 14:50 h]

*Worin Billung von Steinsfurt die verdiente Strafe zuteil-
wird und er Alanus blutige Rache schwört.*

»WAMS AUSZIEHEN, HÄNDE aufs Pult und mit dem Gesicht zur Wand.« Bruder Cyprianus, die Sanftmut in Person, war nicht wiederzuerkennen. Außer Alanus, den Bruder Cyprianus in die Obhut von Bruder Achatius gegeben hatte, waren sämtliche Novizen anwesend, und als das Strafgericht anhub, wurde es mucksmäuschenstill. Die Klosterschüler starrten wie gebannt zum Pult, allen voran Gozbert und Diepold, denen das Herz buchstäblich in die Hosen sackte. Leugnen hatte keinen Zweck gehabt, aber wenn sie gehofft hatten, der Novizenmeister würde Gnade walten lassen, kannten sie Bruder Cyprianus schlecht. Dieses eine Mal wenigstens würde er ein Exempel statuieren, und zwar eines, das sich gewaschen hatte.

»Ich nehme an, du kannst zählen«, knirschte der Novizenmeister, während er Billungs Kerbholz um eine Markierung bereicherte. Er tat dies nicht gerne, genau genommen widerstrebte es ihm zutiefst. Um Billung von Steinsfurt zur Räson zu bringen, gab es jedoch nur einen

Weg. Und der bestand darin, Methoden anzuwenden, die er verabscheute.

»Zieh das Hemd hoch.« Billung tat, wie ihm befohlen, und während er die angespitzte Weidenrute in den Eimer mit Salzwasser tauchte, bemerkte Cyprianus, wie die Knie des Delinquenten zu schlottern begannen. Doch das würde dem neunzehnjährigen Rädelsführer nichts nützen. Einmal in Fahrt, gab es für Bruder Cyprianus jetzt kein Halten mehr.

»Zwölf Hiebe, und wenn du mir auch nur einen Apostel vergisst, gleich noch eins mit dem Stock dazu.« Billung öffnete den Mund, unterließ es allerdings, um Gnade zu winseln. Die Entschiedenheit, mit welcher Bruder Cyprianus zu Werke ging, erstickte seine Winkelzüge im Keim. Und die Hoffnung seiner Handlanger, der Bestrafung zu entgehen, mit dazu.

»Ich höre.« Bruder Cyprianus prüfte die Rute, ließ sie durch die Luft surren und trat einen Schritt zurück. Die Novizen hielten den Atem an, manch einer mit Häme im Gesicht.

»Simon Petrus«, spie Billung hervor, vor Angst kreidebleich.

Klatsch.

Billung stieß einen unterdrückten Schmerzenslaut aus, und sein Kopf fuhr ruckartig in die Höhe.

»Weiter.«

»Andreas, dessen Bruder.«

Klatsch.

Bruder Cyprianus tauchte die Rute in den Eimer und bezog wieder Position. Auf Billungs Rücken, dessen Atem sich merklich beschleunigte, prangte ein Paar dunkelroter Striemen, und in seinem Nacken staute sich der Schweiß.

»Etwas zügiger, wenn's beliebt.«

»Jakobus der Ältere.«

Klatsch.

Ein erster Aufschrei, begleitet von stoßweisem Keuchen. Danach Stille.

»Johannes.«

Klatsch.

»Philippus.«

»Nimm das, Nichtswürdiger.«

Klatsch.

»So habt doch Erbarmen, Bruder, ich verspreche Euch, so etwas nie wieder …«

»Nummer sechs?«

»Bartholomäus, Bruder, um der Liebe Christi willen, Bruder, so habt doch …«

Klatsch.

Bruder Cyprianus ließ sich nicht erweichen, weder von Billungs Gewinsel noch von dem Getuschel, das sich in seinem Rücken erhob. »Lass gefälligst den Herrn aus dem Spiel, oder glaubst du, er habe dir bereits verziehen?«

»In der Barmherzigkeit Namen, Bruder, so …«

Klatsch. »Der siebte Apostel – oder es setzt Hiebe mit dem Stock.«

»Thomas.«

Klatsch. »Na also. Acht?«

»Ma … Ma … Matthäus.«

Klatsch. »Neun?«

Aus dem Gewinsel des Raufboldes waren markerschütternde Schreie geworden, und als die Reihe an den zwölften Apostel kam, versagte die Stimme ihren Dienst.

»Zwölf?«

Keine Stelle auf Billungs Rücken, die nicht schmerzte oder auf der sich auch nur ein Quadratzoll unversehrte Haut befand. Und über allem der Geruch von Blut, Schweiß und Salzwasser, das langsam, aber unaufhaltsam in die offenen Wunden sickerte.

»Ich habe dich etwas gefragt, Billung von Steinsfurt.« Bruder Cyprianus hielt keuchend inne, nahm die Rute in beide Hände und bog sie durch. Die Prozedur hatte ihm zugesetzt, weit mehr, als er zuzugeben bereit war, und er war froh, dass er den übrigen Zöglingen den Rücken zudrehte.

»Ich ... ich ...« Außerstande, die gewünschte Antwort zu erteilen, klammerte sich Billung an das Pult. Der Stiernacken sackte zwischen die Schultern, die rotblonde Mähne nach vorn. Im Kopf des Novizen, der sich kaum noch auf den Beinen halten konnte, rumorte, schmerzte und dröhnte es so sehr, dass er nicht mitbekam, wie Bruder Cyprianus die Rute achtlos sinken ließ.

»Judas, Billung, Judas«, sprach der Novizenmeister, nachdem er sich von der Prozedur, unter der er beinahe mehr gelitten zu haben schien als sein Schüler, wieder ein wenig erholt hatte. »Und darum lass dir für die Zukunft eines gesagt sein: Noch so eine Untat, wie du und deine beiden Spießgesellen sie euch gegenüber Alanus geleistet habt, und ihr werdet der Schule verwiesen. Ungeachtet, was eure Eltern zu dem Kasus zu sagen haben.« Bruder Cyprianus holte tief Luft, atmete aus und drehte sich zu den übrigen Novizen um. »Und damit auch alles seine

Richtigkeit hat, sind nun deine beiden Handlanger dran. Keine Angst, Gozbert und Diepold, einstweilen habe ich genug. Zwei Wochen Latrinendienst – einschließlich Wasser und Brot bis zum Advent. Nach meinem Dafürhalten dürfte dies vorerst genügen.«

Da sich kein Widerspruch regte, begann sich die Miene des Novizenmeisters merklich zu entspannen. Hätte er die hasserfüllten Züge von Billung gesehen, wäre er weiter vor ihm auf der Hut gewesen. So aber dachte er, die Angelegenheit sei erledigt, der ewige Störenfried habe seine Lektion gelernt.

Doch dem war keineswegs so, und während er zur Tagesordnung überging, hatte Billung von Steinsfurt bereits Rache geschworen.

Rache, welche er bei nächstbester Gelegenheit in die Tat umsetzen würde.

VESPER

[Spital, 15:10 h]

Worin Bruder Hilpert einmal mehr mit der ganzen Erbärmlichkeit menschlicher Existenz konfrontiert wird.

ERST DAS TEDEUM, das bis hinüber ins Spital zu hören war, brachte Bruder Hilpert wieder auf andere Gedanken. Um sich Mut zu machen, andererseits auch um dem irdischen Jammertal zu entfliehen, summte er die Melodie mit. »Te ergo quaesumus, tuis famulis subveni ...«[20], hieß es am Ende des Hymnus, und als er in der Ferne verklungen war, hielt der Mönch nachdenklich inne.

»Lange her, seit Ihr die Vesper zum letzten Mal versäumt habt, stimmt's?« Es war der Infirmarius, der dafür sorgte, dass sich Bruder Hilpert aus seiner Erstarrung löste. Das war nicht gerade einfach, denn selten zuvor war er so niedergeschlagen gewesen wie jetzt. Wozu Menschen fähig waren, wusste er zwar, aber mit einem Mord wie dem an Bruder Severus hatte er noch nie zu tun gehabt.

»Sehr lange.« Zu mehr als dieser dürftigen Antwort war Bruder Hilpert nicht fähig, wenngleich er die aufmunternden Worte des Infirmarius zu schätzen wusste. »Sehr lange.«

---

[20] dt.: Dich bitten wir denn, komm deinen Dienern zu Hilfe ...

Marsilius von Paderborn, selbst nicht gerade gesprächig, seufzte aus tiefster Seele. »Bei mir auch«, murmelte er und knetete seinen Nacken. Dann griff er nach seiner Feldflasche, zog den Korken heraus und bot sie Bruder Hilpert dar.

Der Bibliothekarius ließ sich nicht lange bitten.

»Ich glaube, das musste sein«, fügte er nach einem kräftigen Schluck an, holte tief Luft und atmete gequält aus. »Ach übrigens, Bruder, macht Ihr bisweilen auch von Giften Gebrauch?«

Marsilius antwortete mit einem Stirnrunzeln. »Gewiss doch – wieso fragt Ihr?«

»Einfach nur so.«

»Wollte Euch etwa jemand ans Leder?«

Eingedenk seiner Erfahrungen während des Mittagessens konnte Bruder Hilpert nur nicken. »So könnte man es nennen«, schnaubte er.

Der Infirmarius sah Bruder Hilpert prüfend an, spürte jedoch, dass dieser die Details lieber für sich behalten wollte. »Und was jetzt?«, fragte er, während er das Leichentuch glättete, unter dem sich die sterblichen Überreste von Bruder Severus abzeichneten.

»Nun ist guter Rat teuer«, antwortete Bruder Hilpert und sah sich im Laboratorium von Bruder Marsilius um. Der gewölbeartige Raum maß etwa zehn Schritt im Quadrat, war hingegen derart mit Regalen, Truhen und Kisten vollgestopft, dass man sich kaum rühren konnte. Die Kräuterbunde an der Decke, unter ihnen Schöllkraut, Baldrian und Bärlauch, taten ein Übriges, das Gefühl der Enge zu verstärken. Nichtsdestotrotz herrschte hier eine Ordnung, von der andere Brüder nur träumen konnten.

Ob Phiole, Glas, Schüssel oder Kolben, alles befand sich an seinem Platz. Allem Anschein nach handelte es sich bei dem Infirmarius um einen äußerst peniblen Zeitgenossen, was Bruder Hilpert bislang entgangen war.

»Und – schon irgendeinen Verdacht?«, fragte Bruder Marsilius in der für ihn typischen, viele Worte vermeidenden Art. Der Infirmarius wirkte zerstreut, betroffen, ja geradezu fahrig, ganz anders, als Bruder Hilpert es von ihm gewohnt gewesen war.

Der Bibliothekarius sah ihn nachdenklich an. »Wenn ich ehrlich bin, nein«, murmelte er, was durchaus der Wahrheit entsprach. Der Pergamentfetzen in der Hand des Toten blieb vorsichtshalber unerwähnt. »Kein Verdacht, kein Hinweis und nicht die geringste Spur.«

»Schwer vorstellbar, dass das einer von uns war. Zumindest meiner eigenen bescheidenen Meinung nach.«

Bruder Hilpert, der den Anblick des Schragentisches immer noch mied, horchte interessiert auf. »Und wie kommt Ihr darauf?«

»Weiß nicht. Keine Ahnung, ... Oder könnt Ihr Euch vorstellen, dass einer unserer Brüder eine derart abscheuliche Tat begangen hat?«

Bruder Hilpert gab keine Antwort. ›Ich kann mir so ziemlich alles vorstellen‹, wollte er entgegnen, besann sich jedoch eines Besseren. Auf eine tiefschürfende Diskussion wollte er es besser nicht ankommen lassen. Dafür war er momentan viel zu sehr mit sich selbst beschäftigt. »Nicht wirklich«, erklärte Bruder Hilpert und begab sich zum Fenster, von wo aus der Mönchsfriedhof zu sehen war. Bis zum Einbruch der Dunkelheit, bei dem sich die Fratres ins Dormitorium begeben würden, blieb ihm nicht mehr viel Zeit, und was ihn bedrückte, war die Tatsache, dass er noch keinen Schritt vorangekommen war. Das traf sowohl auf den Mörder als auch dessen Motive zu. Bruder Hilpert kam ins Grübeln. Eigentlich hatte der Infirmarius ja recht. Ein normaler Mensch, noch dazu ein Mönch, war zu einer Tat wie dem Mord an Bruder Severus nicht fähig. Zu einer Brutalität, welche den Schluss nahelegte, ein wildes Tier sei über den Mitbruder hergefallen. Nach Lage der Dinge konnte es sich jedoch nur um ein Mitglied des Konvents gehandelt haben. Wer sonst hätte die Möglichkeit gehabt, sich unbemerkt in die Klausur zu schleichen, Bruder Severus umzubringen und ihn anschließend wie ein erlegtes Stück Wild zu zerstückeln?

An diesem Punkt seiner Betrachtungen drehte sich Bruder Hilpert um und richtete den Blick auf den Schragentisch, von dem aus ein kaum wahrnehmbarer, nach Blut, Knochenmark und vorzeitiger Verwesung riechender Odem in die Höhe stieg. Obwohl er es nur mit Mühe ertragen konnte, wich er dem Bild nicht aus, sondern sah stur auf das Bahrtuch, unter dem sich die sterblichen Überreste des Bursarius befanden. Bruder Marsilius hingegen hatte sich abgewandt, eine Laterne vom Haken genommen und die dafür vorgesehene Kerze mittels Feuerstahl, Schlagstein und Zunder entzündet. Nach getaner Arbeit, bei der er sich als ausgesprochen geschickt erwies, wandte er sich wieder Bruder Hilpert zu und hielt die Laterne genau über den Tisch. »Das heißt, Ihr schließt die Möglichkeit, dass sich der Mörder in unseren Reihen befindet, nicht von vornherein aus, oder?«

Irgendetwas am Tonfall des Infirmarius ließ Bruder Hilpert aufhorchen, wenngleich er sich eingestehen musste, dass er vermutlich langsam Gespenster sah. »So in etwa könnte man es sagen«, räumte er nach kurzer Bedenkzeit ein. »Weshalb ich Euch bitten möchte, den Fall nochmals mit mir durchzugehen.«

»Ganz wie Ihr wünscht.« Im Schein der Laterne, deren Schattenbild an der Wand hin und her schaukelte, sah Bruder Marsilius wie ein überdimensionales Monstrum aus, und die Stimme, mit der er sprach, passte sich der Erscheinung an. »Kurz und gut: Wo fangen wir an?«

»Beim gestrigen Abend«, antwortete Bruder Hilpert ohne Zögern, dafür mit umso mehr Unbehagen im Bauch. Weshalb, konnte er sich selbst nicht so recht erklären, redete sich dennoch ein, dass dies weder mit Bruder Marsilius noch mit der beklemmenden Atmosphäre in seinem Laboratorium zusammenhing. Wer weiß, vielleicht sah er tatsächlich Gespenster und tat besser daran, nicht überall nach Schuldigen zu suchen. Schon gar nicht hier, in der Person von Bruder Marsilius. »Frage: Wann und wo habt Ihr Bruder Severus zum letzten Mal gesehen?«

»Gestern Abend.«

»Und an welchem Ort?«

»In der Brunnenhalle, kurz nach der Komplet. Wo im Übrigen nicht nur ich, sondern auch Ihr selbst zugegen wart.«

»Das trifft zu, beantwortet jedoch nicht meine Frage.«

»Wieso denn?«

»Weil ich wissen wollte, wann Ihr den Heimgegangenen zuletzt gesehen habt.«

»In der Brunnenhalle, wo denn sonst?«, begehrte der Infirmarius auf, noch verdrossener als zuvor. Vom Verlauf, den das Gespräch zu nehmen begann, war er offensichtlich nicht angetan.

»Und danach?«

»Danach habe ich ihn nicht mehr zu Gesicht bekommen«, erwiderte Bruder Marsilius barsch. »Rasieren, Haareschneiden, Waschen und auf direktem Weg ins Dormitorium – wo, wenn nicht während der Vigilien, sollte ich ihn denn gesehen haben?«

»Erstaunlich.«

Der Infirmarius schaute Bruder Hilpert mürrisch an. »Wieso?«

»Weil sich niemand, den ich danach gefragt habe, daran erinnern kann, ob Bruder Severus während der Vigilien überhaupt anwesend gewesen ist. Das Morgenlob inbegriffen. Fragt sich natürlich, wie so etwas sein kann.«

»Und Ihr, Bruder Hilpert? Wo wart Ihr eigentlich?«

Über das Gesicht von Bruder Hilpert, der sich erneut dem Fenster zuwandte, flog ein hintergründiges Lächeln. »Schön, dass Euch wenigstens das aufgefallen ist, Bruder«, antwortete er mit unverhohlener Ironie. Draußen vor dem Fenster senkte sich die Dunkelheit herab, und die Nebelschwaden, aus denen vereinzelte Grabkreuze hervorragten, wurden immer undurchdringlicher. Auf Bruder Hilpert, dessen hoch aufgeschossene Gestalt mit der hereinbrechenden Finsternis verschmolz, wirkten sie wie ein Menetekel, weshalb er es vorzog, sich wieder dem Infirmarius zuzuwenden. Die Gestalt, welche sich mit katzengleicher Gewandtheit zwischen den Grabkreuzen hindurchschlängelte, sah er nicht. »Doch seid unbesorgt – ich habe ein Alibi.«

»Sieh an – und welches?«

»Wie Euch nicht entgangen sein dürfte, war der Prior am gestrigen Tage immer noch nicht imstande, seine Korrespondenz zu erledigen. Depeschen, Geschäftsbriefe, Pastoralbotschaften – Ihr versteht. Weshalb er mich bat, ihm zur Hand zu gehen. Dass mich dies bis in die Morgenstunden hinein in Anspruch nehmen würde, konnte ich leider nicht voraussahnen.« Bruder Hilpert lächelte geziert. »Zufrieden?«

Unter dem Eindruck von Hilperts Replik, die alles andere als konziliant ausgefallen war, lenkte Bruder Marsilius ein. Viel mehr als ein Nicken sprang dabei freilich nicht heraus. »Was schlagt Ihr also vor?«, fragte er.

»Dort wieder zu beginnen, wo wir vorhin aufgehört haben.«

»Wenn Ihr die Erkenntnisse meint, die sich aus der Untersuchung des Leichnams ziehen lassen, lasst Euch gesagt sein, dass der Täter – mit Verlaub – ausgesprochen umsichtig beziehungsweise sorgfältig vorgegangen sein muss. Der heilige Bernhard möge mich meiner losen Zunge wegen strafen, doch mir kommt es fast vor, als sei es für ihn ein Vergnügen gewesen, Bruder Severus nach allen Regeln der Kunst …«

»Schon gut, Infirmarius, schon gut. So genau will ich es nun wirklich nicht wissen.«

In dem Maße, wie sich die Miene des Bibliothekarius verdüsterte, hellte sich diejenige von Bruder Marsilius auf. »So leid es mir tut – das wird Euch nicht erspart bleiben«, fuhr er mit sichtlicher Genugtuung fort. »Die Details, nach denen Euch der Sinn steht, sind von Natur aus makaber. Daran kann ich leider nichts ändern.«

»Nur zu – tut Euch keinen Zwang an, Bruder.«

Der Infirmarius deutete eine Verbeugung an. »Da wäre zum einen die Art und Weise, wie besagter Mörder vorgegangen ist.«

»Nämlich?«

»Er hat – bei aller Betroffenheit – gute Arbeit geleistet. Was bedeutet, dass die Säge, die er benutzt …«

»Wie kommt Ihr darauf, dass es eine Säge gewesen sein könnte?«

Die Heiterkeit des Infirmarius verflüchtigte sich. »Staubpartikel, Bruder. Winzige, mit dem bloßen Auge kaum wahrnehmbare Staubpartikel. Höchstwahrscheinlich Kalkstein.«

»Eine Steinsäge?«, fragte Bruder Hilpert, mittlerweile ehrlich verblüfft. »Woher in Gottes Namen hat er die …«, fuhr er fort, blieb jedoch mitten im Satz stecken. Fast auf Anhieb fiel ihm das neue Maßwerk ein, welches gerade im Ostflügel eingepasst wurde. Das eine oder andere Fenster hatte eine Renovierung bitter nötig gehabt, weshalb die Bauhütte schon die ganze Woche über dort tätig gewesen war.

»Ich sehe, Ihr habt mich verstanden.« Bruder Marsilius konnte seine Selbstzufriedenheit nicht verhehlen. »Wenn mich nicht alles täuscht, könnte sie von den Steinmetzen stammen, die drüben im Kreuzgang gerade die Fenster renovieren.«

»Gut, Bruder«, warf der Bibliothekarius nicht ohne Argwohn ein. »Eure Erkenntnisse werden mir sicherlich weiterhelfen. Sonst noch was?«

»Ja«, antwortete Marsilius bedrückt. »Soweit feststellbar, ist Bruder Severus der Schädel eingeschlagen worden. Vermutlich von hinten.«

»Respektive mit einem Meißel, Hammer oder ähnlichem Gegenstand.«

Der Infirmarius piff anerkennend durch die Zähne. »Mein Kompliment, Bruder. Der Ruf, welcher Euch vorauseilt, kommt nicht von ungefähr.«

»So, meint Ihr.« Bruder Hilpert legte die Handflächen aneinander, führte sie an die Lippen und blieb regungslos stehen. »Fazit: Der Mörder hat Bruder Severus nach der Sonntagstoilette aufgelauert, ihn niedergeschlagen und mithilfe diverser Gegenstände aus dem Fundus der Bauhütte in einen Torso verwandelt.«

»Plazet.«[21]

»Fragt sich nur, wie es diese Bestie geschafft hat, ihr verabscheuungswürdiges Werk zu vollenden.«

»Wie meint Ihr das?«

»Nun, einen Menschen vom Leben zum Tode zu befördern ist eine Sache, die Spuren zu verwischen eine andere. Will sagen: Wie in aller Welt hat er es zuwege gebracht, die sterblichen Überreste des Bursarius unbemerkt in den Heizraum zu transportieren? Das würde mich wirklich interessieren. Wo doch der Kalefaktor zur fraglichen Zeit damit beschäftigt war, dort Holz aufzuschichten. Da der Heizraum von der Klausur aus nicht zugänglich ist, muss der Betreffende sie verlassen, den Hof überquert und den Zugang auf der Nordseite benutzt haben. Ein aussichtsloses Unterfangen, legt man es darauf an, dies unbemerkt zu tun. In jedem Fall wäre das Risiko, jemandem über den Weg beziehungsweise dem Kalefaktor direkt in die Arme zu laufen, beträchtlich gewesen.«

---

[21] lat.: Bestätigung, Erlaubnis

»Hm, weiß nicht, vielleicht kann der Kerl ja zaubern. Auf den Kopf gefallen scheint er mir jedenfalls nicht zu sein.«

Bruder Hilpert zog die Brauen hoch und ließ seinen Blick auf dem Infirmarius ruhen. »Wo wir gerade von intellektueller Brillanz reden, Bruder –«, setzte er zu einem überraschenden Themenwechsel an, »wie lange seid Ihr eigentlich Mitglied dieses Konvents?«

»Seit dem vergangenen Sommer. Wieso?«

»Weil ich bislang kaum Gelegenheit hatte, Euch näher kennenzulernen.«

Die verhärmten, von Falten durchzogenen Züge des Infirmarius erstarrten. »Ich fürchte, da gibt es nicht viel Interessantes zu erfahren.«

»Westfale, hab ich recht?«

Bruder Marsilius nickte.

»Anatom, oder?«

»Unter anderem.« Der Blick des Infirmarius verengte sich. »Ich wüsste nicht, aus welchem Grund das alles für Euch von Interesse ...«

»Aus keinem anderen als dem, Euch näher kennenzulernen«, fuhr der Bibliothekarius seinem Mitbruder in die Parade. »Oder habt Ihr etwas zu verbergen?«

»Nicht mehr und nicht weniger als jeder andere hier«, erwiderte Marsilius in rüdem Ton, stellte die Laterne ab und wandte sich demonstrativ seinem Stehpult zu. »Und jetzt entschuldigt mich, ich habe nämlich noch allerhand zu ...«

Der Rest von seiner Antwort ging in ohrenbetäubendem Geschrei unter, und vor Schreck hätte der Infirmarius beinahe die Laterne umgestoßen.

»Bruder Hilpert, Bruder Hilpert!«, tönte es von draußen, wobei es sein unverwechselbares Idiom war, durch das sich Bruder Thaddäus sofort verriet. »'s Mädle aus'm Dorf isch fort!«

Selbst als die Tür krachend aufflog, der Pförtner ins Laboratorium stürmte und mit krebsrotem Gesicht vor Bruder Hilpert stand, konnte es dieser immer noch nicht glauben. »Was sagt Ihr da, Bruder?«, stieß er hervor, bemüht, ein Minimum an Contenance zu wahren. »Sagt das noch mal.«

»'s Mechthildle isch fort!«, japste Bruder Thaddäus und schlug die Hände vors Gesicht. »Oifach fort! Und i alter Grasdaggl[22] bin schuld!«

---
[22] hier: Tollpatsch

VOR DER KOMPLET

[Mönchsfriedhof, 15:45 h]

Worin sich der Mörder von Bruder Severus einer trügerischen Hoffnung hingibt.

»Erde zu Erde, Asche zu Asche, Staub zu Staub.« Allein die Vorfreude auf den morgigen Tag trieb ihn zur Eile an, und als existiere die Welt um ihn herum nicht, wiederholte er den Satz immer wieder. Er tat dies mit Inbrunst, ohne die Stimme zu dämpfen, ohne Skrupel. Im Verlauf des Tages war seine Zuversicht immer mehr gewachsen, bis zu dem Punkt, an dem sie in Überheblichkeit umgeschlagen war. Dies freilich war ihm verborgen geblieben, und so gab es nichts, was seinen Argwohn erweckt hätte.

Hier draußen, eingehüllt von Nebel, Kälte und Dunkelheit, fühlte er sich am wohlsten, und das trotz der Plackerei, welcher er sich unterzog. Allein, mit jedem Spatenstich wuchs seine Euphorie, und als die Grube, in die man Bruder Severus betten würde, fertig war, hätte er vor Freude laut aufjauchzen mögen. Das hier war sein Werk, von Anfang bis Ende, und wenn es etwas gab, das ihn mit unbändiger Freude erfüllte, dann die Aussicht auf seinen endgültigen Triumph.

Bis dahin war es nicht mehr weit. Nur noch ein paar Stunden, und die Mission, mit der er betraut worden war, wäre erfüllt. Ein Kinderspiel, hatte sein Meister gesagt, und er, der er ihm bedenkenlos folgte, hatte ihm geglaubt. Nur noch diese eine Tat, dieser Auftrag, der letzte Schritt. Und dann, in weniger als ein, zwei Stunden, wäre seine Arbeit getan. Für immer und bis in alle Ewigkeit.
Amen.
Dermaßen in seine Gedanken vertieft, hatte er die Ratte, welche hinter dem Erdhaufen auftauchte, zunächst nicht bemerkt und sich wieder seiner Arbeit zugewandt. Ekelgefühle jeglicher Art, auch vor Ratten, waren ihm fremd, und selbst dann, als er sie erspäht hatte, zeigte er keinerlei Reaktion.

Mit dem Auftauchen des einen missgünstig blinzelnden Nagers war es allerdings nicht getan. Nicht lange, und der zweite folgte ihm auf dem Fuß. Kurz darauf der dritte. Dreist, gefräßig, durchtrieben. Und plötzlich, ehe er es sich versah, war er von Dutzenden, ach was, Hunderten von Ratten umgeben, welche langsam und unerbittlich näher kamen. Bald hierhin, bald dorthin ausweichend, hob er die Schaufel und drosch wie von Sinnen auf sie ein. Vergebens. Abgesehen von schrillem Gequieke, heimtückisch aufblitzenden Augen und dem Getrippel unzähliger Pfoten war sein Aufbäumen wirkungslos geblieben.

In seiner Verzweiflung wandte er sich zur Flucht, blieb jedoch wie erstarrt stehen. Aus dem Nebel, der ihn wie ein Mantel einhüllte, bewegte sich plötzlich eine Gestalt auf ihn zu, hager, kahlköpfig und mit durchdringenden Augen. Obwohl er sie auf Anhieb erkannte, war seine Furcht so groß, dass sich sein Verstand gegen jegliche

Gefühlsregung sperrte, und erst als die Legion aus Nagern in alle Richtungen davonstob, schlug das Grauen mit voller Wucht zu. Er kannte diesen Mann, kannte, fürchtete und hasste ihn aus tiefster Seele. Als Novize hatte ihn dieser Menschenschinder halb totgeschlagen, dabei war es freilich nicht geblieben. Von Stund an ein Krüppel, für den niemand ein freundliches Wort übrig hatte, wurde er mit den niedrigsten Verrichtungen betraut. Wäre sein Meister nicht gewesen, hätte er nicht einmal die Profess ablegen dürfen, der Grund, weshalb er ihm von da an blind gehorcht hatte. Trotz alldem war da immer noch dieser Mann, dieses Scheusal, welches ihm nunmehr direkt gegenüberstand.

»Was ist, Abschaum, ist etwa wieder der Teufel in dich gefahren?« Der Blick von Bruder Severus, herrischer denn je, schien ihn förmlich zu durchbohren, und vom Modergeruch, welcher ihm anhaftete, wurde ihm fast schlecht. Oh ja, der Teufel. Noch so eine Finte, mit der er versucht hatte, ihn in die Knie zu zwingen. Er sei vom Leibhaftigen besessen, Luzifers rechte Hand. Er hatte sie alle damit angesteckt, vom Laienbruder bis hinauf zum Abt. Am Schluss hatte nur noch ein einziger seiner Mitbrüder zu ihm gehalten, und er hatte von Glück sagen können, dass ihm nicht die Tür gewiesen worden war.

Auge in Auge mit dem Albtraum seiner Jugend, stockte ihm der Atem. Er sah keinen Ausweg mehr, wie früher, wenn er wieder einmal gedemütigt worden war. Doch dann, im Angesicht dieser neuerlichen Höllenvision, raffte er sich zu einer letzten, verzweifelten Kraftanstrengung auf, umklammerte die Schaufel und hieb wie von Sinnen auf seinen Erzfeind ein.

Nur einen Wimpernschlag später war alles vorbei. Bruder Severus war verschwunden, und mit ihm der Nebel, welcher ihm tonnenschwer auf den Lungen lag.

Er aber, im sicheren Gefühl, nunmehr unverwundbar zu sein, strebte der Totenpforte zu. Die Mission, mit der ihn sein Meister betraut hatte, musste unter allen Umständen ausgeführt werden.

Koste es, was es wolle.

ZUR GLEICHEN ZEIT

[Lavatorium, 15:45 h]

Worin über die Fallstricke berichtet wird, welche Remigius von Otranto für Bruder Hilpert auszulegen gedenkt.

»Ich wasche meine Hände in Unschuld.« Der Großinquisitor krempelte die Ärmel hoch, tauchte die Hände in die Brunnenschale und wusch sie. Dann ließ er sie abtropfen und wartete.

Wartete, bis ihm Bruder Venantius das Handtuch reichte.

Die Geste war bezeichnend, und wenn sich der Vestiarius eingebildet hatte, Remigius von Otranto ebenbürtig zu sein, wurde er eines Besseren belehrt. Es war eine Geste, welche jedes weitere Wort überflüssig machte. Von nun an wusste Venantius, was er zu tun hatte, und da er sein Ziel ohne den Beistand des Großinquisitors nicht erreichen würde, gehorchte er ohne Zögern. Das heißt, er gehorchte nicht, sondern unterwarf sich. Auf Gedeih und Verderb, bedingungslos.

›Warum nicht gleich.‹ Klug genug, den Bogen nicht zu überspannen, sprach der Großinquisitor seine Gedanken nicht aus und trocknete sich die Hände ab. Sie waren feingliedrig, weich und ausgebleicht, kaum größer als die eines Kindes. Remigius von Otranto ließ sich Zeit, und während er sie trocken rieb, huschte ein verstohlenes Lächeln über sein Gesicht. »Und Ihr seid Euch sicher, dass Euer Informant die Wahrheit sagt?«, sprach er im Flüsterton, wobei die Vorfreude auf die Abrechnung mit Bruder Hilpert deutlich herauszuhören war. »Wenn nicht, bekennt es gleich.«

Venantius, dem die Furcht vor dem Großinquisitor ins Gesicht geschrieben stand, zögerte keinen Augenblick. »Absolut!«, bekräftigte er. »Der Leichnam von Bruder Severus wurde zerstückelt. Ohne jeden Zweifel.«

»Wie war er eigentlich?«, fragte Remigius, unterwegs zum mittleren der fünf Fenster, von denen aus man den Kreuzgarten überblicken konnte. Was er indes sah, war nichts als nachtschwarze Finsternis, und so drehte er sich wieder zu seinem Gesprächspartner um.

»Wer – Severus?«

»Ebender.«

»Nun, wie der Name schon sagt, er war …«

»Streng?«

Im Gesicht des Vestiarius blitzte ein Lächeln auf. »Harmlos ausgedrückt«, druckste er herum.

»Wie darf ich das verstehen?«

»Nun, den so unvermutet aus unserer Mitte gerissenen Bursarius als streng zu bezeichnen, wird – mit Verlaub – seiner komplizierten Persönlichkeit nicht ganz gerecht.«

»Kompliziert?«

Im Angesicht des Großinquisitors, der ihn gestreng musterte, gab Venantius das Taktieren auf. »Er war nicht nur streng, sondern auch überheblich und verbohrt. In all den Jahren, welche er im hiesigen Konvent verbracht hat, ist ihm kaum je ein freundliches Wort über die Lippen gekommen. Ich müsste lügen, sollte ich auch nur einen Bruder nennen, welcher ihm zugetan war. Hinter allem hat er irgendwelche Teufeleien vermutet, und nach einer Weile war es so, dass sich niemand mehr getraut hat, Bruder Severus Einhalt zu gebieten. Ihn als streng zu bezeichnen, wäre wirklich untertrieben. Er war der personifizierte Hochmut, unerbittlich bis zur Verbissenheit. Insbesondere, wenn es um das Abweichen vom rechten Glauben ging. Der heilige Bernhard möge mich meiner pietätlosen Rede wegen strafen, doch ich glaube nicht, dass dem Bursarius irgendjemand eine Träne nachweint.«

»Nicht gerade der Stoff, aus dem die Heiligenlegenden sind.« Remigius von Otranto verzog den Mundwinkel zu einem schiefen Lächeln, angesichts dessen es Venantius kalt den Rücken hinunterlief. »Mit anderen Worten: Sollte es Bruder Hilpert gelingen, seinen Mörder dingfest zu machen, wird sich die Begeisterung darüber in Grenzen halten.«

»Auf die Gefahr hin, Euren Unmut zu erregen, Bruder – das wiederum glaube ich nicht.«

Der Großinquisitor zog die rechte Braue hoch. »Ach ja?«, erwiderte er pikiert. »Und wieso?«

Der Kloß in seinem Hals erwies sich als äußerst hartnäckig, doch Venantius überwand seine Scheu, räusperte sich und sagte: »Weil, um wen auch immer es sich dabei handeln mag, unsere Furcht vor dem Mörder weitaus größer ist als die Angst vor Bruder Severus. Er möge seine gerechte Strafe erhalten, ganz gleich, wie, warum und womit er den Bursarius getötet hat.«

Der Großinquisitor applaudierte affektiert. »Da capo, Vestiarius«, höhnte er. »Wohl gesprochen.«

»Ich wüsste nicht, was es an meiner Äußerung zu belächeln gibt.«

»Gar nichts, mein lieber Vestiarius, gar nichts.« Remigius neigte den Kopf zur Seite, grinste und fügte hinzu: »Bliebe zu klären, wie es diese Magd zuwege gebracht hat, sich ihrer gerechten Strafe zu entziehen.«

»Strafe?«

»Sagtet Ihr nicht, die gegen sie erhobenen Vorwürfe lauten auf Schadenzauber, schwarze Magie und Hexerei?«

Der Vestiarius, der die Abfuhr durch Mechthild immer noch nicht verwunden hatte, machte ein verdrossenes Gesicht. »So könnte man es sagen«, bekräftigte er. »Sich einfach in Luft aufzulösen – kaum zu glauben.«

»Der zweite Geistesblitz – und das innerhalb kürzester Zeit. Mein Kompliment, Bruder Venantius.«

»Bedaure, Eminenz, ich kann Euch nicht ganz folgen.«

»Mag sein. Aber heißt es nicht, es sei für Hexen ein Leichtes, ihren Aufenthaltsort beliebig zu wechseln? Und sei es, indem sie sich einfach unsichtbar machen?«

Der Vestiarius bejahte.

»Und heißt es nicht auch, sie schreckten vor nichts zurück, nicht einmal vor Mord?«

Die Züge des Vestiarius hellten sich auf. »Ich denke, ich verstehe, was Ihr meint, Bruder.«

»Bravo, Magnifizenz«, erwiderte der Großinquisitor. »Wie schön, dass unsere Ziele die gleichen sind.«

»Ach ja?«

»Und ob. Ich weiß zwar nicht, von welcher Art Euer Interesse für diese Dienstmagd ist, doch schenkt man den

Gerüchten Glauben, muss es sich um eine äußerst ansehnliche junge Dame handeln.« Remigius pausierte und warf seinem Gesprächspartner einen amüsierten Seitenblick zu. Dieser errötete bis in die Haarspitzen und scharrte verlegen mit dem Fuß. »Doch wie dem auch sei – wir werden diesen Kasus zum Anlass nehmen, um dem guten alten Hilpert eins auszuwischen. Und zwar so, dass er sich so schnell nicht wieder davon erholt.«

»Und wie?«

»Ganz einfach: indem wir ihn als Hauptschuldigen an der ganzen Misere hinstellen.«

Der Vestiarius machte ein skeptisches Gesicht. »Als Hauptschuldigen?«, echote er.

»Ganz recht.« Über das Gesicht von Remigius, aus dem die pure Verachtung sprach, huschte ein schmieriges Lächeln. »Gelingt es, diese kleine Metze wieder einzufangen, wird es mir ein Leichtes sein, sie zu jeder gewünschten Aussage zu bewegen.«

Venantius fröstelte. »Und dann?«, fragte er.

»Dann wird sich erweisen, ob Hilpert von Maulbronn derjenige ist, für den ihn viele halten. Eine Anklage wegen Hexerei, Anstiftung zum Mord und Übertretung des Keuschheitsgelübdes ist ja wohl beileibe keine Kleinigkeit.«

»Habe ich da richtig gehört, Ihr behauptet, er habe ...«

»Hat er!«, fuhr Remigius dazwischen, worauf der Vestiarius verdutzt zurückprallte. »Wenngleich ich zum jetzigen Zeitpunkt noch nichts darüber verlauten lassen möchte. Eine alte Geschichte, purer Zufall, dass ich darauf gestoßen bin. Zu gegebener Zeit, spätestens beim morgigen Kapitel, werde ich detaillierte Angaben darüber machen.«

»Ich verstehe.«

»Das bezweifle ich. Sonst hättet Ihr die Maßnahmen zur schnellstmöglichen Ergreifung der Komplizin unseres sauberen Herrn Bibliothekarius längst getroffen. Ungeachtet dessen, was der Prior oder Letzterer dazu sagen. Oder wollt Ihr bis an Euer Lebensende Vestiarius bleiben?«

Venantius schüttelte den Kopf. »Was immer Ihr wünscht, wird geschehen.«

»Warum nicht gleich, Bruder.« Remigius zupfte sein Habit zurecht, ließ den Vestiarius einfach stehen und begab sich auf den Weg in die Kirche. »Lasset uns beten«, sprach er, ein verächtliches Lächeln im Gesicht. »Auf dass sich das Thema Hilpert schnellstmöglich erledigen möge.«

KOMPLET

[Klosterkirche, 15:55 h]

Worin sich ein Vorfall ereignet, welcher Bruder Hilpert stutzig werden lässt.

Der Vorfall, mit dem niemand gerechnet hatte, ereignete sich am Ende der Komplet. Eigentlich nichts Besonderes, eher ein Missgeschick. Bei Bruder Simplicius, dem Sakristan, war so etwas an der Tagesordnung.

Dabei hatte Bruder Hilpert gehofft, wenigstens eine Viertelstunde lang von unliebsamen Überraschungen verschont zu bleiben. Zumindest was den Beginn der Komplet betraf, sollte sich diese Hoffnung auch erfüllen. Der Hymnus erscholl kraftvoller denn je, von ein paar schrägen Tönen des Sakristans einmal abgesehen. An dergleichen hatte man sich gewöhnt, und als die Psalmen, die Lesung und das Nunc dimittis[23] hinter ihm lagen, sah es so aus, als würde Bruder Hilperts Wunsch in Erfüllung gehen.

Zu seinem Leidwesen wurde ihm jedoch ein Strich durch die Rechnung gemacht.

Der Vorfall ereignete sich am Ende des Gebets, unmittelbar vor dem Segen für die Nacht. Da der Prior immer

---

[23] dt.: Nun lässt du, Herr, deinen Knecht, wie du gesagt hast, in Frieden scheiden.

noch das Bett hüten musste, fiel diese Aufgabe Bruder Hilpert zu. Er erledigte sie mit voller Konzentration, und als die Komplet zu Ende war, atmete er hörbar auf.

In Gedanken längst bei Mechthild, deren Flucht ihm erhebliches Kopfzerbrechen bereitete, war er einer der Letzten, welcher das Chorgestühl verließ. Im selben Moment geschah es. Bruder Simplicius, dem es oblag, die Kerzen auf dem Altar zu löschen, hantierte derart ungeschickt mit dem Löschhütchen herum, dass der Kelch mit dem Messwein umkippte und sich sein Inhalt über das Altartuch ergoss.

Ein Missgeschick eben. Am heutigen Tage, welcher den Fratres reichlich Ungemach beschert hatte, allerdings viel mehr als das.

Man musste kein Prophet sein, um zu erkennen, was in den Anwesenden vorging, ein Blick auf ihre Gesichter genügte vollauf. Stand in ihnen doch nur eines geschrieben: Furcht. Wohl wissend, wie es um ihre Psyche bestellt war, rang Bruder Hilpert nach Worten. Er wusste, was auf dem Spiel stand, ahnte, dass das Missgeschick als böses Omen gedeutet würde, befürchtete das Schlimmste. Eine allgemeine Hysterie war genau das, was er am wenigsten gebrauchen konnte. Ob sie noch abzuwenden war, die bange Frage. Mit Ausnahme des Priors waren sämtliche Fratres versammelt, was bedeutete, dass sich der Mörder von Bruder Severus unter ihnen befand.

Mitten unter ihnen, genau jetzt, in diesem Moment.

Wie immer in derartigen Situationen war auf den Cellerar auch dieses Mal Verlass. Bruder Gervasius, mit reichlich Körperfülle, jedoch umso weniger Gespür ausstaffiert, trat vor den Altar, riss die Hände empor und rief:

»Brüder in Christo – hört mich an! Das Böse weilt unter uns, inmitten unserer Reihen. Es steckt voller Tücke, ist schlau und skrupellos, und wenn wir uns nicht vorsehen, wird es uns alle verderben. Steht doch geschrieben: ›Und der siebente Engel goss seine Schale aus in die Luft; und es kam eine laute Stimme aus dem Tempel vom Thron her, die sprach: Es ist geschehen. Und es geschahen Blitze und Stimmen und Donner; und ein großes Erdbeben geschah, desgleichen nicht geschehen ist, seit ein Mensch auf der Erde war, ein so gewaltiges, so großes Erdbeben. Und die große Stadt wurde in drei Teile gespalten, und die Städte der Nationen fielen, und der großen Stadt Babylon wurde vor Gott gedacht, ihr den Kelch des Weines … des … ‹«[24]

»› … Grimmes seines Zorns zu geben‹«, vollendete Bruder Hilpert, bahnte sich einen Weg nach vorn und taxierte Bruder Gervasius wütend. »Soweit also die Lesung aus der Offenbarung des Johannes, vorgetragen von unserem wackeren Cellerarius«, ergänzte er, trotz allem bemüht, die Konfrontation mit dem Kellermeister nicht auf die Spitze zu treiben. »Wobei ich mich frage, was ein umgekippter Kelch mit dem Strafgericht Gottes zu tun hat.«

»Da fragt Ihr noch?«, ereiferte sich Bruder Achatius, der Granarius, in bissigem Ton. Seine Stimme war schrill, und einmal mehr wurde er seinem Spitznamen gerecht. »Wenn das kein Zeichen war – was dann?«

»Soll das etwa heißen, man könne verschütteten Messwein als Indiz für den Zorn Gottes interpretieren?« Bruder Hilpert musste sich beherrschen, damit er nicht die Fassung verlor, Naivität hin oder her. »Das glaubt Ihr doch wohl selbst nicht, Bruder.«

---

[24] Offenbarung des Johannes, Kapitel 16, Vers 17–19

»Warum nicht?«, schnappte der Cellerar, stets mit von der Partei, wenn es um ein apokalyptisches Szenario ging. »Oder meint Ihr, allein Euch stünde es zu, uns den Willen Gottes zu offenbaren?«

»Mitnichten.« Bruder Hilperts Gestalt straffte sich, und er erschien hagerer denn je. »Nach meinem Dafürhalten gilt aber das Gleiche für Euch.«

»Findet Ihr?«

»Ja, finde ich, Bruder Vestiarius.« Bruder Hilpert sah seinem Widersacher so lange in die Augen, bis dieser betreten zur Seite schielte. Dann betrachtete er die Gesichter seiner Brüder. »Damit wir uns richtig verstehen –«, fügte er an, wobei er seine ganze Autorität in die Waagschale warf. »Die Lage ist ernst, bedrohlicher als je zuvor. Schließlich kommt es nicht alle Tage vor, dass einer unserer Brüder aus unserer Mitte gerissen wird. Das heißt jedoch nicht, dass wir uns wie eine Herde verängstigter Schafe benehmen, jeden Vorfall zum Anlass nehmen, um das Unheil, mit welchem wir zweifelsohne geschlagen sind, noch zu vergrößern. Was wir jetzt brauchen, Brüder, ist Ruhe. Ruhe und einen klaren Kopf. Dann erst, nicht zuletzt mithilfe des Beistandes, welchen uns Gott der Herr allzeit gewähren möge, werden wir imstande sein, den Vormarsch des Bösen innerhalb dieser Mauern zum Stehen zu bringen. Nur Mut, Brüder – und einen klaren Kopf. Wir werden obsiegen, wenn auch vielleicht nach längerer Zeit. Die Muttergottes, unsere Patronin, der heilige Bernhard und die Mächte des Guten werden uns allzeit zur Seite stehen. Daran hege ich nicht den geringsten Zweifel.« Bruder Hilpert holte tief Luft, sah die Anwesenden der Reihe nach an und schloss mit den Worten:

»Seid zuversichtlich, Brüder, und Euch wird kein Leid geschehen. Und nun – Gott befohlen.«

~∞~

Eine Viertelstunde später, nachdem das Licht gelöscht und in der Kirche wieder Ruhe eingekehrt war, verließ Bruder Hilpert den Chor. Am Fuß der Treppe, die hinauf ins Dormitorium führte, blieb er stehen. Er kannte sich gut genug, um zu wissen, dass er keinen Schlaf finden würde, und so wandte er sich ab und steuerte auf die Mönchspforte zu. Dort draußen, im Kreuzgang, würde er noch eine Weile auf und ab wandeln. Dort war er ungestört und konnte noch einmal über alles nachdenken.

Er war noch nicht an der Tür angelangt, als sich seine Hoffnung zerschlug. Im Lauf der Zeit hatte er einen Sinn für Gefahr entwickelt, und der sagte ihm, dass er nicht allein war. Ringsum war es vollkommen still, und dennoch wurde er dieses Gefühl nicht los.

Als er herumfuhr, bemerkte er einen Lichtkegel, und so beschloss er, nach dem Rechten zu sehen. Der Lichtschein stammte von einer Laterne, die auf der Altarmensa stand, der Rest des Chors war in tiefes Dunkel getaucht. Davon überzeugt, der Letzte gewesen zu sein, der diesen Ort verlassen hatte, begann Bruder Hilpert Verdacht zu schöpfen. Der Tag war lang gewesen, für seine Begriffe viel zu lang. Und er noch keinen Schritt weitergekommen. Auf unliebsame Überraschungen, an denen weiß Gott kein Mangel geherrscht hatte, konnte er verzichten.

Seine Befürchtungen sollten sich nicht bewahrheiten. Kaum hatte er den Elemosinarius entdeckt, atmete Bruder

Hilpert auf. Und das hatte seinen Grund. Bruder Oswin, der den verschütteten Wein aufwischte, konnte niemandem etwas zuleide tun. Allein der Gedanke daran wirkte absurd, weshalb sich die Züge des Bibliothekarius merklich entspannten. »Immer zur Stelle, um Euren Mitbrüdern zu Diensten zu sein!«, rief er anerkennend aus, woraufhin sich der knapp neunundzwanzigjährige, gebeugt gehende und scheue Elemosinarius erhob.

»Habt Dank«, nuschelte er und vermied es, Bruder Hilpert in die Augen zu schauen. »Und ... und eine geruhsame Nacht.«

Für den Elemosinarius, der seine Tätigkeit fortsetzte, war die Unterhaltung damit beendet. Der Bibliothekarius stutzte, und während Bruder Oswin in die Knie ging, nach dem Scheuerlappen griff und ihn in den bereitstehenden Eimer tauchte, blieb er einfach stehen. Der Elemosinarius tat so, als sei sein Mitbruder überhaupt nicht da, putzte, scheuerte und wischte, was das Zeug hielt. Das verschaffte Bruder Hilpert die Gelegenheit, den Mönch näher in Augenschein zu nehmen, und während er dies tat, wurde ihm klar, dass er kaum je ein Wort mit dem Almosensammler gewechselt hatte.

»Gern geschehen«, fügte Bruder Hilpert reichlich spät hinzu, was dazu führte, dass der Elemosinarius umso verbissener zu Werke ging. Sein Bestreben, ihn loszuwerden, war deutlich zu spüren, doch davon ließ sich Bruder Hilpert nicht beeindrucken. War seine Neugier geweckt, gab es nichts, das ihn von seinem Weg abbringen konnte, und so rührte er sich keinen Zoll von der Stelle.

Kurze Zeit später war die Arbeit des Elemosinarius beendet, und während er seine Utensilien zusammenraffte, wagte Bruder Hilpert einen weiteren Versuch. »Aufregender Tag heute«, begann er erneut, gerade so, als spräche er mit sich selbst. Natürlich war dies eine absolute Untertreibung, am Tod eines Mitbruders gemessen sogar frivol. Unter normalen Umständen wäre Bruder Hilpert eine derartige Bemerkung wohl kaum entschlüpft, und seine Reue kam erst, als es zu spät dafür war.

»So, meint Ihr«, gab der Elemosinarius zurück, weiterhin ohne Blickkontakt aufzunehmen. »Für mich war es ein Tag wie jeder andere.«

»Für mich nicht.« Angesichts der Gleichgültigkeit, auf die der Tod von Bruder Severus gestoßen war, war Bruder Oswins Bemerkung nichts Besonderes. Der Bursarius war nicht sonderlich beliebt gewesen, keine Frage. Neu war allerdings die Offenheit, mit der sich der Almosenempfänger äußerte. Neu und bezeichnend zugleich.

»Kann ich verstehen.« Eimer und Scheuerlappen in der linken, die Laterne in der rechten Hand, wandte sich der Elemosinarius zum Gehen. »Morde gibt es hier ja wohl recht selten.«

»Der heilige Bernhard möge mir meine Aufdringlichkeit verzeihen, aber ...«

»Wie unbedacht von mir. Ich meinte natürlich einen Mord.«

»Selbstverständlich.« Bruder Hilpert runzelte die Stirn, ging jedoch nicht weiter auf Bruder Oswins Bemerkung ein. »Und Severus?«, versuchte er stattdessen, seinen Gesprächspartner aus der Reserve zu locken. »Wie gut, wenn die Frage erlaubt ist, habt Ihr den zu Gott Berufenen eigentlich gekannt?«

»Zu Gott? Woher wollt Ihr das wissen, Bruder?«

Bruder Hilpert verstummte. Ganz allmählich bekam er den Eindruck, der Bursarius sei regelrecht verhasst gewesen. Wenn selbst Bruder Oswin, die Schüchternheit in Person, mit seiner Meinung nicht hinterm Berg hielt, hatte das für seine Ermittlungen nichts Gutes zu bedeuten. Dann würde es nicht nur ein, zwei oder drei, sondern gleich ein Dutzend Verdächtige geben. »In der Tat, Bruder Oswin –«, pflichtete er dem Elemosinarius bei, während er in einen raueren Tonfall verfiel, »darüber entscheidet Gott letztendlich allein. Wenn mich jedoch nicht alles täuscht, hatte ich Euch nach dem Grad Eurer Vertrautheit gegenüber Bruder Severus gefragt.«

»Ein Mitbruder wie jeder andere. Nicht mehr, aber auch nicht weniger.«

»Merkwürdig.«

Im Begriff, die Kirche zu verlassen, drehte sich der Elemosinarius abrupt um. »Was denn?«, fragte er, hart an der Grenze zur Unhöflichkeit.

Bruder Hilpert ließ sich mit seiner Antwort Zeit und musterte sein Gegenüber eine ganze Weile. Gaben, über die andere verfügten, waren bei Bruder Oswin nicht vorhanden. Allein die Art, mit der er ihn taxierte, wirkte alles andere als freundlich, und seine Blässe mitsamt der hohen Stirn und den farblosen Lippen trugen das Ihre zu diesem Eindruck bei. »Der Umstand, dass sich die Wertschätzung für Bruder Severus offenbar stark in Grenzen hielt.«

»Und Ihr, Bruder? Was denkt eigentlich Ihr über ihn?«

Bruder Hilpert zuckte die Achseln. »Um Euch diesbezüglich Auskunft erteilen zu können, hätte ich in der Tat des Öfteren das Gespräch mit ihm suchen …«

»Bruder Hilpert, Bruder Hilpert!« In seiner Rolle als Unglücksbote war Bruder Thaddäus einfach nicht zu übertreffen. Bereits von Weitem konnte man sehen, dass irgendetwas nicht stimmte, und so seufzte der Bibliothekarius laut auf, schickte ein Stoßgebet zum Himmel und wandte sich mit schicksalsergebener Miene dem Pförtner zu.

»'s isch dringend wia d'Sau!«[25]

»So, was denn?«

»De Bruder Venantius, der alde Schôfseggl – vergelt's Gott! – die ald Schlôfhaub ... Herrgott nomôl, wia hoissd des uff Hochdeitsch?«

»Hat wieder einmal seine Befugnisse überschritten, wolltet Ihr sagen?«

Das Gesicht des Pförtners, kugelrund wie sein Körper, leuchtete vor Bewunderung auf. »Genau, Bruder!«, keuchte er, immer noch ein wenig außer Atem. »Herrgottsdonnerweddr abbr au, dass der Pfengschdox ...«

»Ich muss doch sehr bitten, Bruder.«

Bruder Thaddäus senkte den Kopf. »Bardo, Bruder![26] – I henn's fai net so ...«

»Und was genau ist passiert?« Der harsche Ton, den Bruder Hilpert anschlug, verfehlte seine Wirkung nicht.

»Er hat sämtliche Brüder dazu gebracht, mit ihm zusammen nach dem Mädchen zu suchen.«

»Er hat was?« Insgeheim hatte Bruder Hilpert etwas Derartiges befürchtet, konnte es jedoch trotzdem nicht glauben.

»Nach dem Mädle ... äh ... nach dem Mädchen zu suchen, Ihr habt richtig gehört«, versetzte der Pfört-

---

[25] hochdeutsch: Es eilt sehr!
[26] hochdeutsch: Pardon, Bruder!

ner und erbleichte, als er den erzürnten Bibliothekarius ansah.

»Und wer hat ihn dazu autorisiert?«

»Auto ... wer ihm das erlaubt hat, meint Ihr?«

Mit der Geduld am Ende, nickte Bruder Hilpert knapp.

»Der Prior«, rückte Bruder Thaddäus nach längerem Zögern heraus. »Ich war selbst dabei.«

»Bruder Adalbrand, soso.« Bruder Hilpert konnte sich das alles nicht erklären, und der Blick, mit dem er den Pförtner bedachte, sprach Bände. »Nun gut, ich denke, er wird seine Gründe dafür haben«, murmelte er und beschloss, dem Prior einen Besuch abzustatten. »Einstweilen Dank für Eure Mühe, Bruder Thaddäus, und auch für die Eure, Elemo ...«

Als er sich umdrehte, um das Wort an Bruder Oswin zu richten, war der Almosensammler allerdings verschwunden.

Wohin, würde sein Geheimnis bleiben.

Vorerst jedenfalls.

NACH DER KOMPLET

[Wirtschaftshof, 16:55 h]

Worin sich Alanus auf die Suche nach dem verschwundenen Bauernmädchen macht.

DREI FEHLER WAREN es, welche Bruder Cyprianus an jenem Abend machte, einer verhängnisvoller als der andere. Als ihm klar wurde, was er angerichtet hatte, war es allerdings zu spät.
 Es begann damit, dass er Alanus in die Obhut des Granarius gegeben hatte. Und das aus gutem Grund. Er hatte ihn von Billung fernhalten wollen, um des lieben Friedens willen, wie er gegenüber Bruder Achatius betonte. An sich eine gute Idee, gleichwohl eine mit Folgen. Als die Suche nach dem Mädchen begann, nahm der Granarius seinen Schützling einfach mit, obwohl Alanus wenig Neigung zeigte, sich auf die Jagd nach einer vermeintlichen Hexe zu begeben. Dies allein wäre freilich ohne Folgen geblieben, hätte sich Bruder Cyprianus nicht breitschlagen lassen, die Novizen mit auf die Suche zu schicken. Kaum hatte Billung seinen Erzfeind erspäht, loderte auch schon der Rachedurst in seinem Inneren empor, war ihm doch klar, dass eine Gelegenheit wie diese so schnell nicht wiederkommen würde. Für die Tracht Prügel, die er von

Bruder Cyprianus bezogen hatte, würde Alanus büßen, wie, würde man im Verlauf des Abends sehen.

Der dritte Fehler, den Bruder Cyprianus beging, war bei Weitem der schwerwiegendste. In der Annahme, Bruder Achatius werde ein Auge auf Alanus haben, nahm er nicht an der Suche teil. Für derlei zweifelhafte Unterfangen hatte er nämlich nicht das Geringste übrig. Zu Hause, bei seinen Büchern, fühlte er sich allemal wohler. Sollten sich doch die anderen um diese Mechthild kümmern. Wahrscheinlich war sie ohnehin längst über alle Berge.

Nichts ahnend, wie er war, blieb Bruder Cyprianus somit am Brunnen stehen, sah dem mit Piken, Dreschflegeln und Mistgabeln bewaffneten Suchtrupp hinterher und mokierte sich über die Naivität seiner Brüder, welche aufgeregt schwatzend zum Tor hinausströmten.

Auf die Idee, sich selbst der Naivität zu bezichtigen, kam er indes nicht.

NACH DER KOMPLET

[Schafhof, 17:15 h]

Worin der Mörder von Bruder Severus eine weitere ruchlose Tat begeht.

SIE WAR DREIUNDFÜNFZIG, hatte Gicht und das Leben, in dem ihr nichts geschenkt worden war, gründlich satt. Anno 76, als zwölfjähriges Mädchen, war sie Dienstmagd auf dem Schafhof geworden. Und war es geblieben. Bettelarm, verbittert und mutterseelenallein. Sie konnte einfach nicht mehr, nach über vierzig Jahren Plackerei kein Wunder.

Mit ein bisschen Glück hätte jedoch alles ganz anders werden können. Aber da sie der Mann, den sie geliebt hatte, einfach sitzen ließ, war aus ihrem Traum von einem bescheidenen Glück nichts geworden. Kein Mann, keine Familie. Keine Familie, kein Lebensglück. So einfach war das. Sie war fünfundzwanzig gewesen damals, zutiefst enttäuscht, fertig mit allem, was nach Mann aussah. Und war binnen weniger Jahre zur alten Frau geworden, die auf dem Schafhof ihr Gnadenbrot fristete. Je älter sie wurde, umso schwerer die Schinderei. Die Fratres drüben im Kloster, ja, die hatten es gut. Die waren den ganzen Tag über am Beten, Lesen und Schreiben. Woher das Pergament kam, auf das sie schrieben, wussten sie zwar, wie viel Mühe es kostete, es herzustellen, dagegen kaum. An die vierhundert Schafhäute, mitunter sogar mehr, waren nötig, um einen einzigen Kodex herzustellen. Und das war längst noch nicht alles. Die Schafe mussten geschoren und geschlachtet, ihre Haut abgezogen, gegerbt und anschließend in einen Holzrahmen gespannt werden. Erst wenn das letzte Härchen entfernt, die Haut geglättet und in Stücke geschnitten war, taugte sie zum Schreiben. Mit einem Wort: eine Schinderei, um die sie niemand beneidete. Von morgens bis abends, tagein, tagaus. Und das mehr als vier Jahrzehnte lang.

Leise ächzend, erhob sich Els, mit vollem Namen Elisabeth, von ihrem Schemel, umklammerte ihren Gehstock und humpelte auf die Feuerstelle in der Küche des Gesindehauses zu. Zu alt, um bei der Suche nach Mechthild von Nutzen zu sein, hatte sie sich dorthin verkrochen, wo es am wärmsten war. Der Winter stand vor der Tür, und es sah danach aus, als würde er streng werden. Nebel, Nebel und nochmals Nebel. Und das den lieben langen Tag. Els stieß einen lauten Seufzer aus, nahm eine Handvoll Torf, Reisig und getrockneten Kuhmist und warf alles nacheinander ins Feuer. Dann rührte sie die Graupensuppe um, welche in dem Kupferkessel unter dem Rauchabzug vor sich hinbrodelte. Ein karges Mal, aber eines, von dem man wenigstens halbwegs satt wurde.

Was waren das doch für Zeiten, als sie noch jung gewesen war. Und so verliebt in Amalrich. Während sich Els wieder setzte, huschte ein Lächeln über ihr Gesicht, und wenigstens in diesem Moment war ihre Gicht vergessen. Amalrich, ein stattlicher, überdies ausgesprochen tüchtiger Mann. Der erste in ihrem Leben. Und zugleich der letzte. Das Lächeln der Dienstmagd verflog, und tief sitzender Groll loderte in ihr empor. Wäre diese Walpurgis nicht gewesen, die ihn ihr weggeschnappt hatte, wäre ihr Traum von Haus, Hof und Kindern Wirklichkeit geworden. Diese sommersprossige Hexe, die ihn mit ihrem Liebestrunk verzaubert hatte. Ja, genau, so war es gewesen. Wie sonst wäre Amalrich auf die Idee gekommen, dieser Metze hinterherzulaufen?

Els griff nach ihrem Gehstock, verschränkte die knotigen Hände und bettete ihr Kinn darauf. Metze hin oder her – für das, was sie angerichtet hatte, war Walpurgis die Quittung präsentiert worden. Zugegeben, sie hatte ein wenig nachhelfen müssen. Aber dann, genau eine Woche nach dem Tag der heiligen Walpurgis, war die Stunde ihrer Rache gekommen. Das alles war zwar schon lange her, doch selbst jetzt, da sie mit schmerzenden Gliedmaßen vor dem Feuer hockte, war die Genugtuung in ihr immer noch präsent.

Wie immer, wenn Els an damals dachte, verlor die Gegenwart ihre Bedeutung für sie. Das Knistern des Feuers hatte etwas Einschläferndes an sich, und so geschah es, dass sie die Gestalt mit dem dunklen Umhang zunächst nicht bemerkte. Sie nahm sie erst dann wahr, als sich der Chorbruder die Hände wärmte, neben sie setzte und mit ernster Miene dem Feuer zuwandte. Da Els ihn gut kannte, war sie alles andere als überrascht, überließ ihn noch eine Weile seinen Gedanken und wartete, bis er das Gespräch beginnen würde.

Ein Vaterunser später war es schließlich so weit. »Scheußliches Wetter«, murmelte ihr Besuch, während er kerzengerade auf seinem Schemel saß. Der krumme Rücken, ein Relikt aus Novizentagen, fiel auf diese Weise kaum auf. Der dunkelhaarige Chorbruder hatte nie viel Aufhebens deswegen gemacht, und Els gehörte zu den wenigen, die wussten, was sich dahinter verbarg.

»Scheußlich, jedoch erst der Anfang«, murmelte Els, rückte näher ans Feuer und hielt den Handrücken über die Glut. »Ah, tut das gut«, brummte sie, mit sich und der Welt beinahe versöhnt.

»Was mich betrifft, wüsste ich etwas Besseres«, erwiderte der Chorbruder prompt, nahm den Weinschlauch, den er über der Schulter trug, und entkorkte ihn. Els blickte überrascht auf. So aufgeschlossen, ja geradezu heiter, hatte sie ihren Besucher noch nie erlebt, und sie fragte sich, was der Grund dafür war. Da sie es sich mit ihrem Wohltäter nicht verderben wollte, hielt sie lieber den Mund. Schließlich war heute Sonntag. Der Tag, an dem die Armenpfründner mit Tischwein aus dem Kloster versorgt wurden. Das war guter Brauch, beileibe jedoch keine Selbstverständlichkeit. Allein deswegen galt es, sich in Demut zu üben, die Güte des Chorbruders zu preisen und es in puncto Neugierde nicht auf die Spitze zu treiben. Einem geschenkten Gaul schaut man nicht ins Maul, dachte sich Els.

Punktum.

»Hm – ein guter Tropfen«, bekannte Els nach dem ersten Schluck, ohne sich an dem penetranten Honiggeschmack zu stören. »Gott der Herr möge Euch für Eure Freigebigkeit belohnen.« Dann leerte sie ihren Becher in einem Zug.

»Amen«, antwortete der Chorbruder, lächelte und ließ seine Augen auf der alten Dienstmagd ruhen. Dann nahm er seinen Becher, trat ans Feuer und kippte seinen Inhalt hinein.

»Was ... was macht Ihr da, Bruder?«, begehrte Els entgeistert auf. Und fügte, von dunkler Vorahnung ergriffen, hinzu: »Was habt Ihr mir da kredenzt?«

»Blut vom Tisch der Heiligen, Blut von seinem Blut, Blut, welches sich mit dem deinigen vermischen wird«, erwiderte der Mönch düster, indes nicht ohne Mitgefühl für sie.

»Was ...« Im Begriff, den Chorbruder nach dem Sinn seiner Worte zu fragen, hielt Els plötzlich inne.

Und begann zu begreifen.

Doch da war es bereits zu spät. Gegen das Gift, welches sie in Windeseile durchströmte, lähmte und in eine hilflose, sich wie toll gebärdende Furie verwandelte, war kein Kraut gewachsen. Ein, zwei hektische Atemzüge, ein letztes, verzweifeltes Aufbäumen. Ein Aufschrei, wie er grässlicher nicht hätte sein können.

Dann kippte Els von ihrem Schemel und war tot.

Der Chorbruder atmete schwer. Weit entfernt, seine Tat gutzuheißen, starrte er die am Boden liegende Alte wie gebannt an. Mit einem Mal, als das Feuer fast heruntergebrannt war, streifte er seine Skrupel ab, griff in die Tasche und fingerte ein Pergamentröllchen hervor. Nur nicht schwach werden, hämmerte er sich ein.

Nahm das Röllchen, steckte es der Alten in den Mund und stürzte zur Tür hinaus.

ZUR GLEICHEN ZEIT

[Spital, 17:15 h]

Worin Bruder Hilpert ein aufschlussreiches Gespräch mit Bruder Adalbrand führt.

»JA, DAS STIMMT«, bekannte Bruder Adalbrand, Prior zu Maulbronn, und trat vor den Kamin, welcher sich in der Wärmestube des Spitalbaus befand. »Ich habe Bruder Venantius die Erlaubnis erteilt, nach dieser Mechthild zu suchen.«

»Dann ist es also wahr«, murrte Bruder Hilpert, dem schleierhaft war, aus welchem Grund der Prior dem Drängen des Vestiarius nachgegeben hatte.

»Ja, ist es«, erwiderte der siebenundzwanzig Jahre alte, mittlerweile sichtlich erholte Stellvertreter des Abts.

»Und weshalb, wenn Ihr mir die Frage erlaubt?«

Bruder Adalbrand, an dem in puncto Körperbau ein Kriegsknecht verloren gegangen war, lachte belustigt auf. Obwohl, wie sein Gesichtsausdruck verriet, ihm nicht nach Lachen zumute war. »Ein Rat unter Brüdern, Bibliothekarius –«, fuhr der Prior ungerührt fort, »vielleicht tätet Ihr besser daran, meine Entscheidung nicht zu hinterfragen, sondern Euch Gedanken darüber zu machen, weshalb sich Euer Schützling einfach aus dem Staub gemacht hat. Welchen Eindruck das hinterlässt, brauche ich Euch wohl nicht zu sagen.«

Das saß. Bruder Hilpert musste zugeben, dass er sich die gleiche Frage auch gestellt hatte. Wieso nur hatte Mechthild die Flucht ergriffen, ohne Rücksicht darauf, was man ihr hinterher andichten würde? Dass man ihr Verschwinden als Schuldbekenntnis werten würde, lag ja wohl auf der Hand. »Dessen bin ich mir durchaus bewusst«, antwortete Bruder Hilpert verzagt. »In Unkenntnis der Gründe, welche sie dazu bewogen haben ...«

»Wollt Ihr mich nicht verstehen, Bruder, oder könnt Ihr nicht?«, fiel ihm der Prior unwirsch ins Wort, die Lider nur mehr halb offen. An einen Tonfall wie diesen konnte sich der Bibliothekarius nicht erinnern, und ihm missfiel die Art, wie ihn der Prior abgekanzelt hatte. »Bei dieser Mechthild handelt es sich um eine Person, welche des Schadenzaubers und der Hexerei bezichtigt wird. Und das von mehreren Seiten. Als Prior kann ich den Kasus unmöglich ignorieren, allein schon aus Rücksicht auf meine Mitbrüder nicht. Was, denkt Ihr, würden die wohl sagen, wenn ich einfach tatenlos zugeschaut hätte? Dass es hier nicht mit rechten Dingen zugeht, ist wohl kaum von der Hand zu weisen.«

»Gerüchte, Verdächtigungen, Mutmaßungen – nichts weiter.«

»So, meint Ihr.« Der Prior verschränkte die Hände auf dem Rücken und begann auf und ab zu gehen. Trotz des Kaminfeuers, an dem er sich gewärmt hatte, schlug der Stellvertreter des Abts die Arme übereinander und rieb mit den Handflächen über seinen Körper. »Und wie sieht es mit dem Mord an Bruder Severus aus?«

»Diesbezüglich muss ich leider gestehen, dass ich kaum einen Schritt weitergekommen bin.«

Am Fenster postiert, von dem aus man den Mönchsfriedhof überblicken konnte, verzog Bruder Adalbrand missbilligend den Mundwinkel. »Das genau, lieber Bruder, ist der Punkt.«

»Was denn?«

»Die Frage, was diese Dorfschönheit mit dem Tod unseres Bursarius zu tun hat.«

»Moment mal, Ihr wollt doch nicht etwa andeuten, dass ...«

»Doch, will ich!«, unterbrach Bruder Adalbrand den Bibliothekarius. »Wie sonst ist es zu erklären, dass unser heimgegangener Bursarius einfach verschwindet, hinterrücks ermordet, geviertelt und anschließend auf unerklärliche Weise in die Heizkammer verbracht wird? Oder sollte ich Euch bezüglich des Tathergangs falsch verstanden haben?«

»Keineswegs«, räumte Bruder Hilpert ein. »Bei allem gebotenen Respekt – das ist ja wohl auch nicht der Punkt.«

»Sondern?«

»Sondern der, ob Ihr an Hexerei glaubt oder nicht. Was mich betrifft, tue ich mich damit schwer.« Beim Gedanken an das, was Mechthild im Falle ihrer Ergreifung blühen würde, krampfte sich Bruder Hilperts Herz zusammen, und ohne die Augen vom Kaminfeuer zu wenden, fuhr er fort: »Sollte Ersteres zutreffen, könnte man natürlich auf die Idee verfallen, Mechthild die Schuld am Tod von Bruder Severus zu geben. Für meinen Teil lehne ich eine derartige Hypothese ab.«

»Schon einmal etwas von Schadenzauber und Teufelspakt gehört?«, warf Bruder Adalbrand ein. »Als Inquisitor dürften Euch derartige Phänomene ja wohl nicht unbekannt sein.«

»Mit anderen Worten: Ihr seid der Meinung, Mechthild habe sich unsichtbar gemacht, Bruder Severus gemeuchelt und seine sterblichen Überreste anschließend in der Heizkammer deponiert? Ist es das, worauf Ihr hinauswollt, Bruder?«

»Mein Kompliment, Bruder – der Ruf, welcher Euch vorauseilt, besteht völlig zu Recht.«

Bruder Hilpert ließ sich jedoch nicht beirren. »Worauf wollt Ihr hinaus, Bruder?«, wiederholte er, auf dem besten Wege, sich im Ton zu vergreifen. »Soll das etwa heißen, Ihr spielt mit dem Gedanken, Anklage wegen Mordes zu erheben?«

»Nicht er, sondern ich.«

Um festzustellen, wer ihm gerade eben ins Wort gefallen war, brauchte sich Bruder Hilpert nicht einmal umzudrehen. Er hatte Remigius von Otranto an seiner Stimme erkannt. Eine Stimme, die er aus Tausenden hätte heraushören können. Wohlklingend und sanft, bisweilen auch messerscharf. »Und wie wollt Ihr das bewerkstelligen?«, fragte Bruder Hilpert, ohne Rücksicht darauf, um wen es sich bei dem Mann auf der Türschwelle handelte.

Die Stimme hinter ihm nahm einen verächtlichen Tonfall an. »Das, Bruder Hilpert, lasst gefälligst meine Sorge sein«, zischte der Großinquisitor, lächelte und wandte sich zum Gehen.

»Und die Beweise? Was ist damit?«

»Ach, wisst Ihr, mein lieber Hilpert«, hielt Remigius von Otranto dagegen, während er einen verächtlichen

Blick über die Schulter warf, »um Beweise habe ich mir noch nie irgendwelche Gedanken gemacht.«

»Solltet Ihr aber.«

Der Großinquisitor setzte ein überhebliches Lächeln auf. »Zu Eurer Information, Bruder: In meiner Position kann man getrost darauf verzichten. Und wisst Ihr auch, wieso?«

»Nein.«

»Die Urteile haben allemal so gelautet, wie ich es für zweckmäßig gehalten habe. Und nun, Bruder Hilpert: Gott befohlen.«

NACH DER KOMPLET

[Buchwald, 18:55 h]

Worin auf Mechthild Jagd gemacht und Alanus von Bruder Achatius im Stich gelassen wird.

UNTERWEGS BEI NACHT, Nebel und Kälte. Querfeldein, fernab von Weg, Steg oder Pfad. Durch klafterdickes Gestrüpp, sumpfige Mulden und ein Meer von Dornen.
Für Alanus wahrlich kein Vergnügen.
Hinzu kam, dass er nicht gerade mit Feuereifer bei der Sache war. ›Ergreift sie, tot oder lebendig!‹, hatte Bruder Venantius vor dem Aufbruch gesagt. Alanus verzog das Gesicht. Von wegen Hexerei. Das roch nicht nur, das stank zum Himmel. Und überhaupt: An Hexen glaubte doch sowieso kein Mensch. Es sei denn, der Betreffende war nicht ganz richtig im Kopf. So wie dieser Dominikanermönch, mit dem der Vestiarius herumgetuschelt hatte. Das war ein ganz Fanatischer. Um den machte man am besten einen Bogen.
Doch alles Nörgeln half nicht, Alanus hatte zu gehorchen. Obwohl Bruder Cyprianus nicht mit von der Partie war, wollte er es seinem Lehrer unbedingt recht machen. Gehorsam war nun einmal Gehorsam, ob er an diesen Hokuspokus glaubte oder nicht.

Blieb die Frage, wie er sich in der Dunkelheit zurechtfinden sollte. Dummerweise hatte Bruder Achatius nämlich nicht mit ihm Schritt halten können. Auf einmal war er verschwunden gewesen, als hätte sich der Granarius in Luft aufgelöst. Und mit ihm, weit schlimmer noch, seine Laterne. Alanus fluchte leise vor sich hin. Erst diese Hänseleien, dann die Messerstecherei auf der Latrine, bei der Billung versucht hatte, ihm einen Dolch zwischen die Rippen zu jagen. Und nun das. Um den heutigen Tag war er weiß Gott nicht zu beneiden, und er hoffte, ihn baldmöglichst zu vergessen.

Bei dieser Hoffnung, so verständlich sie auch erschien, sollte es jedoch bleiben. Zu allem Unglück begann es nämlich zu regnen, und das Geäst, unter dem er entlanghastete, bot Alanus kaum Schutz. In der Ferne, mehrere Steinwürfe weit hinter ihm, war Hundegebell zu hören, und einen Wimpernschlag lang tauchten in der Dunkelheit Lichter auf. Alanus formte die Hände zu einem Trichter, ließ aber von seinem Vorhaben ab. Er wollte nicht als Hasenfuß dastehen, weder vor den übrigen Novizen noch vor Billung. Die Gelegenheit, über ihn herzuziehen, würde der Herr von Steinsfurt bestimmt beim Schopf packen.

Also hieß es die Zähne zusammenbeißen, sich so gut es ging aus der Affäre zu ziehen. Und das war schwierig genug. Der Regen nahm an Stärke zu, und während Alanus bergauf taumelte, stellte er fest, dass er sich verlaufen hatte. Sein Wams war völlig durchweicht, die Nässe kroch ihm bis unter die Haut. Trotzdem oder gerade deswegen kehrte er nicht um. Die Furcht, sich eine Blöße zu geben, war einfach zu groß.

Eine Entscheidung, die er bald bereuen würde.

Das Knacken, welches dafür sorgte, dass Alanus wie erstarrt innehielt, kam aus unmittelbarer Nähe. Zuerst dachte er, es handele sich um ein Tier. Um einen Eber oder einen Dachs. Doch dann, unter dem Eindruck der Stille, die ringsum herrschte, dämmerte ihm, dass das Geräusch menschlichen Ursprungs war. Da er kurzsichtig war, konnte er höchstens drei Klafter weit sehen. Pech, gleichwohl nicht zu ändern. Aus welcher Richtung das Geräusch gekommen war, konnte er nicht mit Bestimmtheit sagen, und so blieb ihm nichts anderes übrig, als stehenzubleiben. Alanus klopfte das Herz bis zum Hals. Von den Buchen, Eichen und Ebereschen tropfte der Regen, und aus der Mulde, vor der er stand, stiegen bleigraue Nebelschwaden empor.

»Wer ist da?« Jetzt bekam es Alanus tatsächlich mit der Angst, und obwohl es totenstill war, wurde er das Gefühl, beobachtet zu werden, nicht los. Je länger er atemlos lauschte, umso mehr schien sich diese Gewissheit zu verstärken. Wer immer dieser Jemand war, er ließ sich Zeit, schien sich an seiner Furcht zu weiden.

Alanus sah sich suchend um. Von einem Stock, Ast oder Stein keine Spur. Panik ergriff ihn, nahm ihm die Luft zum Atmen. Die Messerstecherei saß ihm nach wie vor in den Knochen, und da sein Arm noch immer wehtat, würde er sich kaum wehren können.

Wenn überhaupt.

»Na, Pfeffersack – die Hosen voll?« Also doch. Im Grunde genommen hätte er es sich ja denken können. Für Billung, dessen Stimme ihm aus der Finsternis entgegenhallte, war dies eine einmalige Chance. Dass er auf Rache sinnen würde, war Alanus von Anbeginn klar gewesen. Dass es ihn ausgerechnet jetzt treffen würde, dagegen nicht. Die Frage war allerdings, ob seine Paladine mit von der Partie waren. Gesetzt den Fall, dem wäre so, hätte er ohnehin keine Chance.

»Das Gleiche könnte ich dich fragen.«

Aus den Tiefen des Waldes erscholl ein Lachen. »Kann es sein, Pfeffersack, dass du dich ein wenig überschätzt?«, kläffte Billung, überheblicher denn je.

»Nicht, wenn es zu einem ehrlichen Zweikampf kommt«, gab Alanus trotzig zurück. »Das müsstest du eigentlich wissen.«

»So, müsste ich das.« Obwohl es stockdunkel war, konnte sich Alanus das Gesicht seines Widersachers bis ins Detail vorstellen. Wutentbrannt, missgünstig und begierig, es ihm hier, wo es keine Zeugen gab, nach Kräften heimzuzahlen. »Was aber, wenn es unter meiner Würde ist, sich mit einer Ratte wie dir überhaupt anzulegen?«

Alanus wirbelte herum. Billung war immer für Überraschungen gut, insbesondere für solche der negativen Art. »Dann verhältst du dich so, wie ich dich eingeschätzt habe.«

Wieder dieses Lachen, zur Abwechslung einmal von rechts. »Wen, glaubst du, wird das später interessieren?«

»Bruder Cyprianus zum Beispiel.«

»Soso, dazu müsste er deinen Kadaver erst einmal finden.«

»Du scheinst dir deiner Sache ja ziemlich sicher zu sein«, entgegnete Alanus, darauf bedacht, möglichst gleichgültig zu wirken.

»Und ob. Mit einer Armbrust in der Hand kann man das ja wohl auch sein.« Ein galliges Lachen erklang, voller Wut, Häme und Hass. »Ein Mitbringsel von zu Hause. Für alle Fälle.«

»Du lügst.«

»Was dagegen, wenn ich dich vom Gegenteil überzeuge?«, spottete Billung, höchstens noch zwanzig Schritt entfernt. Alanus lief es kalt über den Rücken. Auf eine Distanz von hundert Schritt war so ein Bolzen tödlich, und die Überzeugung, mit der Billung sprach, ließ ihn an einer Finte zweifeln.

»Dazu müsstest du mich erst mal treffen«, gab Alanus scheinbar gelassen zurück. Sein Widersacher, den er allenfalls erahnen konnte, war zu allem fähig. Auch dazu, einen Wehrlosen zu töten.

»Na gut, du hast es nicht anders gewollt.«

»Du ja wohl auch nicht.«

»Stimmt, Pfeffersack«, lautete die Antwort, die von irgendwoher aus dem Unterholz kam. »Und darum, um deine Nerven nicht über Gebühr zu strapazieren, werde ich dir einen auf den Pelz ...«

Die Stille, welche auf Billungs Worte folgte, währte nur kurz. Einen Atemzug später war ein ersticktes Röcheln zu hören. Dann ein Knacken im Gebüsch. Ein dumpfer Aufprall.

Und plötzlich war es zu Ende.

Alanus glaubte, er träume. Auch dann noch, als sich die Zweige teilten, ein Mädchen auftauchte und die Armbrust, die es in seiner Hand trug, achtlos ins feuchte Gras sinken ließ.

»Sieht so aus, als hättest du noch einmal Glück gehabt«,

sprach die rotblonde Dienstmagd, wischte sich eine Strähne aus dem Gesicht und lächelte matt. »So, wenn du willst, kannst du mich ja in Ketten legen.«

»Und warum hast du dich aus dem Staub gemacht?«, fragte Alanus, als die Tür der Köhlerhütte ins Schloss fiel.

»Warum?« Mechthild lachte kurz auf. »Na, du stellst vielleicht Fragen.«

Alanus errötete bis in die Haarspitzen, und während sich Mechthild auf die Suche nach Essbarem machte, rührte er sich nicht von der Stelle. »Ist das etwa verboten?«

»Natürlich nicht.« Stets auf der Hut, legte Mechthild den Zeigefinger auf die Lippen und lauschte. Außer dem Regen, der sintflutartige Ausmaße angenommen hatte, war jedoch nichts zu hören. Und so nahm sie die Laterne, auf der das Wort Porta[27] eingeritzt war, und leuchtete in sämtliche Ecken und Winkel hinein. Leider vergeblich, wie ihre enttäuschte Miene verriet. Die Köhlerhütte war verlassen, und das anscheinend seit geraumer Zeit. Außer verfaultem Stroh, einem zerbrochenen Schemel und einem leeren Jutesack fand sie nichts Brauchbares vor, von Essbarem ganz zu schweigen. Dafür gab es jede Menge Spinnweben, und als sie sich dem Herd zuwandte, war das Quieken einer Ratte zu hören.

»Und warum bekomme ich keine Antwort von dir?«, bohrte Alanus weiter.

---

[27] dt.: Pforte

»Soll das etwa ein Verhör werden?« Mechthild hob die Laterne und ließ ihren Lichtkegel über die Herdplatte gleiten. Sie tat dies aus Verlegenheit, weniger in der Hoffnung, auf etwas Brauchbares zu stoßen.

»Nein.« Alanus bückte sich, nahm einen Stock und stocherte damit in der Feuerstelle herum. »Oder traust du mir etwa immer noch nicht?«

»Entschuldige.« Mechthild ließ die Leuchte sinken und starrte ins Leere. »Warum ich mich aus dem Staub gemacht habe, willst du wissen? Weil ich Angst gehabt habe – darum.«

»Vor was denn?«

»Du solltest lieber fragen, vor wem.« Ein angewidertes Lächeln im Gesicht, drehte sich Mechthild um. »Schon einmal etwas von einem gewissen Bruder Venantius gehört?«

Alanus nickte. »Und ob.«

»Dann weißt du ja, was mir von einem Mann seines Schlages geblüht hätte. Deswegen bin ich weggelaufen. Pech für den Pförtner, dass er im falschen Moment eingenickt ist.«

Alanus konnte sich ein Grinsen nicht verkneifen, und als sich ihre Blicke trafen, bekam er eine Gänsehaut. »Bruder Thaddäus ist eben nicht mehr der Jüngste«, erwiderte der Novize in dem vergeblichen Bemühen, seine Verlegenheit zu überspielen. »Da muss man etwas nachsichtig sein.«

Jetzt musste auch Mechthild lächeln, wenngleich mit einer Spur Wehmut. »Recht hast du«, stimmte sie ihm zu und nahm das Innere der Hütte in Augenschein. »Na ja, wenigstens ist es hier trocken.«

»Bleiben können wir trotzdem nicht.«

»Was meinst du mit ›wir‹?« Mechthild stellte die Laterne ab und ging auf Alanus zu. »Willst du etwa damit sagen, du …«

Der Novize schlug die Augen nieder. »Genau.«

»Das kommt überhaupt nicht infrage!«, entschied die sechzehnjährige Dienstmagd barsch. »Du gehst zurück ins Kloster, tust so, als hättest du mich nicht gefunden und lässt über das, was passiert ist, kein Sterbenswörtlein verlauten. Ich komme sicher zurecht, keine Sorge.«

»Und Billung?«

»Von dem hast du nichts zu befürchten, glaub mir. Der wird den Teufel tun und dich verraten. Wenn er wieder zu sich kommt, wird er sich nach Hause schleichen, seine Wunden lecken und ein für alle Mal den Mund halten. Darauf kannst du dich verlassen.«

»Und wenn nicht?«

Mechthild trat näher und ließ ihre Hand auf der Schulter des Novizen ruhen. Alanus wurde feuerrot im Gesicht, und wäre das Halbdunkel nicht gewesen, hätte er sich zu Tode geschämt.

»Nur keine Bange«, redete ihm Mechthild gut zu. »Noch mal traut sich der Feigling nicht an dich heran.«

»Sicher?«

»Sicher. Von der Seite droht uns beiden keine …«

»Und ob sie euch droht.«

Vor Schreck wie gelähmt, wirbelten Mechthild und Alanus herum, und während Gozbert, Diepold und die übrigen Novizen zur Tür hereindrängten, blieb Billung einfach auf der Schwelle stehen. Aus seiner Kopfwunde sickerte immer noch Blut, und er sah wie das leibhafte

Elend aus. Als er Alanus erspäht hatte, hellte sich seine Miene jedoch auf. »Na, wen haben wir denn da«, grunzte er vergnügt, einen mehrere Zoll dicken Knüppel in der Hand. »Welch eine Freude, euch beide wiederzusehen.«

ZUR GLEICHEN ZEIT

[Kreuzgang, 18:55 h]

Worin Bruder Hilpert trotz einer neuerlichen Hiobsbotschaft die Fährte seines Widersachers aufnimmt.

DIE KERZE AUF dem Sims war fast heruntergebrannt, Bruder Hilpert mutloser denn je. Alles, aber auch alles schien sich gegen ihn verschworen zu haben. Das fing bei Bruder Venantius an und hörte mit Remigius von Otranto, seinem Erzrivalen, auf. Jetzt war guter Rat teuer, und wenn ihm nichts einfiel, würden die beiden obsiegen.

Während er das unfertige Fenster betrachtete, zogen die letzten Stunden noch einmal an Bruder Hilpert vorbei. ›EST‹ – was hinter den drei Buchstaben steckte, war ihm nach wie vor ein Rätsel. Ein makabrer Scherz, eine verschlüsselte Botschaft oder der Versuch, ihn in die Irre zu führen? Er konnte es beim besten Willen nicht sagen. Genauso wenig, wer verdächtig war und wer nicht. Infrage kam im Grunde fast jeder, vom Laienbruder bis zu den Fratres, mit denen Bruder Severus zu tun gehabt hatte. Oder gab es am Ende überhaupt kein Motiv? War die Tat, die ihn mit tiefem Abscheu erfüllt hatte, etwa aus purer Mordlust begangen worden?

Das zu glauben fiel ihm allerdings schwer. Nein, hinter dem Kasus steckte ein bis ins Detail ausgeklügelter Plan. Erster Schritt: Der Mörder lauert seinem Opfer vor dem Zubettgehen auf und schlägt ihn nieder. Zweitens: Er schändet seinen Leichnam. Drittens: Er transportiert ihn in die Heizkammer. Ziel: die Beseitigung des Leichnams. Bruder Hilpert legte die Handflächen aneinander und führte sie zum Mund. ›EST‹. Warum dann diese Botschaft, und für wen? Etwa für ihn, um ihn an der Nase herumzuführen? Wenn ja, musste sich der Mörder seiner Sache wirklich sicher gewesen sein. Anders war dieses makabre Spiel ja wohl nicht zu erklären.

Oder etwa doch?

Sei's drum, dachte sich Bruder Hilpert und wandte sich wieder seiner Spurensuche zu. Beim Aufräumen waren die Arbeiter der Bauhütte nicht übermäßig gründlich gewesen, weshalb im Osttrakt des Kreuzganges, wo er sich gerade aufhielt, diverse Gegenstände herumlagen. Aller Wahrscheinlichkeit nach hatten sie es eilig gehabt, von hier wegzukommen. Schließlich war gestern Samstag gewesen, der Schankraum zum Bersten voll. Da konnte es leicht passieren, dass man es mit der Ordnung nicht so genau nahm und die Hämmer, Meißel und Sägen einfach liegen ließ. Dementsprechend unordentlich sah es hier aus, wie um das Chaos perfekt zu machen, befanden sich die Leitern, mit deren Hilfe die Arbeiter aufs Gerüst geklettert waren, noch an Ort und Stelle.

Rechtschaffen müde, gab Bruder Hilpert die Suche nach Indizien schließlich auf. In der gegenwärtigen Situation würde ihm etwas Ruhe bestimmt guttun, weshalb er nach der Laterne griff, sich umwandte und den Weg zum

Dormitorium einschlug. Das heißt, er beabsichtigte dies zu tun, denn er war noch keine zehn Schritt weit gekommen, als er mit dem rechten Fuß an eine Truhe stieß, ins Taumeln geriet und der Länge nach zu Boden fiel.

Der Schaden, den ihm seine Unachtsamkeit bescherte, war indes gering, und Bruder Hilpert rappelte sich rasch wieder auf. Zum Glück war die Laterne nicht erloschen, weshalb er seinen Weg hätte fortsetzen können. Aus einem unerfindlichen Grund ließ der Bibliothekarius jedoch von seinem Vorhaben ab und wandte sich der Truhe zu, über die er soeben gestolpert war. Sie war recht groß, etwa sechs auf vier Fuß, mit Eisen beschlagen und einem Vorhängeschloss versehen, welches allerdings nicht verschlossen war. Angesichts einer derartigen Pflichtvergessenheit konnte Bruder Hilpert nur den Kopf schütteln. Als er das Schloss entfernte, den Deckel hob und in das Behältnis hineinleuchtete, hellte sich sein Blick hingegen auf.

Die Truhe war leer, bis auf einen Meißel, der scheinbar achtlos hineingeworfen worden war. Warum, war Bruder Hilpert zunächst ein Rätsel. Als er den Meißel in die Hand nahm und gegen das Licht hielt, wurde ihm der Grund hierfür rasch klar.

An seinem oberen Ende klebte Blut. Nicht eben viel, doch genug, um Bruder Hilperts Verdacht zu bestätigen.

Das Corpus Delicti.

Endlich.

Und da war noch etwas. Bruder Hilpert beugte sich nach vorn und inspizierte die Truhe. Blutflecken, mit bloßem Auge kaum zu erkennen. Darüber hinaus winzige Hautpartikel. Knochensplitter. Alles eindeutige, unwiderlegbare Indizien. Der Bibliothekarius erschauderte. So sehr, dass ihm beinahe der Meißel entglitten wäre. Schuld daran war der Geruch, welcher dem Behältnis entströmte. Es war der Odem des Todes, und Bruder Hilpert musste nicht lange herumrätseln, von wem er stammte.

Der Bibliothekarius hatte genug gesehen. Als ob nichts gewesen wäre, legte er den Meißel zurück, richtete sich auf und schloss die Truhe. Das Fenster, vor dem sie stand, war erst zur Hälfte fertig, und die Luft von draußen tat Bruder Hilpert gut. Der Bibliothekarius atmete tief durch. Langsam, aber sicher kam Ordnung in seine Gedanken, wenngleich noch etliche Fragen offen waren. So zum Beispiel, wo genau Bruder Severus niedergeschlagen worden war. Wer weiß, vielleicht hatte der Mörder weitere Spuren hinterlassen. Die Suche danach würde sich bestimmt lohnen. Allen Mühen, die damit verbunden sein würden, zum Trotz. Wo beginnen, das war hingegen die Frage.

Eher aus Zufall denn Absicht wandte sich Bruder Hilpert nach rechts, bog um die Ecke und steuerte auf die Brunnenhalle zu. Es war stockfinster, die Stille, die er sonst so schätzte, zehrte an seinen Nerven. Allem Anschein nach war die Suche nach Mechthild immer noch nicht beendet, er, Hilpert, das einzige Konventsmitglied weit und breit.

Wie kaum anders zu erwarten, war die Brunnenhalle leer, und während sich der Bibliothekarius umsah, bekam er auf einmal Durst. Seit dem Mittagessen, bei dem er fast nichts angerührt hatte, war er ohne Unterlass auf den Beinen gewesen, und so stellte er die Laterne auf den Rand der Schale, beugte sich nach vorn – und erkannte das Spiegelbild eines Mannes.

Auf alles gefasst, wirbelte Bruder Hilpert herum. Der Mann, der sich ihm unbemerkt genähert hatte, war über zwanzig, schlank und gut gekleidet. Der Bibliothekarius war sich sicher, ihn noch nie gesehen zu haben, und als dieser ihn freundlich anlächelte, legte sich seine Anspannung wieder. »Darf man fragen, was Ihr hier zu suchen habt?«

Der junge Mann, mindestens ebenso erschrocken wie sein Gegenüber, machte ein verlegenes Gesicht. »Verzeiht die Störung, Bruder, es war niemand an der Pforte, und da dachte ich ...«

»Schon gut, schon gut. Euer Begehr?« Einfach alles liegen und stehen lassen. Das sah Bruder Thaddäus ähnlich.

»Ich weiß, wie impertinent mein Ansinnen ist, Bruder«, sprach der junge Mann, nahm sein Federbarett ab und drückte es gegen die Brust. »Wäre es dennoch möglich, ein paar Worte mit Bruder Hilpert zu wechseln?«

»Und aus welchem Grund?«

Der junge Mann senkte das Haupt. »Mit Verlaub: Das möchte ich lieber für mich behalten.«

»Soso.« Bruder Hilpert verschränkte die Arme, lehnte sich an die Brunnenschale und taxierte den jungen Mann. Er maß an die sechs Fuß, hatte dunkelblondes, streng gescheiteltes Haar und blaue Augen. Sein Hemdkragen war gestärkt, das wattierte Wams, welches exakt zu seiner Haarfarbe passte, offenbar nicht gerade wohlfeil gewesen. Rein äußerlich betrachtet, handelte es sich somit um einen wohlhabenden Mann, und Bruder Hilpert fragte sich, weshalb es ihn mitten in der Nacht hierher verschlagen hatte. »Ist Euer Anliegen denn so dringend, dass es nicht bis morgen warten kann?«

»Bei allem schuldigen Respekt vor Eurer Person, Bruder, das ist es«, antwortete der Blondschopf gestelzt. »Auf die Gefahr hin, unziemlicher Umgangsformen bezichtigt zu werden, möchte ich jetzt wirklich gerne mit Bruder Hilpert ...«

»Er steht vor Euch, mein Sohn. Was also ist so dringend, dass es nicht warten kann?«

Der junge Mann riss überrascht die Augen auf. »Ich bitte um ... verzeiht, Bruder«, stammelte er, »wenn ich so mir nichts, dir nichts hereingeplatzt bin. Aber das Anliegen, mit dem ich mich an Euch wende, duldet keinen Aufschub.«

»Bevor wir in medias res gehen[28] – wollt Ihr Euch nicht erst einmal vorstellen?«

»Hieronymus Baldauf, Bruder«, beeilte sich der junge Mann zu erwidern. »Studiosus der Jurisprudenz zu Heidelberg.«

»Und was führt Euch zu mir?«

»Etwas, das ich mir gerne erspart hätte«, antwortete Baldauf ernst. »Es dreht sich nämlich um meinen Oheim, müsst Ihr wissen.«

»Euren Oheim.«

Der Studiosus nickte, und im Schein der Laterne, welche auf dem Rand der Brunnenschale stand, sah er auf einmal viel älter aus. »Er ist tot«, fügte er zögerlich hinzu. »Ermordet.«

»Mein aufrichtiges Mitgefühl – doch weshalb wendet Ihr Euch ausgerechnet an mich?«

»Zum einen, weil Ihr im Ruf steht, ein Spezialist für derartige Fälle zu sein.«

---

[28] dt. (frei): Bevor wir uns näher mit dem Thema beschäftigen ...

»Und zum anderen?«

»Bei meinem Oheim handelt es sich um den Zehntgrafen, Bruder. Wie Euch bekannt sein dürfte, hat er seinen Lebensabend als Herrenpfründner auf dem Elfinger Hof verbracht.«

Bruder Hilpert glaubte, er habe nicht richtig gehört. »Der alte Zehntgraf?«, echote er überrascht. »Ermordet?«

»In der Tat, Bruder.«

»Und wo?«

»Etwa auf halber Strecke zwischen dem Hof und Bretten. Vor circa vier bis fünf Stunden.«

»Handelt es sich lediglich um eine Vermutung, mein Sohn, oder seid Ihr Euch dessen sicher?«

»Verzeiht, wenn ich Eure Frage mit einer Gegenfrage beantworte: Ist ein durchtrennter Sattelgurt nicht Beweis genug?« Der Studiosus knöpfte sein Wams auf, zog einen Lederriemen hervor und hielt ihn Bruder Hilpert vor die Nase. »Wie gesagt – sauber durchtrennt«, fügte er grimmig hinzu und ließ das Corpus Delicti wieder verschwinden. »Ich weiß ja nicht, wie Ihr darüber denkt, Bruder, aber in meinen Augen war das Mord. Eiskalter, hinterhältiger Mord.«

»Will heißen: Er wurde vom Pferd geschleudert und brach sich das Genick.«

»Den Schädel«, fügte Baldauf erklärend hinzu. »Er ist mit dem Hinterkopf auf einem Feldstein aufgeschlagen und war sofort tot.«

»Vorausgesetzt, junger Freund, Ihr hättet mit Eurer Vermutung recht, wäre die nächste Frage diejenige nach dem Motiv.«

»Genau das ist der Punkt, Bruder. Diesbezüglich bin

ich, ehrlich gesagt, überfragt.« Baldauf fuhr mit den Fingerkuppen über die gerunzelte Stirn. »Man soll den Toten zwar nichts Schlechtes nachsagen, doch muss ich zugeben, dass mein Oheim alles andere als ein umgänglicher Mensch gewesen ist.«

»Anders ausgedrückt: Er war ein Choleriker.«

»Freut mich, dass wir in diesem Punkt einer Meinung sind, Bruder.« Der junge Mann kratzte sich hinterm Ohr. »Ja, das war er. Aus einem unerfindlichen Grund hatte er jedoch einen Narren an mir gefressen. Das heißt, er kam uns hin und wieder besuchen. Doch nur dann, wenn ich zu Hause war. Meine Mutter und er waren nämlich wie Katz und Maus – wie das bei Geschwistern bisweilen der Fall zu sein pflegt.«

»Ich verstehe.« Bruder Hilpert zog die Stirn in Falten und nahm auf der Fensterbank Platz. »Wie kommt es eigentlich, dass Ihr so schnell zur Stelle gewesen seid?«

»Daran ist ganz allein meine Mutter Schuld. Er hatte sich verspätet. Undenkbar, gleichwohl wahr. Ja, und dann ist sie mir so lange in den Ohren gelegen, bis ich meinen Schecken gesattelt habe und ihm entgegengeritten bin. Etwa auf halber Strecke habe ich ihn dann am Wegrand liegen sehen. Tot.« Baldauf trat nach vorn und ließ die Hände auf der Brunnenschale ruhen. »Wisst Ihr, was das Eigenartige daran war, Bruder?«

»Nein, mein Sohn.«

»Es war sein Blick.«

»Wie darf ich das verstehen?«

Baldaufs Kopf sackte nach vorn. »Ich weiß nicht, wie ich es sagen soll – da war ein Ausdruck in seinen Augen, bei dem einem das kalte Grausen gekommen ist. So als hätte er kurz vor seinem Tod etwas ganz Furchtbares gesehen. Ein Gespenst oder so. Oder einen Dämon.« Der Studiosus hob den Kopf und starrte ins Leere. »Was weiß ich – jedenfalls habe ich mich zunächst nicht getraut, ihn anzurühren.«

»Und dann?«

»Dann habe ich mich zusammengerissen, ihn aufs Pferd gehievt und zugesehen, dass ich mich aus dem Staub mache. Da war etwas an diesem Ort, vor dem ich Reißaus genommen habe – kaum zu glauben, aber wahr.«

»Mit anderen Worten: Ihr habt Euren Oheim zurück auf den Elfinger Hof gebracht und Euch stante pede[29] hierher begeben.«

»Korrekt.«

»Aus welchem Grund?«

Baldauf machte ein verdutztes Gesicht. »Wenn jemand den Kasus aufklären kann, dann wohl Ihr.«

Bruder Hilpert kam nicht umhin, den jungen Mann anzulächeln. »Euer Wort in Gottes Ohr, mein Sohn. Als ob es nicht schon genug für mich zu tun gäbe.«

Der Studiosus machte ein schuldbewusstes Gesicht. »Dessen bin ich mir voll bewusst, Bruder«, lenkte er beschwichtigend ein, nachdem er geraume Zeit in der Tasche herumgekramt hatte. »Mag sein, es hat nichts zu bedeuten, aber … hier: Das habe ich in seinem Lederkoller gefunden.«

Der Bibliothekarius hob tadelnd den Zeigefinger. »Na, na, junger Mann – tut man so etwas?«, übergoss er den Studiosus mit gutmütigem Spott. »In anderer Leute Taschen herumstö …«

---

[29] dt.: stehenden Fußes

Nur noch eine Silbe, und Bruder Hilperts Satz wäre beendet gewesen. Dass er das Wort nicht zu Ende sprach, hatte indes einen Grund. »Das gibt's doch nicht!«, stieß er entgeistert hervor, ungeachtet der Konfusion, in die er seinen Gesprächspartner stürzte. Und kurz darauf noch einmal: »Das gibt's doch nicht!«

»Was gibt es nicht, Bruder?«

»Das da«, versetzte Bruder Hilpert mit Blick auf den Pergamentfetzen, den ihm der Studiosus in die Hand gedrückt hatte. Dann griff er in die Tasche, holte den Zettel mit der Aufschrift ›EST‹ hervor und verglich ihn mit dem Pergamentfetzen, auf dem das lateinische Wort ›MEA‹ zu erkennen war. Es war die gleiche Schrift, gestochen scharf und absolut identisch.

»Ich … ehrlich gesagt verstehe ich nicht ganz, was Ihr meint, Bruder.«

»Aber ich, junger Freund«, erwiderte Bruder Hilpert, dessen Blick immer wieder zwischen den beiden Pergamentfetzen hin und her wanderte. »Aber ich.«

NACH DER KOMPLET

[Bursariat, 19:55 h]

Worin Remigius von Otranto und Bruder Venantius das Mädchen Mechthild und den Novizen Alanus in die Enge zu treiben versuchen.

REMIGIUS VON OTRANTO war ein Mann von Welt. Das galt vor allem für seine Manieren. Er war höflich, bisweilen sogar zuvorkommend, ließ seine Gesprächspartner ausreden und hob die Stimme nur dann, wenn es nötig war. Überhaupt hasste er es, Emotionen zu zeigen, getreu der Devise, dass Selbstbeherrschung zu den Kardinaltugenden eines Inquisitors zählte. Das galt freilich nicht für die Handlanger, mit denen er sich umgab. Insbesondere nicht für Cesare Baltazzi. Für ihn, den getreuen Diener seines Herrn, war dessen Wunsch Befehl, und das Wort ›Skrupel‹ kam in seinem Wortschatz nicht vor. Zwar war er erst fünfundzwanzig, unauffällig und von gedrungener Statur, dafür mit allem vertraut, was dazu diente, seine Opfer gefügig zu machen. Er schreckte vor nichts zurück, auch davor nicht, bei peinlichen Befragungen die Vorschriften zu missachten. Vor allem mochte er keine Frauen, weshalb er es kaum abwarten konnte, Mechthild die in seinen Augen fällige Lektion zu erteilen.

Doch noch war Remigius mitten im Verhör, Baltazzi musste sich also gedulden. »Wäre es nicht besser, du gestehst?«, fragte Remigius von Otranto in einer Weise, wie man es von einem wohlmeinenden Vater vermutet hätte.

Flankiert von zwei Kondottieri, die jede ihrer Bewegungen argwöhnisch verfolgten, sah Mechthild kurz auf. »Die Mühe könnt Ihr Euch sparen«, erwiderte sie mit fester Stimme, im Inneren jedoch nicht frei von Furcht. Dass dies ein ungleicher Kampf werden würde, war ihr klar, und sie würde ihre ganze Kraft brauchen, um Remigius Paroli zu bieten. »Was mich betrifft, gibt es nichts zu gestehen.«

»Hm. Wie bedauerlich.« Der Großinquisitor wackelte bedächtig mit dem Kopf. »Wenn ich du wäre, würde ich mir alles noch einmal überlegen.«

»Ich wüsste nicht, wozu das gut wäre«, antwortete Mechthild, kerzengerade auf einem Schemel platziert.

»Aber ich.« Remigius nahm seine Wanderung durch das Kellergewölbe wieder auf, welches durch zwei Fackeln in fahles Licht getaucht wurde. Die Luft war verbraucht, stickig und roch nach Schweiß, und er musste achtgeben, dass der Saum seiner Tunika nicht schmutzig wurde. Unreinlichkeit war ihm ein Gräuel, mehr noch, als sich in die Nähe dieser Hexe zu wagen. »Weshalb ich dich auf das Dringendste ermahnen muss, deine Verstocktheit aufzugeben.«

Mechthild senkte resigniert den Kopf, und die Unerschrockenheit, mit der sie Remigius gegenübertrat, geriet ins Wanken. »Und das alles nur wegen ein paar Hennen, die nicht legen wollen«, flüsterte sie und fuhr sich durch das dichte rotblonde Haar. »Ich begreif's einfach nicht.«

»Aber ich«, wiederholte der Großinquisitor in Verständnis heuchelndem Ton. »Und außerdem weißt du so gut wie ich, dass dies nur einer unter einem halben Dutzend Anklagepunkten ist.«

»Schadenzauber, Teufelspakt und was weiß ich Ihr mir noch alles in die Schuhe schieben wollt – mal ehrlich: Glaubt Ihr denn wirklich daran?«

»So gewiss wie an die Auferstehung«, sprach Remigius in aufreizend lässigem Ton, weshalb sich Mechthild der Verdacht aufdrängte, er erlaube sich einen Scherz mit ihr. Dass dem nicht so war, sollte sie noch früh genug erfahren. »Und außerdem war das noch nicht alles.«

»Noch nicht alles?« Mechthild und Alanus, den Bruder Venantius nicht aus den Augen ließ, wechselten einen raschen Blick. »Wie meint Ihr das?«

»Schon gehört, dass einer der Fratres dieses Konvents meuchlings ermordet worden ist?«

»Und was habe ich damit zu tun?«

»Das fragst du noch?« Die Stimme des Inquisitors hatte plötzlich einen anderen Tonfall angenommen, wenn auch nur für kurze Zeit. Für Baltazzi ein Zeichen, dass sich die Geduld seines Herrn allmählich zu erschöpfen begann.

Rein äußerlich war davon jedoch noch nichts zu bemerken. »Mein liebes Kind«, säuselte Remigius in altbewährter, in Dutzenden von Verhören erprobter Manier, »wenn du klug bist, verlegst du dich nicht weiter aufs Leugnen. Von deiner Schuld bin ich ohnedies überzeugt.«

»Und die Beweise?«

»Na schön, du hast es nichts anders gewollt.« Da seine Winkelzüge nicht fruchteten, gab Remigius sein gönnerhaftes Gehabe auf. »Also: Trifft es zu, dass du die Frau des Meiers mit einem Fluch belegt hast, mit dem Ergebnis, dass sie elendiglich zugrunde gegangen ist? Im Kindbett, wie ich der Vollständigkeit halber betonen muss?«

Mechthild schoss die Zornesröte ins Gesicht. »Wie kommt Ihr dazu, so etwas zu ...«

»Es ist nicht an dir, Fragen zu stellen!«, fuhr der Großinquisitor dazwischen. »Hast du sie mit einem Fluch belegt – ja oder nein?«

»So wahr die Heilige Jungfrau meine Zeugin ist – nein. Und abermals nein.«

»Wie kommt es dann, dass sie just am heutigen Morgen zu Gott berufen worden ist?«

Mechthild konnte sich kaum noch beherrschen. »Vermutlich, weil sie ihrem Fieber erlegen ist«, knirschte sie. »Kommt ja leider recht häufig vor.«

»Und woher willst du das mit deinen sechzehn Jahren so genau wissen? Wo du dein Lebtag nicht von hier weggekommen bist?«

»Was wollt Ihr damit sagen?«

»Auf die Gefahr hin, mich zu wiederholen: Wenn hier jemand Fragen stellt, bin ich es, verstanden?«

»Ich habe niemandem etwas getan, hört Ihr? Niemandem.«

Auf dem Gesicht des Inquisitors erschien ein angewidertes Lächeln. »Und ob du das hast«, erwiderte er, während er Daumen und Zeigefinger aneinander rieb. »Zu deiner Information: Du hast es hier mit einem päpstlichen Großinquisitor zu tun. Woraus folgt, dass du ihm die nötige Reverenz zu erweisen hast. Solltest du es vorziehen, mich weiter zum Narren zu halten, sähe ich mich gezwungen, andere Mittel der Wahrheitsfindung anzuwenden. Ich hoffe, du weißt, wovon ich spreche.«

Mechthild neigte den Kopf zur Seite und sah Remigius an. »Das heißt, Ihr wollt mich dazu bringen, Dinge zuzugeben, mit denen ich nichts zu tun habe – hab ich recht?«

»Kompliment. Für ein Weib deines Standes scheinst du über ein beachtliches Maß an Intelligenz zu verfügen.« Remigius von Otranto lächelte verschlagen. »Zur Sache: Du leugnest also, etwas mit dem Tod der Meierin zu tun zu haben – oder liege ich da falsch?«

»Keineswegs.«

»Wie ist es dann zu erklären, dass du dich circa eine Stunde vor ihrem Dahinscheiden in ihrer Kammer aufgehalten hast?«

»Weil die Hebamme nach einem Krug mit heißem Wasser verlangt hat – darum. Und weil niemand sonst in der Nähe war.«

»Wie interessant.« Der Großinquisitor gab ein geräuschvolles Räuspern von sich, hob den Handrücken vor den Mund und sagte: »Könnte es nicht sein, dass du die Gelegenheit beim Schopf gepackt und die Meierin mit einem Fluch belegt hast?«

»Nein.«

»Nein? Der Zeitpunkt wäre nämlich günstig gewesen.«

»Ach ja?«

»Auf alle Fälle. Zumal die Hebamme die Kammer für kurze Zeit verlassen hatte, um einem menschlichen Bedürfnis nachzugehen.«

»Darf man fragen, von wem Ihr das …?«

Der Großinquisitor schnippte mit den Fingern, und bevor Mechthild ausreden konnte, war Baltazzi zur Stelle und schlug ihr ins Gesicht.

»Auf die Gefahr, mich erneut zu wiederholen: Es ist nicht an dir, Fragen zu stellen. Haben wir uns verstanden?«

Mechthild gab keine Antwort. Der Schlag war so heftig gewesen, dass sie auf dem linken Ohr nichts mehr hörte, und ihre Backe fühlte sich glühend heiß an.

»Keine Antwort ist auch eine Antwort«, höhnte der Inquisitor, während Baltazzi hinter Mechthild Aufstellung nahm. »Damit wir nicht unnötig Zeit verlieren: Weshalb hast du einen gottesfürchtigen Bruder wie Severus auf derart grausame Weise umgebracht? Etwa, weil er dir im Wege war?«

»Ob Ihr's glaubt oder nicht – ich habe keine drei Worte mit ihm gewechselt.«

Aus dem Mund des Inquisitors kam ein schrilles Lachen, die erste Gefühlsregung während des gesamten Verhörs. »Als ob das nötig wäre, wenn einem der Leibhaftige befiehlt, einen Mord zu begehen«, fuhr er Mechthild unvermutet an.

Die Hand am Ohr, aus dem ein durchdringender Pfeifton kam, sackte Mechthilds Kopf nach vorn. Sie hatte nicht alles verstanden, jedoch genug, um die Ungeheuerlichkeit des Vorwurfs zu begreifen. Die Dienstmagd schloss die Augen. So war das also. Weiß Gott, auf so eine Idee wäre sie nicht mal im Traum gekommen. Das konnte, das durfte einfach nicht wahr sein. Bleich vor Entsetzen, schüttelte Mechthild den Kopf.

»Was soll das heißen?«, zischte Remigius und trat näher.

»Etwa, dass du leugnest, den Einflüsterungen des Weltenverderbers erlegen zu sein?«

»Genau das.«

»Und du bist dir darüber im Klaren, welche Konsequenzen das für dich hat?«

Mechthild hob den Kopf, richtete sich auf und sah Remigius lange und eindringlich an. Dunkle, nahezu wimpernlose Augen. Starrer Blick und Raubvogelnase. Einem Mann wie dem Inquisitor traute sie so gut wie alles zu.

»Wie gesagt: Keine Antwort ist auch eine Antwort.« Remigius pausierte, ließ den Mittelfinger über die Braue und den Blick über die restlichen Anwesenden gleiten. »Bevor ich dir schildere, was dir blüht, eine kurze Frage.«

Mechthild nahm die Hand vom Ohr und ließ sie mit ihrer Rechten auf den Oberschenkeln ruhen. Was ihr bevorstand, konnte sie sich gut denken. Trotzdem würde sie sich nicht einfach in ihr Schicksal fügen. Da kannte sie dieser Dominikaner schlecht. Aufgeben kam für sie nicht infrage.

Um keinen Preis.

»Wie ist es dir gelungen, diesen jungen Mann hier gefügig zu machen? Etwa, indem du mit ihm das Lager geteilt hast?«

»Das ... das ist nicht wahr!«, begehrte Alanus auf und sah den Großinquisitor wütend an. »So etwas dürft Ihr nicht ...«

»Du redest, wenn du gefragt wirst, ist das klar?«, fuhr Bruder Venantius dazwischen, packte Alanus an der Schulter und riss ihn zurück. Im gleichen Moment war ein Kondottiere zur Stelle. Ohne viel Federlesen stieß der den Siebzehnjährigen zu Boden, bohrte die Kniespitze in seinen Rücken und fesselte ihn.

»Hast du mit diesem Fant das Lager geteilt – ja oder nein?«, fragte Remigius mit samtweicher Stimme, während ein rätselhaftes Schimmern in seine Augen trat. »An deiner Stelle würde ich mir meine Antwort gut überlegen, meine Tochter.«

»Nein, habe ich nicht«, erwiderte Mechthild, während sich ihre Augen mit Tränen füllten. »Auch wenn Ihr Euch noch so große Mühe gebt.«

»In diesem Fall, fürchte ich, ist es an der Zeit, dass Meister Baltazzi eine Kostprobe seines Könnens gibt«, ließ die Antwort des Großinquisitors nicht lange auf sich warten.

Dann gab er Venantius einen Wink, raffte seine Tunika und verließ den Raum.

ZUR GLEICHEN ZEIT

[Eingangstor, 19:55 h]

Worin Bruder Hilpert den jungen Studiosus und Bruder Thaddäus einmal mehr in Erstaunen versetzt.

»SUMMA SUMMARUM[30] – IHR, junger Freund, werdet Euch sporenstreichs zum Elfinger Hof begeben und die Kammer respektive den Nachlass Eures Oheims unter die Lupe nehmen. Wer weiß, vielleicht wird sich dort etwas finden, was uns auf die Spur seines Mörders bringt.«

»Seines Mörders?« Hellhörig geworden, sah Hieronymus Baldauf den Bibliothekarius neugierig an. »Habt Ihr etwa einen Verdacht?«

»Das schon.«

»Und wer käme Eurer Meinung nach infrage?«

»Immer mit der Ruhe, junger Freund.« Bruder Hilpert schloss die Augen und massierte seine Schläfen. Dann öffnete er sie wieder und sprach: »Was mir durch den Kopf geht, kann man nicht einmal als Hypothese bezeichnen. Und erst recht nicht als Beweis. Um das Wort in den Mund nehmen zu können, benötigen wir Fakten. Unwiderlegbare, glasklare Fakten. Dann, und nur dann, wird es zu einer Mordanklage reichen.«

---

[30] dt.: alles in allem

»Zwei Morde – ein Täter?«
»Höchstwahrscheinlich. Wobei zu befürchten steht, dass es nicht dabei bleibt.«
Hieronymus Baldauf blieb abrupt stehen. »Wollt Ihr etwa damit sagen, dass es weitere Tote geben ...«
»Die wird es, mein Freund. Zumindest einen. Fragt sich nur, wen.«
»Und wie kommt Ihr ...?«, begann der Studiosus, bereit, seinen Weg fortzusetzen. Seine Absicht wurde allerdings jäh durchkreuzt.

Die Gestalt, welche sich durch die Nebelschwaden hindurch auf ihn zubewegte, war dank ihres unverwechselbaren Idioms sofort zu erkennen. »Bruder Hilpert, Bruder Hilpert«, rief Bruder Thaddäus konsterniert aus, »'s isch fai was ganz Furchtbars ...«

»Mit anderen Worten beziehungsweise auf Hochdeutsch: Es wurde eine Leiche entdeckt, bei der sich ein Zettel mit der Aufschrift ›ULTIO‹ fand?«

»Ja, jetzt leck me doch glei am ... äh ... ja, du liabs Herrgöddle vo Biberach, woher ...«

»Woher ich das weiß? Pure Intuition, Bruder.«

An diesem Tag, dem weitaus turbulentesten im Leben des Pförtners, war weiß Gott schon genug passiert. Dass der Bibliothekarius zum Hellseher geworden war, grenzte dahingegen an Hexerei, und so blieb Bruder Thaddäus verdutzt stehen. »Aber ... aber ...«, japste das Unikum, bevor er Hieronymus bemerkte und den Faden verlor. »Ond überhaupt: Zu wem ghörsch 'n du?«

Der Studiosus konnte sich ein Schmunzeln nur mit Mühe verkneifen. »Erlaubt, dass ich mich vorstelle, Bruder: Hieronymus Baldauf, Studiosus der Rechte zu Heidelberg.«

»Aha, an Heckabronzr[31]. Des het eis juschdamend no g'fehlt.[32]«

Baldauf machte eine galante Verbeugung. »Zu viel der Ehre, Bruder. Ich werde versuchen, mich Eurer Wertschätzung würdig zu erweisen.«

»Ad rem[33], wenn's beliebt«, machte Bruder Hilpert dem Schabernack ein Ende und wandte sich dem betagten Pförtner zu. »Ihr bringt schlechte Kunde, Bruder?«

Bruder Thaddäus nickte: »'s Läba isch halt koi Schläghafa!«[34], dozierte er, woraufhin er von Bruder Hilpert mit einem ungehaltenen Stirnrunzeln bedacht wurde. Die Wirkung ließ nicht lange auf sich warten. »Anders ausgedrückt«, fügte der Pförtner auf Hochdeutsch hinzu, »schlechter könnten meine Neuigkeiten nicht sein.«

»Anders ausgedrückt: Der Tote, von dem Ihr berichtet habt, ist nicht eines natürlichen Todes gestorben.«

»Die Tote, Bruder.« Der Portarius fuhr sich mit der Handfläche über das zerfurchte Gesicht. »Vor knapp einer halben Stunde hat sie ein Hirtenjunge in der Gesindeküche gefunden. Und mir prompt Bescheid gesagt. Bin natürlich sofort rüber, um mir die Bescherung ... um nachzuschauen, was vorgefallen ist.«

»Und um wen handelte es sich?«

»Um die alte Els, Bruder. Dienstmagd und Armenpfründnerin auf dem Schafhof.«

»Und besagter Zettel?«

»Moment.« Der Pförtner kramte zerstreut in seiner Tasche herum. »Hier.«

---

[31] hochdeutsch: Herumtreiber
[32] hochdeutsch: Das hat uns gerade noch gefehlt.
[33] dt.: Zur Sache
[34] hochdeutsch: Das Leben ist eben kein Zuckerschlecken!

Ein Blick genügte, und Bruder Hilperts Mutmaßung sollte sich bestätigen. Auf dem Pergamentröllchen, das ihm der Pförtner in die Hand gedrückt hatte, stand nur ein einziges Wort: ›ULTIO‹ – zu Deutsch ›Rache‹. »Mit Verlaub, Bruder – etwas mehr Licht.« Im Schein der Laterne, mit der ihm der Pförtner bereitwillig assistierte, wirkte Bruder Hilperts Gesicht noch bleicher als sonst, und während er die Rolle begutachtete, seufzte der Bibliothekarius gequält auf. ›Mea est ultio et ego retribuam – mein ist die Rache; ich will vergelten.‹[35] Drei Worte, eine Botschaft. Die Frage war allerdings, an wen sie gerichtet war. Beziehungsweise was ihr Autor damit bezweckte. Diejenige nach dem Motiv nicht zu vergessen.

»Dieselbe Schrift, dasselbe Material, dieselbe Tinte«, warf Baldauf mit gedämpfter Stimme ein.

»Gut beobachtet, junger Freund«, erwiderte Bruder Hilpert und warf dem Studiosus einen anerkennenden Seitenblick zu. »›Mein ist die Rache‹ – was das Motiv angeht, wissen wir wenigstens Bescheid.«

»Jedoch nicht, was den Täter betrifft.«

»Wie gesagt: zumindest nicht mit hundertprozentiger Sicherheit.«

Baldauf runzelte die Stirn. »Und was habt Ihr jetzt vor?«, fragte er und rückte sich sein Barett zurecht.

»Was mich betrifft, werde ich um eine Visite auf dem Schafhof wohl nicht herumkommen. In der Hoffnung, dass der Täter die eine oder andere Spur hinterlassen hat. Und dann wäre da natürlich die Frage, auf welche Weise er jene bemitleidenswerte Kreatur vom Leben zum Tode befördert hat. Wie war doch gleich ihr Name?«

---

[35] 5. Buch Mose, Kapitel 32, Vers 35.

»Els, Bruder«, warf der Pförtner eilfertig ein. »Els Eberhartinger.«

»Die Frage, was die drei Opfer miteinander verbindet, nicht zu vergessen«, ergänzte der Studiosus in nachdenklichem Ton.

Der Bibliothekarius steckte die Pergamentrolle ein und klopfte Baldauf anerkennend auf die Schulter. »Hut ab, junger Freund – mit Ausnahme meines Freundes Berengar von Gamburg könnte ich mir keinen besseren Sozius wünschen.«

»Ihr macht mich verlegen, Bruder.«

Bruder Hilpert lächelte. »Vorschusslorbeeren, nichts weiter«, räumte er freimütig ein. »Noch sind wir nämlich nicht am Ziel. Will heißen: Ihr, junger Freund, werdet Euch nun in den Sattel schwingen, zum Elfinger Hof reiten und den Nachlass Eures Oheims genauestens unter die Lupe nehmen. Und Euch nach getaner Arbeit baldmöglichst wieder hier einfinden. Wer weiß, vielleicht werdet Ihr auf brauchbare Indizien stoßen.«

»Wird gemacht, Bruder.«

»Ond i?«

»Ihr, Bruder Thaddäus, werdet bis zur Rückkehr unseres jungen Freundes ausnahmsweise einmal auf Eurem Posten bleiben und mir umgehend Bericht erstatten, wenn sich etwas Verdächtiges rührt. Haben wir uns verstanden, Bruder?«

»Bassd scho, Bruada. I han Nerva wia brode Nuudla.«[36]

»Das will ich hoffen. Und vor allem: zu niemandem ein Wort, ist das klar?«

Bruder Thaddäus nickte wie ein artiges Kind.

---

[36] hochdeutsch: Geht in Ordnung, Bruder. Mich bringt so leicht nichts aus der Ruhe.

»Dann wäre ja alles geklärt«, bilanzierte Bruder Hilpert, rieb sich die Hände und sah seine beiden Mitstreiter erwartungsvoll an. »Und nun, Gefährten – ans Werk!«

※

Die Luft in der Gesindeküche war zum Schneiden dick. In die Ausdünstungen der Gaffer mischte sich der Geruch der Asche, Fackeln und Öllampen, und um zur Toten vorzudringen, musste Bruder Hilpert seine Ellbogen einsetzen. Vom Meier bis zum Hüteknecht waren sämtliche Bewohner versammelt, und das zu vorgerückter Stunde.

»Gott zum Gruße«, murmelte der Bibliothekarius, als sich die Menschentraube, welche sich um die tote Dienstmagd gebildet hatte, allmählich lichtete. Sie lag immer noch dort, wo sie ihr Leben ausgehaucht hatte, den Blicken der Gaffer schutzlos preisgegeben. Anscheinend hatte es niemand für nötig gehalten, eine Decke über ihr auszubreiten, geschweige denn ihr die Augen zu schließen. Da war etwas, das die Bewohner des Schafhofes auf Distanz gehen ließ, und Bruder Hilpert fragte sich, worin der Grund dafür lag. An sich war ihm Neugierde ein Gräuel, auch und gerade im Umgang mit dem Tod. Da er jedoch auf Mithilfe angewiesen war, verkniff er sich eine diesbezügliche Bemerkung, kniete neben der Toten und schloss ihr die Augen. »Requiescas in pace!«[37], fügte er geraume Zeit später hinzu, worauf ein eher zögerliches »Amen«erklang.

»So – und was jetzt?« Es war der Meier, der das betretene Schweigen brach. Der Tonfall, in dem dies geschah,

---

[37] dt.: Du mögest in Frieden ruhen!

war barsch und gefühllos, weshalb Bruder Hilpert entrüstet in die Höhe fuhr.

»Was jetzt, fragt Ihr?«, herrschte er den knapp vierzigjährigen Schlaks mit der zerknitterten Filzkappe an. »Mehr fällt dir zum Tod eines Mitmenschen nicht ein?«

»Wenn Ihr mich so fragt, Bruder – nein«, gab der Verwalter trotzig zurück, was Bruder Hilpert umso mehr verdross. »Nichts für ungut, Bruder: Das hat natürlich nichts mit Euch zu tun. Ihr habt wenigstens immer etwas für uns übrig gehabt.«

Und die bemitleidenswerte Kreatur da etwa nicht?, wollte Bruder Hilpert entgegnen, besann sich jedoch eines Besseren und fragte: »Wer von euch hat sie eigentlich gefunden?«

»Ich«, antwortete ein kleinwüchsiger Knabe von vierzehn Jahren, löste sich aus dem Kreis der Umstehenden und trat vorsichtig auf Bruder Hilpert zu. Für die Tote, die wie ein zusammengekrümmter Fötus am Boden lag, hatte er nicht einmal einen Seitenblick übrig.

»Dein Name, mein Sohn?«, fragte Bruder Hilpert, ließ sich eine Decke reichen und breitete sie über der Verstorbenen aus. »Nur keine Scheu – von mir hast du nichts zu befürchten.«

»Lutz«, antwortete der Blondschopf, während seine Augen hin und her irrten. Vor dem Verwalter, der ihn gestreng musterte, schien er einen Heidenrespekt zu haben, wesentlich mehr als vor dem Bibliothekarius.

»Und weiter?«

Der Jüngling sah Bruder Hilpert mit großen Augen an. »Lutz«, wiederholte er, als sei dessen Frage vollkommen absurd gewesen. »Einfach nur Lutz.«

»Ein Findelkind«, ergänzte der Verwalter in geringschätzigem Ton.

»Und damit ein Kind Gottes«, fuhr ihn Bruder Hilpert vehement an, und ergänzte angesichts der Umstehenden: »Wenn wir gerade dabei sind – würdest du in deiner Eigenschaft als Verwalter freundlicherweise Sorge tragen, dass wir beide hier eine Weile ungestört sind?«

»Wenn's sein muss!«, brummte der Meier verstimmt. »Wobei ich mich frage, was es mit diesem Schmalhans Wichtiges zu ...«

»Es muss sein, für den Fall, dass ich mich nicht klar ausgedrückt habe!«, stauchte Bruder Hilpert den Schlaks im grauen Tuch zusammen. »Und damit wir uns von Anbeginn richtig verstehen: Es ist nicht an dir, meine Autorität infrage zu stellen – ist das ein für alle Mal klar?«

Das Gesicht des Verwalters färbte sich dunkelrot. »Schon gut, schon gut«, murmelte er und bedeutete dem Gesinde, die Küche zu räumen. »Euer Wunsch ist mir Befehl.«

»Na also«, erwiderte Bruder Hilpert, während sich der Raum allmählich zu leeren begann. »Und nun zu uns beiden, mein Sohn. Wann genau hast du den Leichnam der alten Els entdeckt?«

»Vor ungefähr einer Stunde.«

»Wie kommt es, dass ausgerechnet du ...«

»Ich habe gefroren – darum. Deshalb bin ich noch mal runter in die Küche.«

»Ich verstehe«, antwortete Bruder Hilpert, setzte sich und gab dem Hirtenjungen einen Wink, das Gleiche zu tun. Der blässliche Knabe gehorchte, ließ die Tür allerdings nicht aus den Augen. »Und wo ist dein Domizil?«

»Drüben im Stall«, antwortete der Knabe und wies mit dem Daumen in die Richtung, wo sich sein Schlafplatz befand. »Bei den Schafen.«

»Nicht gerade komfortabel, oder?«

»Nein.«

Bruder Hilpert gab ein verlegenes Räuspern von sich. »Ist dir im Zusammenhang mit dem Tod der alten Els etwas Besonderes aufgefallen? Eine verdächtige Person etwa oder ein Fremder?«

»Ein Fremder?«

»Jemand, der nicht zum Gesinde des Schafhofes gehört, wollte ich sagen.« Bruder Hilpert dämpfte die Stimme und sah den Jüngling eindringlich an. Letzterer wich seinem Blick jedoch aus. »Beispielsweise einer der Fratres.«

Die Augen weit offen, rang der Hirtenjunge die Hände. »Einer der Fratres?«, wiederholte er irritiert. »Was ... was sollte einer der Chormönche mit dem Mord an der alten Els ...«

»Das frage ich dich, mein Sohn.«

Aus dem Gesicht des Schafhirten, der es beharrlich vermied, Bruder Hilpert in die Augen zu sehen, war jegliche Farbe gewichen, und sein Blick irrte zwischen seinen mit Stofffetzen umwickelten Füßen hin und her. »Keine Ahnung, worauf Ihr hinauswollt, Bruder«, gab er achselzuckend zurück. »Ich kann Euch leider nicht weiterhelfen.«

»Wie schade.« Bruder Hilpert erhob sich, trat an die Feuerstelle und stocherte mit dem Schürhaken in der erkalteten Asche herum. »Dann bleibt mir wohl nichts anderes übrig, als dich unter Eid ...«

Der Duft, welcher Bruder Hilpert bewog, sein Kreuzverhör abzubrechen, war so penetrant, dass er die vorherrschenden Gerüche mühelos neutralisierte. Der Bibliothekarius stöhnte innerlich auf, und in seinem Magen begann es heftig zu brodeln. Aus Erfahrung war ihm bekannt, dass der Schierlingsgeruch kaum zu ertragen war, allein schon aufgrund des Beigeschmacks von Mäuseurin. Zu seinem Leidwesen sollte sich diese Erfahrung jetzt bestätigen. Mit einer Intensität, die er nicht für möglich gehalten hätte.

»Was ist, Bruder, ist Euch etwa ...«, begann der Hirtenjunge, bevor seine Rede im Gefühl emporkeimender Übelkeit versiegte. Dann sprang er auf, riss die Tür auf und stolperte nach draußen.

Bruder Hilpert indes rührte sich nicht von der Stelle. »Sieht so aus, als wollte hier jemand auf Nummer sicher gehen«, murmelte er, beugte das Knie und schlug die Decke zurück, unter der sich der Leichnam der alten Dienstmagd befand. »Aber keine Sorge – die Rache des Herrn wird dich ereilen.«

NACH DER KOMPLET

[Bursariat, 21:15 h]

Worin die Standfestigkeit von Mechthild auf eine harte Probe gestellt wird.

»WEISST DU, WAS eine Würgbirne ist? Nein?« Cesare Baltazzi genoss seine Rolle in vollen Zügen. »Dann will ich es dir erklären.«

»Nicht nötig«, gab Mechthild zurück, nach außen hin ruhig und gefasst. In ihrem Inneren sah es jedoch anders aus. Die Angst vor der Tortur brachte sie beinahe um den Verstand, und sie musste ihre ganze Kraft aufbieten, um nicht in Tränen auszubrechen. »Darauf kann ich verzichten.«

»So jung und bereits so keck.« Baltazzi, ein gedrungener Florentiner mit fettigem Haar, durchmaß das Kellergewölbe, in dem außer ihm und Mechthild niemand anwesend war, und blieb unmittelbar vor ihr stehen. »Wie schade, dass dein Beschäler gerade von meinen Gefährten in die Mangel genommen wird. Bei dem, was ich mit dir anstellen werde, würde er mit Sicherheit auf seine Kosten kommen.«

»Lasst Alanus in Ruhe. Er hat damit nichts zu tun.«

Baltazzi fletschte die Zähne und nahm Mechthilds Körper in Augenschein. »Oho!«, rief er gekünstelt aus.

»Soll das etwa ein Geständnis werden? Mein Gebieter, der hochehrwürdige Bruder Remigius, hätte gewiss seine Freude daran.«

»Hochehrwürdig – dass ich nicht lache.«

»Schade, dass du so widerborstig bist«, presste Baltazzi zwischen einem Paar wulstiger Lippen hervor. Der Geruch nach Wein tat ein Übriges, um Mechthilds Ekelgefühle zu verstärken, und sie wandte sich abrupt von ihm ab. »Sonst könnten wir beide viel Freude aneinander haben.«

»Menschenschinder!« Mechthild spie das Wort förmlich aus, und ihre erzürnte Miene sprach Bände. An ihr würde sich Baltazzi die Zähne ausbeißen, komme, was da wolle.

Die Reaktion auf diese Erkenntnis ließ nicht lange auf sich warten. »Na schön, ganz, wie du willst«, erwiderte der Florentiner in lässiger Manier, was über seinen hasserfüllten Blick jedoch nicht hinwegtäuschen konnte. »Dann muss ich eben zu anderen Mitteln greifen als zu diesem harmlos anmutenden Gegenstand hier.«

»Spart Euch die Erklärungen. Ich kann mir denken, was Ihr im Schilde führt.«

»Ach wirklich? Das kann ich mir ehrlich gesagt nicht vorstellen.« Baltazzi griff nach der Bronzekugel, welche auf der Ablage eines wurmstichigen Stehpultes lag. »Weißt du was? Wenn ich dir dieses Requisit in den Mund gesteckt habe, wird kein Mensch, auch nicht dein ach so kluger Bruder Hilpert, deine Schreie hören. Und die wird es geben, so sicher wie das Amen in der Kirche.«

»Lästerer.«

»Meinst du?« Baltazzi wog die Würgbirne in der Hand,

lächelte und hielt sie Mechthild vors Gesicht. »Gleichwohl – steckt diese Kugel erst in deinem Mund, springt sie auseinander, sperrt deine Mundhöhle auf und erstickt jegliches Geräusch im Keim. Du könntest zwar versuchen zu schreien, deine Absicht in die Tat umzusetzen, würde dir jedoch äußerst schwerfallen. Noch irgendwelche Fragen?«

»Packt Euch, Handlanger der Inquisition.«

»Oder nehmen wir diese Foltermaske«, fuhr Baltazzi ungerührt fort. »Wetten, dass du so etwas noch nie gesehen hast?«

»Wie wär's, wenn Ihr sie an Euch auspro …«

Der Fausthieb traf sie mit einer Wucht, mit der sie nie im Leben gerechnet hätte. Aus ihrem Mundwinkel sickerte Blut, und während sich Mechthild aufrecht zu halten versuchte, tanzten purpurrote Sterne vor ihren Augen.

»Noch Fragen?«, drang die Stimme von Baltazzi an ihr Ohr, den sie nur schemenhaft erkennen konnte. »Dann kann ich ja weitermachen.«

»Macht meinetwegen, was Ihr wollt.«

»Keine Sorge – was diesen Punkt betrifft, kennt meine Fantasie keine Grenzen.« Baltazzi griff unter ihr Kinn und drückte Mechthilds Gesicht nach oben. »Wo waren wir doch gleich stehen geblieben – ach ja, bei diesem formschönen Gegenstand hier.«

»Zur Höl…«

»An deiner Stelle, Metze, würde ich mir genau überlegen, was ich sage. Du weißt ja: Aus allem, was du jetzt von dir gibst, kann dir hinterher ein Strick gedreht werden. Also hübsch brav sein – ja?« Baltazzi wischte sich den Speichel vom Mund und griff erneut nach der Foltermaske, an der er sich offenbar nicht sattsehen konnte. »Ein äußerst nutzbringendes, um nicht zu sagen geniales Requisit, findest du nicht?«, fuhr er mit sichtlichem Vergnügen fort. »Und so einfach zu bedienen. Wirklich kinderleicht. Alles, was man tun muss, ist, sie dem jeweiligen Delinquenten – also dir – um das Gesicht zu legen und sie im Nacken zu schließen. Siehst du – so!« Der Florentiner befeuchtete seine Oberlippe, grinste verschlagen und fragte: »Dieser zungenförmige Teil hier – weißt du, wozu der gut ist? Nein? Er wird dir in den Mund gesteckt, dein Kinn in diese muschelförmige Höhlung gelegt – und aus ist's mit der Jammerei. Glaub mir: Das Schreien wird dir von vornherein vergehen.«

»Der Herr möge Euch Eurer Sünden wegen strafen – mehr habe ich dazu nicht zu sagen.«

»Aber ich.« Baltazzi umrundete Mechthilds Stuhl, prüfte ihre Fesseln und baute sich in voller Größe vor ihr auf. »Wie gefällt dir das, Dirne?«, keuchte er und betastete Mechthilds Brust. Doch der Florentiner hatte sich verrechnet. Das Mädchen sah zu ihm auf, legte den Kopf in den Nacken – und spie ihrem Peiniger ins Gesicht. »Nimm das, Scheusal!«, schleuderte sie ihm entgegen. »Etwas anderes hast du nicht verdient.«

»So, meinst du.« In aller Seelenruhe und mit einem Ausdruck, der nichts Gutes verhieß, wischte sich Baltazzi den Speichel aus dem Gesicht und lächelte. »Zu deiner Information: Ich mag es, wenn meine Delinquentinnen sich wehren. Das verschafft mir so ein … so ein stimulierendes Gefühl.« Das Lächeln auf dem Gesicht des Italieners erstarb. »Doch lassen wir das. Für derlei Vergnügungen bleibt mir später noch Zeit. Kurzum: Gibst du zu, für die dir zur Last gelegten Verbrechen in vollem Umfang schuldig zu sein – ja oder nein?«

Mechthild verzog keine Miene und schwieg.

»Antworte, oder ich muss Methoden anwenden, die ich zutiefst verabscheue.«

»Heuchler.«

»Zum letzten Mal: Gibst du zu, Schadenzauber betrieben, einen Pakt mit dem Teufel geschmiedet und Bruder Severus auf bestialische Art und Weise gemeuchelt zu haben – gibst du es zu: ja oder nein?«

»So wahr mir Gott helfe – nein!«

»Dein letztes Wort?«

»Mein allerletztes.«

»Na gut – du hast es nicht anders gewollt.« Bleich vor Erregung, öffnete Baltazzi seinen Gürtel und schlenderte auf Mechthild zu. »Rotblond, sechzehn und mit üppigen Brüsten«, stieß er hervor, »so etwas habe ich schon lange nicht mehr …«

»Zurück, Wollüstling – oder du bekommst es mit mir zu tun!«, hallte eine herrische Stimme durch den Raum, woraufhin Baltazzi zur Tür sah.

»Was … was …«, stammelte er, hochrot vor Scham und Wut. »Was habt Ihr hier zu suchen? Und woher wisst Ihr überhaupt, was hier …«

»… im Gange ist? Von einem Mitbruder!«, herrschte Bruder Hilpert den verdutzten Florentiner an. »Der mir soeben über den Weg zu laufen und mich ins Bild zu setzen geruhte.« Der Bibliothekarius trat zwischen Mechthild und Baltazzi, stemmte die Hände in die Hüften und trieb Letzteren wie einen Straßenköter vor sich her.

»Doch erlaube mir, dass ich mich vorstelle«, grollte er. »Mein Name ist Hilpert, Bruder Hilpert, und du kannst von Glück sagen, dass ich ein Gelübde abgelegt habe. Sonst würde ich dir nämlich …«

»Nur zu, Bruder. Ich bin gespannt, was Ihr so alles auf Lager habt.«

Bruder Hilpert wirbelte herum und erstarrte. »Ist das hier Euer Werk, Remigius?«, fuhr er den Großinquisitor an, der mit aufreizender Lässigkeit auf der Türschwelle posierte. »Wenn ja, habt Ihr Euch eines Rechtsbruchs schuldig gemacht.«

»Wenn sich hier jemand regelwidrig verhalten hat, dann Ihr.«

»Ach ja, und wieso?«

»Weil Ihr Euch erdreistet habt, die Anordnungen Eures Priors zu missachten.«

Bruder Hilpert funkelte den Großinquisitor wütend an. »Davon kann doch wohl keine Rede sein.«

»Und ob es das kann.« Aus dem Halbdunkel hinter Remigius schob sich eine weitere Gestalt ins Licht, zwängte sich an ihm vorbei und betrat das Gewölbe.

»Bruder Adalbrand – Ihr?«, entfuhr es dem Bibliothekarius, seit Langem nicht mehr so perplex wie jetzt.

»Ja – ich.« Der Prior flüsterte mehr als er sprach, würdigte Mechthild keines Blickes. Bruder Hilpert hielt den Atem an. Für einen Mann, der dem Tod nur knapp entgangen war, wirkte er erstaunlich gut erholt. »Um es auf den Punkt zu bringen: Ich wäre Euch verbunden, Bruder, wenn Ihr es zuwege brächtet, meinen Wünschen in Zukunft Folge zu leisten.«

»Die da lauten?«

»Dem Großinquisitor bei seinen Ermittlungen hinfort nicht mehr im Wege zu stehen.«

»Und weiter?«

»Euch in Demut zu üben beziehungsweise wieder auf Eure angestammte Rolle als Bibliothekarius zu besinnen. Drei Morde innerhalb von vierundzwanzig Stunden sind wahrhaftig genug.«

Bruder Hilpert zog die Brauen hoch. »Wie ich sehe, seid Ihr erstaunlich gut informiert, Bruder Adalbrand. Mein Kompliment.«

Der Stellvertreter des Abtes erbleichte, fing sich allerdings gleich wieder. »Spart Euch die Floskeln«, wies er ihn brüsk zurecht. »Für den Fall also, dass wir uns immer noch nicht verstehen: Betreffs der Morde werdet Ihr Euch jeglicher Tätigkeit enthalten und Euch ab sofort wieder Euren klösterlichen Pflichten widmen. Um dies in vollem Umfang zu gewährleisten, habe ich beschlossen, Euch das Verlassen der Klausur zu untersagen. Bis auf Weiteres, wie ich der Vollständigkeit halber betonen muss.«

Bruder Hilpert deutete ein Kopfnicken an und wandte sich zum Gehen.

»Das ist noch nicht alles, Bruder«, gab ihm der Prior mit auf den Weg.

Ein Lächeln im Gesicht, blieb der Bibliothekarius stehen und sah Bruder Adalbrand fragend an.

»Ich weiß nicht, was an der ganzen Sache so amüsant ist, Bruder!«, stauchte ihn der sichtlich verunsicherte Prior zusammen. »Wie dem auch sei: Beim morgigen Kapitel werdet Ihr im Angesicht des Konvents für Euer fragwürdiges Verhalten Rechenschaft ablegen. In specialiter[38] betreffs eines Kasus, von dem ich erst durch Bruder Remigius erfahren habe. Gelingt es Euch nicht, die gegen Euch erhobenen Vorwürfe zu entkräften, wird dies ernsthafte Konsequenzen haben. Haben wir uns verstanden, Bruder?«

Hilpert von Maulbronn nickte, zum allgemeinen Erstaunen jedoch guten Muts. Dann lächelte er Mechthild aufmunternd an und verließ den Raum. »Gepriesen seist du, oh Herr, für deine Güte«, murmelte er, als er sich wieder im Freien befand. »Von nun an bis in alle Ewigkeit.«

---

[38] dt.: insbesondere

ZUR GLEICHEN ZEIT

[Elfinger Hof, 21:15 h]

Worin sich erweist, dass Hieronymus Baldauf eine große Stütze für Bruder Hilpert ist.

»SO GLAUBT MIR doch, Herr –«, beschwor Cuntz, Stallknecht auf dem Elfinger Hof, den Studiosus, der ihn ins Kreuzverhör nahm. »Mir ... mir ist gar nichts anderes übrig geblieben.«

Hieronymus Baldauf gab ein verächtliches Lachen von sich. »Und wieso?«, fragte er, hob die Laterne und leuchtete dem Greis, der zusammengekauert vor ihm saß, mitten ins Gesicht. »Ist dir überhaupt klar, was du angerichtet hast? Mein Oheim ist tot, und wenn du Pech hast, droht dir demnächst der Galgen.«

»Nehmt's mir nicht übel, Herr: Nur, Ihr habt keine Ahnung, was hinter der Sache steckt. Und außerdem: Was sollte ein gichtiges altes Wrack wie ich denn schon zu befürchten haben? Schaut Euch doch um. Eine Gaube auf dem Heuboden – zu mehr hab ich's in all den Jahren nicht gebracht. Wovor sollte sich einer wie ich denn fürchten?«

Baldauf holte tief Luft und sah sich um. Eine rohgezimmerte Bettstatt, Strohsäcke und eine abgenutzte

Decke. Um seinen Bretterverhau unter dem Dach war der alte Cuntz wahrhaftig nicht zu beneiden. »Na schön, dann habe ich eben keine Ahnung«, erwiderte er, erheblich milder gestimmt. »Wenn dem so ist, dann tu mir den Gefallen und kläre mich auf. Ist ja wohl das Mindeste, was du unter den obwaltenden Umständen tun kannst, oder?«

Der Alte dachte angestrengt nach. »Einverstanden«, flüsterte er geraume Zeit später, legte die Handflächen aneinander und ließ das spitze Kinn auf den Daumenkuppen ruhen. »Nur eins müsst Ihr mir versprechen.«

»Was denn?«

»Dass er nicht erfährt, wer Euch ins Bild gesetzt hat.«

»Und weshalb nicht? Hast du etwa Angst vor ihm?«

»Das auch.« Cuntz zog die knochigen Schultern hoch, so als rechne er mit einem Hieb. »Aber nicht nur.«

»Was dann?« Im Angesicht des Alten, der halb erfroren auf dem Schemel kauerte, überkam ihn ein Frösteln, weswegen Baldauf den Mantel noch enger um die Schultern zog. »Was kann so wichtig sein, dass es dich davon abhält, mir endlich die Wahrheit zu sagen?«

»Mitleid, Herr.«

»Mitleid – mit jemandem, der dich dazu angestiftet hat, einen Mord zu begehen?«

»So habe ich das nicht gemeint, Herr.«

»Wie dann?«

»Er hat es nicht ohne Grund getan.«

»Töten ist Sünde, das solltest du doch wohl wissen. Selbst dann, wenn es sich bei dem Opfer nicht gerade um das Musterbild eines Christenmenschen gehandelt hat.« Baldauf holte tief Luft, bevor er weitersprach: »Mein ist die Rache‹ – eine schlimmere Blasphemie kann man sich eigentlich nicht vorstellen.«

»Und wie hättet Ihr gehandelt, Herr? Ein gottgefälliges Leben, und dann bricht Eure Welt vom einen auf den anderen Tag zusammen. Also, wenn Ihr mich fragt: Ein ganz klein wenig kann ich ihn ...«

»Für Mord beziehungsweise Anstiftung dazu kann es keine Entschuldigung geben. Basta.« Baldauf nahm das Fiskalbuch zur Hand, welches er bei den Habseligkeiten seines Onkels gefunden hatte, öffnete es und überflog die betreffende Seite. »Und deshalb tätest du besser daran, mir die Wahrheit zu sagen. Die ganze, wenn ich ein gutes Wort für dich einlegen soll.«

Der alte Cuntz raufte sich das Haar und rutschte unruhig auf seinem Schemel herum. Seine Augen, ohnehin nicht mehr die besten, füllten sich mit Tränen, und bis er sich gefasst hatte, verstrich viel Zeit. »Ich weiß gar nicht, ob ich das überhaupt will. Jetzt, wo ich dabei bin, den Judas zu spielen.«

»Judas oder nicht – ehrlich währt bekanntlich am längsten.«

»Mag sein, Herr. Leider erscheinen uns die Dinge bisweilen einfacher, als sie sind.« Cuntz hob den Kopf, fuhr mit der Handfläche über die Stirn und ergänzte: »So wie in seinem Fall.«

Dann räusperte er sich, massierte die knotigen Hände und begann zu erzählen.

VOR DEN VIGILIEN

[Klausur, 21:35 h]

Worin der Anonymus von seinem Meister einen weiteren Auftrag bekommt.

»Es ist vollbracht!«, raunte ihm der Dämon ins Ohr, und als er herumwirbelte, um in sein Angesicht zu schauen, war der Kreuzgang leer. Ein Aufatmen ging durch seinen Körper, woraufhin er die Stirn auf den Handrücken bettete und an der Wand Halt suchte. Wie immer, wenn ihn seine Traumgesichter geplagt hatten, überkam ihn eine Mattigkeit, aus der er sich nur mit Mühe lösen konnte, und so stand er eine Weile reglos und starr.

Es war vollbracht, in der Tat. Und niemand, nicht einmal Bruder Hilpert, war ihm bislang auf die Spur gekommen. Mochte er sich noch so sehr ins Zeug legen, wie ein Straßenköter herumschnüffeln, das ganze Kloster auf den Kopf stellen – gegen ihn würde er nichts ausrichten können. Von nun an bis an der Welt Ende.

Es war das Geräusch von Schritten, welches dafür sorgte, dass sich seine Sinne wieder belebten. Ein Geräusch, dessen Urheber er kannte, weshalb er sich nicht von der Stelle rührte. Wusste dieser doch genau, wo er ihn antreffen würde. Jetzt, da alles vollbracht, seine Mission buchstabengetreu erfüllt worden war. Da der Einzige, der ihm hätte gefährlich werden können, schachmatt gesetzt worden war.

»Gut gemacht, Fraticellus«, flüsterte ihm sein Meister ins Ohr, dessen Atem er im Nacken spürte. »Der Lohn für deine Dienste wird ein wahrhaft üppiger sein. Ein Tag noch, und derjenige, welcher meine Pläne zu durchkreuzen sich erdreistete, wird vom Angesicht der Erde getilgt sein.«

Wie so häufig, ließ ihn die Stimme in seinem Rücken auch jetzt erschaudern. Und nicht nur das. Sie machte ihn willenlos, hilflos, zu einem gefügigen Opfer. Gegen diese Stimme, diesen Mann, diese diabolische Energie war kein Kraut gewachsen, und während er andächtig lauschte, machte sich plötzlich Unsicherheit in ihm breit. In der Stimme seines Meisters war etwas, das ihn aufhorchen ließ. Etwas, das ihn zutiefst verunsicherte. War sein Meister etwa nicht zufrieden mit ihm, seine Mission wider Erwarten nicht beendet?

»Hör zu, was ich dir zu sagen habe, Fraticellus«, fuhr der Sendbote der Hölle fort, wobei sein Tonfall verriet, dass sich die Vermutung seines Dieners bestätigen sollte. »Es gäbe da nämlich noch etwas zu tun.«

»Was denn, Meister?«

»Um nicht kalt erwischt zu werden, sollten wir unseren gemeinsamen Freund Hilpert nicht aus den Augen lassen. Mag sein, er trägt den Kopf bereits in der Schlinge, doch ehrlich gesagt, traue ich dem Frieden nicht ganz. Bei einem gerissenen Patron wie ihm kann man nicht vorsichtig genug sein, wer weiß, was dieser Besserwisser noch alles ausbrüten wird. Aus diesem Grund, Fraticellus, gilt es, Vorsicht walten zu lassen, und sei es auch nur noch diese eine Nacht. Dann werden wir ihn bloßstellen, vor aller Augen, und zwar so, dass nicht der leiseste Verdacht auf uns fällt.«

Ein Lachen erklang, wie es schauerlicher nicht hätte sein können, und während dessen Echo von den Wänden widerhallte, schnürte es ihm regelrecht den Atem ab.

»Wie gesagt, Fraticellus: So kurz vor dem endgültigen Triumph werden wir uns die Butter nicht mehr vom Brot nehmen lassen. Und schon gar nicht durch Hilpert von Maulbronn. Alles, was wir im Grunde tun müssen, ist, die Hände in den Schoß zu legen und abzuwarten. Das Übrige wird dieser Remigius von Otranto erledigen, eitel, wie er nun einmal ist. Welch eine Fügung, dass er genau im richtigen Moment hier aufgekreuzt ist. Sonst hätten wir uns erheblich mehr Kopfzerbrechen machen müssen.«

»Eure Befehle, Meister?«

»Das hört man gerne, Fraticellus. Meine Befehle? Du wirst unseren allseits geschätzten Bibliothekarius nicht aus den Augen lassen. Ganz gleich, wohin er geht. Egal, was er tut. Du wirst ihm überallhin folgen, und sei es ins Dormitorium. Zwölf Stunden noch, und der Sieg wird unser sein. Ich verlasse mich auf dich, hörst du?«

»Ja, Meister. Gewiss doch.«

»Noch irgendwelche Unklarheiten?«

»Nun ja, hm …«

»Was soll das?«, fuhr ihn die Stimme an, deren Klang ihn zu einer Salzsäule erstarren ließ. »Hast du etwa Angst?«

»Wenn ich ehrlich bin, Meister – ja.«

»Vor wem denn, zum Teufel noch mal?«

»Vor Bruder Hilpert, Herr.«

»Und wieso, wenn man fragen darf?«

»Kann sein, dass er bereits Verdacht geschöpft hat. Und dann bin ich mir nicht sicher, ob es vorhin auf dem Schafhof keine Zeugen ...«

»Für den Fall, dass du kalte Füße bekommst, Bruder – bedenke, was du mir schuldig bist. Ohne mich, das heißt meinen Schutz und Schirm, wäre es dir längst an den Kragen gegangen. Was, glaubst du, wäre mit dir passiert, wenn der gute alte Severus erfahren hätte, wie viel genau du von den Almosen, Spenden und Opfergaben gelegentlich für dich abgezweigt hast? Für den wäre das ein gefundenes Fressen gewesen. Und wer, bitte schön, hat sich ins Zeug gelegt, damit dieser Moralapostel nichts davon erfährt? Wer hat während all der Jahre seine Hand über dich gehalten? Doch wohl ich, Bruder Elemosinarius, vergiss das nie.«

»Nein, Meister.«

»Und deshalb wirst du jetzt genau das tun, worum ich dich gebeten habe. Sonst ist es mit deinem Wohlleben ein für alle Mal vorbei. Habe ich mich klar genug ausgedrückt, Bruder?«

»Gewiss doch, Herr«, erwiderte Bruder Oswin, machte eine entschuldigende Geste und drehte sich zu seinem Gesprächspartner um.

Doch der war längst verschwunden, so plötzlich, dass man nicht einmal seine Schritte hörte.

VOR DEN VIGLIEN

[Skriptorium, kurz vor Mitternacht]

Worin es Bruder Hilpert gelingt, der Aufklärung der Mordserie ein gewaltiges Stück näher zu kommen.

DIE ZEIT LIEF ihm davon und mit ihr seine Zuversicht. Bruder Hilpert stellte den Folianten mit der Aufschrift ›ANNO DOMINI 1389‹ wieder ins Regal, wog bedächtig das Haupt und zog den nächsten Band hervor. Auf die Frage, um die seine Gedanken kreisten, hatte er bislang keine Antwort gefunden. Es war die Frage, von der alles abhing, der Schlüssel zur Lösung des Falls. Der Bibliothekarius seufzte gequält. Was in des heiligen Bernhard Namen hatte den Täter veranlasst, Bruder Severus, den Zehntgrafen und Els innerhalb weniger Stunden zu töten? Drei Menschen, wie sie verschiedenartiger nicht hätten sein können? Die sich, wenn überhaupt, nur flüchtig kannten? Und außerdem: Worin lag das Motiv? Für den Fall, dass seine Vermutung zutraf, musste es eines geben. Der Mann, auf den sich sein Verdacht richtete, brachte nicht einfach so drei Leute um. Davon war er felsenfest überzeugt. Um ihn zu überführen, mussten jedoch Beweise her. Und die möglichst schnell. Einen Verdacht zu hegen war nämlich eine Sache, fundierte Belege zu liefern eine andere.

Auf den ersten Blick brachte der Band mit der Aufschrift ›ANNO DOMINI 1390‹, den Bruder Hilpert im Schein einer Öllampe durchblätterte, keine neuen Erkenntnisse, und so ertappte er sich bei dem Gedanken, möglicherweise auf der falschen Spur zu sein. Die Seiten, welche er überflog, waren bereits vergilbt, listeten Memorabilien aus dem Klosterleben auf und unterschieden sich durch nichts von den übrigen Folianten im Regal. Naturkatastrophen, Kriegswirren, Verkäufe, Schenkungen – die übliche Litanei. Bruder Hilperts Ungeduld wuchs. Mit jeder Stunde, die ungenutzt verstrich, würden seine Widersacher an Boden gewinnen. Da gab es nichts zu beschönigen. Bis zur Kapitelsitzung mussten die Beweise auf dem Tisch liegen, sonst würde er gegenüber Remigius den Kürzeren ziehen.

Und der Mann, den er des Mordes bezichtigte, ungestraft davonkommen.

Bruder Hilpert war so sehr in seine Gedanken vertieft, dass er den Fingerzeig, welchen sein Schöpfer ihm gab, beinahe übersehen hätte. Kein Wunder, hatte er doch im Verlauf der letzten halben Stunde so viele Bücher durchgeblättert wie schon lange nicht mehr.

Doch dann, aufgrund einer Fügung des Himmels, rührten sich Daumen und Zeigefinger nicht mehr. Bruder Hilpert hielt verdutzt inne, nahm die Öllampe zur Hand, welche auf der Oberkante des Lesepultes stand – und riss ungläubig die Augen auf. Dann blätterte er zur ersten Seite zurück und begann noch einmal von vorn. ›Anno Domini 1390, Mensis Januarius‹ stand da zu lesen. Auf der Rückseite folgten die Denkwürdigkeiten aus dem Monat Februar, unter anderem Frost und eine Viehseuche. Dann die aus dem März und April. Und dann kam das Merkwürdige, zunächst Unerklärliche. Bass erstaunt, nahm Bruder Hilpert das vergilbte Blatt näher unter die Lupe. Nein, Irrtum ausgeschlossen. Was er zunächst vermutet hatte, nämlich dass zwei Blätter aneinander haften geblieben waren, bewahrheitete sich nicht. Fazit: Die Monate Mai und Juni fehlten. Und das wiederum legte einen ganz bestimmten Schluss nahe.

Bruder Hilpert stellte die Öllampe wieder ab, legte die Handflächen aneinander und starrte ins Leere. Schön und gut, aus der Chronik des Jahres 1390 war ein Blatt entfernt worden. Oder war der betreffende Bruder krank geworden, weshalb die Arbeit möglicherweise erst im Juli fortgesetzt worden war? Bruder Hilpert überflog die fragliche Seite, auf der diesbezüglich keinerlei Hinweise, etwa auf eine Epidemie oder sonstige Katastrophen, verzeichnet waren. Rechtsstreitigkeiten, Wettereinbrüche, ein Besuch des Bischofs. Alltagsroutine, Dinge von untergeordneter Bedeutung. Ein Monat wie jeder andere.

Folglich konnte, ja musste er davon ausgehen, dass das Blatt herausgerissen worden war. Da die Pergamentbögen übereinandergelegt, gefaltet, per Bindfaden aneinandergenäht und erst dann am Einband angeklebt wurden, war dies mit Sicherheit jedoch nicht ohne Folgen, sprich Spuren, geblieben. Es sei denn, der Betreffende war von vornherein darauf aus gewesen, sie zu verwischen. Was wiederum hieß, dass er den gesamten Bogen hätte heraustrennen …

Die Erkenntnis, welche Bruder Hilpert in diesem Moment kam, traf ihn wie ein Blitz. Sein Herz begann wie rasend zu klopfen, und er musste an sich halten, um seiner Genugtuung nicht lauthals Luft zu verschaffen. Als er den Monat April erreichte, bestätigte sich seine Vermutung. Am Rand waren Kratzspuren zu erkennen. Ein Indiz, wie es eindeutiger nicht hätte sein können. Kein Zweifel: Der fragliche Pergamentbogen war mithilfe eines spitzen Gegenstandes, höchstwahrscheinlich einem Messer, in zwei Teile geschnitten und anschließend aus der Chronik entfernt worden. Zuerst die eine, das heißt die beschriebene Hälfte, danach die leere aus dem hinteren Teil des Buches.

Und das wiederum legte eine ganz bestimmte Schlussfolgerung nahe.

Der besseren Lichtverhältnisse wegen nahm Bruder Hilpert die Öllampe, klemmte sich den Folianten unter den Arm und setzte sich an den Tisch, welcher an der Schmalseite des Skriptoriums stand. Nicht ahnend, dass er mit Argusaugen beobachtet wurde, zog Bruder Hilpert die drei Pergamentstreifen mit der gestochen scharfen Schrift des Täters hervor. ›MEA EST ULTIO‹ – perfider ging es wirklich nicht.

Der Rest war reine Routine für ihn, und obwohl er dagegen ankämpfte, konnte Bruder Hilpert seine Triumphgefühle nicht unterdrücken. Heureka![39], fuhr es dem Bibliothekarius durch den Sinn, woraufhin sich seine Anspannung in Nichts auflöste. Die drei Pergamentstreifen waren nicht nur haargenau gleich lang, sondern nahmen auch exakt die gleiche Fläche wie eine Buchseite ein. Mit anderen Worten: Der Täter hatte den Bogen entfernt, die beschriebene Hälfte verschwinden lassen und die unbeschriebene zur Abfassung seiner kryptischen Botschaft benutzt.

---

[39] dt.: Ich hab's (gefunden), angeblicher Ausruf des Archimedes

Denkbar einfach, doch nicht effektiv genug, um ihn hinters Licht zu führen.

Was blieb, war jedoch die Frage nach dem Motiv. Diesbezüglich tappte er leider noch im Dunkeln. Bruder Hilpert steckte die Pergamentstreifen wieder ein, klappte den Folianten zu und starrte nachdenklich ins Leere. Der Talg in der Lampe ging zur Neige, und der Lichtkegel, der seine nachdenkliche Miene erhellte, geriet ins Flackern. In Gedanken bei seinem Widersacher, war ihm jegliches Zeitgefühl abhandengekommen. Und mit ihm das Gespür für die Gefahr, in der er schwebte.

Es war sein Instinkt, der dafür sorgte, dass Bruder Hilpert seinen Gedankengang unterbrach, die Tischkante umklammerte und Anstalten machte, sich umzudrehen.

Doch da war es bereits zu spät. Der Schmerz, der ihn durchzuckte, war so stark, dass er nicht einmal mehr Kraft zum Schreien besaß. Die Klinge, die seine Schulter durchbohrte, so spitz, dass sein Peiniger Mühe hatte, sie wieder herauszuziehen. Die Augen weit aufgerissen, fuhr Bruder Hilpert herum, starrte den Angreifer schmerzverzerrt an.

Und war so überrascht, dass er die Wunde in seiner Schulter glatt vergaß.

Einen Wimpernschlag lang standen Bruder Hilpert und der gedungene Mordbube einander gegenüber.

Dann erlosch die Lampe, und der Bibliothekarius wurde von tiefer, nicht enden wollender Dunkelheit umfangen.

ZUR GLEICHEN ZEIT

[Bursariat, kurz vor Mitternacht]

Worin Alanus die Gefahr, in welcher er und Mechthild schweben, deutlich vor Augen geführt wird.

»GENUG JETZT, VON Steinsfurt!«, gebot der Großinquisitor, packte Billung an der Schulter und riss ihn zurück. »Schließlich brauchen wir ihn noch.«

»Wie Ihr wünscht, Eminenz«, stieß Billung zähneknirschend hervor, ließ von Alanus ab und spie vor ihm aus. Er hatte auf Rache gesonnen, und er hatte sie bekommen. Das war für ihn das Wichtigste. Hätte ihm der Dominikaner nicht Einhalt geboten, wäre dieser Hurensohn nicht so billig davongekommen. Doch was nicht war, sagte er sich, konnte ja noch werden. »Verdient hat er es ja wohl nicht anders.«

»Wer hier was verdient hat und wer nicht, überlässt du gefälligst mir!«, bellte der Großinquisitor und bedeutete Billung, das Feld zu räumen. »Schließlich bist du Zeuge, nicht Richter. Und darum aufs Neue: Gestehst du, Alanus Geißendörfer, von jener Dirne mit Namen Mechthild verhext worden zu sein? Und wenn ja, hast du mit ihr das Lager geteilt? Antworte, aber ein bisschen plötzlich!«

Selbst wenn er etwas hätte erwidern wollen, wäre Alanus nicht dazu imstande gewesen. Er lag immer noch auf dem Boden, kaum fähig, sich von der Stelle zu rühren. Kein Körperteil, der nicht schmerzte, keine Stelle, die nicht mit Fausthieben, Schlägen und Tritten malträtiert worden war. Die Fesseln, die ihm einen halben Zoll tief ins Fleisch schnitten, gar nicht zu erwähnen.

Für den Großinquisitor, der ihn wie ein erlegtes Stück Wild taxierte, schien all das jedoch ohne Bedeutung zu sein. »Verstockt wie eh und je«, verkündete er mit einem Achselzucken, zur Freude von Billung, der die Handfläche mit der geballten Faust traktierte. »Wie bedauerlich.«

»Eure Befehle, Eminenz?«, warf der bullige Spross aus niederadeligem Hause ein. »Wie wär's, wenn ich noch ein wenig nachhelfe?«

Der Großinquisitor wimmelte Billung ab. »Sei einstweilen bedankt für deine Mühe, von Steinsfurt«, erwiderte er eisig. »Aber wenn es dir nichts ausmacht, würde ich es vorziehen, mit der Befragung fortzufahren.«

»Ganz wie es Euch beliebt, Eminenz«, antwortete der Raufbold, wobei er es sich nicht nehmen ließ, Alanus einen letzten Tritt zu verpassen. »Was mich betrifft, stünde dem nichts im Wege.«

»Freut mich zu hören«, erwiderte Remigius aalglatt. »Je früher wir das leidige Prozedere beendet haben, desto besser.«

»Ganz Eurer Meinung, Herr.«

»Dann lass hören, was in der Köhlerhütte vorgefallen beziehungsweise dir bei dieser Gelegenheit zu Ohren gekommen ist.«

»Muss das wirklich sein?«, erwiderte Billung, sichtlich

bemüht, den Schüchternen zu spielen. Dies gelang ihm mehr schlecht als recht, worauf Remigius der Geduldsfaden riss.

»Es muss!«, antwortete er barsch und flüchtete sich in beißende Ironie: »Ungeachtet, wie zart besaitet du bist.«

»Er hat sie beschlafen«, gab Billung postwendend zurück. »Wie der Bock die Ziege.«

Jetzt war die Reihe an Remigius, theatralisch zu sein. »Wie der Bock die Ziege?«, echote er, dies allerdings auf überzeugendere Art und Weise. »Bist du dir dessen auch sicher, mein Sohn?«

»Absolut, Eminenz. Bei so was treibt es einem zwar die Schamröte ins Gesicht, doch als Landedelmann weiß man ja wohl, wie das ...«

»Deine Sachkenntnis in allen Ehren – doch ist dir außer jenem fluchwürdigen Habitus noch etwas aufgefallen, das im gegenwärtigen Zusammenhang von Bedeutung sein könnte? So zum Beispiel Zaubersprüche, Fluchformeln oder seltsame ...«

»... Gerüche, meint Ihr?«, biss der Novize bereitwillig auf den Köder an. »Und welche?«

»Irgendwelche speziellen Düfte, mein Sohn.«

»Na klar«, ließ Billung mit gönnerhaftem Gestus verlauten. »Wenn das kein Schwefelgeruch war, will ich nicht Billung von Steinsfurt heißen.«

»Sonst noch was?«

»Wenn ich's recht bedenke – ja.«

»Und das wäre?«

Der Novize kratzte sich am Kinn. »Ich bin mir nicht sicher, Eminenz«, schob Billung mit unschuldigem Augenaufschlag nach. »Aber wenn mich nicht alles täuscht, waren die beiden nicht allein. Hat sich jedenfalls so angehört.«

»Nur zu. Ich bin ganz Ohr«, ermunterte ihn der Großinquisitor, mit dem Verlauf des Gespräches sichtlich zufrieden. »Was hast du gesehen – beziehungsweise gehört?«

»Ein Lachen.«

»Wie bitte?«

»Ein Lachen, dass es mir kalt den Buckel runtergelaufen ist. Und Gozbert und Diepold auch.«

»Irrtum ausgeschlossen?«

»Auf jeden Fall, Herr«, bekräftigte Billung mit einer Häme, die zu übertreffen schlichtweg unmöglich war. Vor lauter Vorfreude rieb er sich die Hände und fügte hinzu: »Es war ein Lachen, wie man es sich bei einem braven Christenmenschen überhaupt nicht vorstellen kann.«

»Was bedeutet?«

»Was bedeutet, dass es sich nur um den Satan gehandelt haben kann.« Billung griente täppisch in die Runde, der Zustimmung der Anwesenden absolut sicher. Das traf insbesondere auf seine beiden Paladine zu, welche insgeheim amüsierte Blicke wechselten. »Um Luzifer höchstpersönlich.«

»Fazit?«

»Die Hure hat Alanus verhext!«, rief Billung mit siegessicherem Lächeln aus. »Und zwar nach Strich und Faden. Dieser Jammerlappen da war wie trunken von ihr.«

»Danke, von Steinsfurt, das genügt.« Auf dem Höhepunkt seines Triumphes gab sich der Großinquisitor betont kühl. »Wachen – abführen.«

»Und was wird aus den beiden?«, wollte Billung überflüssigerweise wissen.

»Nur Geduld, mein Sohn«, erwiderte Remigius ohne mit der Wimper zu zucken. »Schließlich haben die Fratres zu Maulbronn ja noch ein Wörtchen mitzureden.«

MEDIA NOCTIS[40]

[Spital, 24:00 h]

Worin Hieronymus Baldauf in nicht unerheblichem Maße zur Lösung des Kasus beiträgt.

»Deo gratias!«[41], rief der Infirmarius aus, nachdem er Bruder Hilpert verarztet hatte. »Sieht so aus, als hättet Ihr noch mal Glück gehabt.«
»Das auf jeden Fall«, pflichtete ihm Bruder Hilpert bei, biss die Zähne zusammen und richtete sich mühsam auf. Sehr zum Missfallen des Infirmarius, der seine Bemühungen mit einem Stirnrunzeln quittierte. »Wenngleich ich ganz schön was abbekommen habe.«
»Das könnt Ihr laut sagen«, murmelte Marsilius von Paderborn, während er den Verband an der Schulter des Bibliothekarius kontrollierte. Er nahm sich Zeit dafür, obwohl sein Patient kaum zu bremsen war. »Schwer vorstellbar, was passiert wäre, wenn der Schurke besser gezielt hätte. Scheint so, als halte der Herr seine Hand über Euch.«
»Amen«, vollendete Bruder Hilpert und schwang die Beine über den Rand der Pritsche, auf die er zuvor gebet-

---
[40] dt.: Mitternacht
[41] dt.: Gott sei Dank!

tet worden war. »Wobei zu hoffen bleibt, dass er mir auch weiterhin zur Seite stehen … au! … Tut das aber weh!«

»Was habt Ihr denn gedacht?« Marsilius von Paderborn konnte sein Missfallen nicht verhehlen. »Da bekommt Ihr ein Messer zwischen die Rippen, springt Gevatter Tod von der Schippe und habt nichts Besseres zu tun, als erneut auf Mörderjagd zu gehen. Reicht die Lektion, die Ihr bekommen habt, etwa nicht aus? Ich will Euch mal was sagen, Bruder: Wenn der junge Herr hier nicht zur Stelle gewesen wäre, könntet Ihr Euch die Kräuterbeete von unten angucken.«

»Da habt Ihr zweifellos recht, Bruder«, räumte der Bibliothekarius zerknirscht ein und wandte sich Hieronymus Baldauf zu. »Gut gemacht, mein Sohn.«

Der Studiosus tippte an den Rand seines Baretts und lächelte. »War mir ein Vergnügen, Bruder. Oder Zufall, wie man's nimmt. Eine Viertelstunde später, und ich hätte nichts mehr für Euch tun können.«

»Wohl wahr, wohl wahr.« Bruder Hilpert stützte sich auf die Pritsche und schlüpfte in seine Holzpantinen. Der Infirmarius quittierte es mit einem Stirnrunzeln, behielt seine Ratschläge hingegen für sich. »Wobei mich eines brennend interessiert.«

»Was denn, Bruder?« Baldauf grinste breit. »Falls es das ist, was ich vermute: Ja – ich habe ihn gesehen. Zwar nur kurz, doch lange genug, um mir sein Gesicht einzuprägen.«

»Meine Hochachtung, junger Freund. Mithilfe Eures Verstandes werdet Ihr es noch weit bringen.« Bruder Hilpert wollte sich erheben, wurde von Marsilius jedoch wieder auf die Pritsche gedrückt. »Und wie kam es dazu?«

»Ganz einfach: Er hätte mich beinahe über den Haufen gerannt.« Baldaufs Miene verhärtete sich. »Bei der Gelegenheit habe ich sein Gesicht gesehen.«

»Und wo?«

»Im Kreuzgang. Bruder Thaddäus meinte, Ihr steckt bestimmt in der Kirche. Deshalb habe ich dort nach Euch gesucht. Leider vergeblich. Und dann habe ich gedacht, Ihr könntet vielleicht im Skriptorium sein. Auf dem Weg dorthin hat dieser Bucklige meine Pfade gekreuzt. Das heißt, er hat mich zur Seite gestoßen und ist auf und davon. Als sei Luzifer persönlich hinter ihm her. Zu dumm, dass ich ihn nicht zu fassen gekriegt habe.«

»Grämt Euch nicht, mein Sohn. Das Wichtigste ist, dass wir diesen gedungenen Mordbuben identifiziert haben. Was bedeutet, dass es ihm demnächst an den Kragen gehen wird.«

»Gedungen – habe ich da gerade eben richtig gehört?«

»Habt Ihr, mein Sohn.«

»Soll das heißen, es handelt sich nicht um den Mörder?«

»Das genau ist die Frage, mein Sohn. Ein Problem, welches es umgehend zu lösen gilt. Viel Zeit bleibt uns ja wohl nicht mehr.« Bruder Hilpert richtete sich mühsam auf. »Doch nun zu Euch. Irgendwelche neuen Erkenntnisse?«

Ein schelmisches Lächeln trat auf Baldaufs Gesicht. »Kann man wohl sagen«, gestand er augenzwinkernd ein und platzte dabei fast vor Stolz. Dann griff er in die Tasche, die er bei sich trug, und zog ein in Schweinsleder gebundenes Buch hervor. »Das Fiskalbuch meines Onkels«, fügte er erklärend hinzu. »Er war halt ein ganz Penibler und hat jahrelang genauestens Buch geführt.«

»Über was denn?«

»Praktisch über alles, was mit seinem Amt als Zehntgraf zu tun hatte.« Baldauf schlug das Fiskalbuch auf und blätterte darin herum. »So zum Beispiel die Unkosten, die bei Gerichtsverhandlungen angefallen sind.«

»Unkosten?«

»Aber ja doch.« Baldauf blickte amüsiert auf. »Irgendwer muss ja wohl dafür aufkommen. Bei allem Respekt: Ein barmherziger Samariter war mein Oheim nicht. Schließlich musste er von etwas leben. Was zur Folge hatte, dass die Prozesskosten in der Regel von den jeweiligen Delinquenten beziehungsweise deren Hinterbliebenen eingetrieben worden sind.«

»Eine hübsche Einnahmequelle, könnte ich mir vorstellen.«

»Die üblichen Querelen wohl kaum. Gezänk unter Nachbarn, nicht eingehaltene Eheversprechen, Viehdiebstahl – mit so etwas kann man heutzutage nicht reich werden.«

»Sondern?«

»Mit Fällen, bei denen mehr auf dem Spiel steht als ein geklautes Huhn. Beispielsweise mit einer Anklage wegen Hexerei.«

»Und warum?«

»Weil der oder die Angeklagte, sollte sie den Prozess heil überstehen, kräftig zur Kasse gebeten wird.« Baldaufs Gesicht verfinsterte sich. »Bei schwerwiegenden Fällen kann das sogar bis zur Güterkonfiskation gehen. Kommt es zum Äußersten, das heißt zu einer Hinrichtung, kommt die Familie des oder der Verurteilten für die Kosten auf.«

»Und wer …?«

»Wer den Betroffenen am Ende die Rechnung präsentiert, wollt Ihr wissen?«

»Exakt.«

»Mein Oheim – wer sonst?«

»Bei allem Respekt«, ahmte Bruder Hilpert den Studiosus nach, »könnte es nicht sein, dass sich Euer Onkel mitunter an den Delinquenten schadlos gehalten hat?«

Baldauf gab ein verächtliches Lachen von sich. »Ich sag's ja nicht gerne«, antwortete er und fuhr mit der Handfläche über das glatt rasierte Kinn, »doch genau das scheint bei meinem Oheim der Fall gewesen zu sein. Wenigstens weiß ich jetzt, wie der alte Geizkra … wie mein herzensguter Onkel zu seinem vielen Geld gekommen ist.«

Die Hand an einen Stützbalken gelehnt, verfiel Bruder Hilpert in tiefes Brüten. »Schön und gut«, zog er geraume Zeit später Bilanz, »doch was hat das Ganze mit den drei Morden zu tun?«

»Eine Menge.«

»Ach ja?«

»Worauf Ihr Euch verlassen könnt.« Fündig geworden, hielt der Studiosus das Fiskalbuch ans Licht und überflog die Seite, nach der er gesucht hatte. »Eine Frage: Wie hieß das dritte Mordopfer eigentlich mit Namen?«

»Die Armenpfründnerin? Els, glaube ich. Els Eberhartinger.«

»Volltreffer. Ich hoffe, Ihr werdet mir meinen unziemlichen Stolz verzeihen, Bruder, dennoch glaube ich, dass wir einen gewaltigen Schritt weitergekommen sind.«

»Dann macht es nicht so spannend, mein Sohn«, trieb

Bruder Hilpert den Studiosus zur Eile an. »Was, in der Heiligen Jungfrau Namen, gibt es zu berichten?«

Baldauf lächelte Bruder Hilpert treuherzig an, drückte ihm das Buch in die Hand und gesellte sich zu dem Infirmarius, der das Gespräch aufmerksam verfolgt hatte. »Na, Bruder, habe ich Euch zu viel versprochen?«

Bruder Hilpert gab keine Antwort, und die Verblüffung, welche ihn bei seiner Lektüre befiel, schlug zunächst in Staunen, unmittelbar darauf jedoch in verhaltene Freude um. »Einen gewaltigen Schritt, mein Sohn?«, stieß er euphorisch hervor und klopfte Baldauf so heftig auf die Schulter, dass er erschrocken zusammenzuckte. »Ich glaube, Ihr irrt. Der Fisch zappelt nämlich bereits im Netz.«

VOR DEN VIGILIEN

[Skriptorium, 1:15 h]

Worin der Mörder von Bruder Severus, des Zehntgrafen und der alten Els eine folgenschwere Entscheidung trifft.

BEDÄCHTIG, WIE ES seine Art war, deponierte Bruder Oswin die versiegelte Schriftrolle auf Bruder Hilperts Pult. Dann blies er die Kerze aus, schlich zur Tür und trat in den Gang hinaus.

Bis zur Stelle, die er sich zum Sterben auserkoren hatte, war es nicht weit. Im Kreuzgang war es stockdunkel, was ihm allerdings nichts ausmachte. Seinen Lieblingsplatz würde er auch so finden, wenn es sein musste, mit verbundenen Augen.

Dort angekommen, trat er ans Fenster und suchte nach dem Wort, das dort eingemeißelt war. Der Dunkelheit wegen konnte er es allenfalls erahnen, doch auch das focht ihn nicht an. Er wusste, dass es da war, auf immer und ewig. Zeuge für die Schmach, die man ihm zugefügt hatte. Und so verharrte er reglos, während sein Zeigefinger die Buchstaben entlangfuhr, welche er auf dem Sims hinterlassen hatte. ›ULTIO‹ – wahrlich, er hatte seine Rache bekommen, wenngleich er selbst dabei auf der Strecke geblieben war.

Doch nun war es genug, ein für alle Mal genug. Er war des Lebens seit Langem überdrüssig. Die Tatsache, dass Bruder Hilpert ihn erkannt hatte, hatte seinen Entschluss lediglich beschleunigt, gefasst worden war er viel früher. Bruder Oswin schloss die Augen, legte den Kopf in den Nacken und atmete befreit auf. Endlich keine Visionen mehr, keine Dämonen, keine Höllenwesen, welche ihn in wildem Reigen umkreisten. Endlich frei, der Albträume ledig, derentwegen ihm das Leben wie die Hölle erschienen war. Endlich niemand mehr, der ihn schikanierte, erpresste, zum Mord anstiftete.

Nun, da sein Entschluss feststand, hatte Bruder Oswin es auf einmal eilig. Und so wandte er sich ab, griff nach dem erstbesten Strick, den er fand, und kletterte auf das Gerüst. Er musste es hinter sich bringen, und zwar gleich. Lebend würde er seinen Häschern nicht in die Hände fallen. Das hatte er sich geschworen. Und würde es auch in die Tat umsetzen. So wahr er Oswin der Geächtete war. Der Mann, den niemand je richtig zur Kenntnis genommen hatte.

Aber damit war es nun vorbei.

Für immer.

Behände wie ein Akrobat balancierte der Elemosinarius auf dem obersten Laufgang des Gerüstes entlang. Ohne Sinn für seine Umgebung, ohne Gedanken oder die Regung eines Gefühls. Ein Wanderer zwischen den Welten, nicht mehr am Leben, aber auch noch nicht tot.

Doch auch das würde sich bald ändern, und das zufriedene Lächeln, welches ihm übers Gesicht huschte, legte Zeugnis davon ab, wie sehr er jenen Moment herbeisehnte.

Und so kam, was kommen musste. Nachdem der Elemosinarius die Mitte des Gerüstes erreicht hatte, verknotete er den Strick am Geländer. Dann band er das andere Ende zu einer Schlinge zusammen, legte sie sich um den Hals und kletterte über die Balustrade.

Und sprang. Ein Lächeln auf den Lippen, wie es keiner der Fratres je an ihm bemerkt hatte.

ZUR GLEICHEN ZEIT

[Noviziat, 1:15 h]

Worin sich Bruder Hilpert und Hieronymus Baldauf höchst ungewöhnlicher Mittel der Spurensuche bedienen.

BRUDER HILPERT HATTE es schwarz auf weiß. So richtig begreifen konnte er das, was im Fiskalbuch des Zehntgrafen stand, jedoch immer noch nicht. Dazu würde er bestimmt noch ein paar Tage brauchen. So er es denn überhaupt je verstehen würde.

Der Eintrag, den der Zehntgraf gemacht hatte, war ebenso kurz wie aufschlussreich und brachte ihn der Lösung des Kasus ein gewaltiges Stück näher. ›Dreißigster Tag im Monat Mai, Anno Domini 1390‹, stand da zu lesen. ›Prozess gegen Walpurgis Eggingerin, Eheweib des Amalrich Egginger, Knecht auf dem Schafhofe zu Maulbronn. Vorwurf: Teufelsbuhlschaft und Zauberei. Urteil: Verbannung auf Lebenszeit, zu vollziehen innerhalb von vierundzwanzig Stunden.‹ Bruder Hilpert atmete tief durch, fuhr mit dem Handrücken über die Stirn und setzte seine Lektüre fort. Der Infirmarius und Hieronymus Baldauf sahen ihm schweigend zu. ›Zeugin der Anklage: Elisabeth Eberhartinger, genannt Els, sechsundzwanzig Jahre, Dienstmagd ebendaselbst. Weitere Zeugen: Grete, ebenfalls Dienstmagd, und Veronika, genannt ›Ziegen-Vroni‹. Ankläger: Bruder Severus, Bursarius. Prozesskosten: drei Gulden, acht Heller und sechs Pfennige, davon ein Gulden Handgeld an besagte Els Eberhartinger.‹

»Sieht so aus, als beantworte dies einige Fragen«, mutmaßte der Studiosus, nachdem Bruder Hilpert das Fiskalbuch zugeklappt und geraume Zeit vor sich hingestarrt hatte.

»Das kann man wohl sagen.« Der Bibliothekarius gab ihm das Bändchen zurück, nahm dem Infirmarius die Laterne aus der Hand und sah sich im Armarium[42] des Novizenmeisters um. Die Luft in dem fensterlosen Gelass war stickig und verbraucht, und Bruder Hilpert verspürte das Bedürfnis, sich baldmöglichst aus dem Staub zu machen. »Wenngleich ich noch die eine oder andere Frage an Euch hätte, mein Sohn.«

»Nur zu.«

»Was diesen Knecht namens Cuntz betrifft – seid Ihr Euch sicher, dass er auch die Wahrheit gesagt hat?«

»Voll und ganz, Bruder«, gab Baldauf ohne Zögern zurück. »Darauf könnt Ihr Euch verlassen. Ohne Übertreibung, Bruder: Mir war, als habe er darauf gewartet, sich alles von der Seele reden zu können.«

»Und woher wollt Ihr wissen, dass er sich nicht bei der nächstbesten Gelegenheit aus dem …«

»Er hat mir sein Ehrenwort gegeben, Bruder. Und das Versprechen, sich zu unserer Verfügung zu halten. Damit er sich es nicht anders überlegt, habe ich Bruder Thaddäus gebeten, so lange auf ihn aufzupassen.«

---

[42] Archivraum und Bibliothek

»Gut gemacht, junger Freund.« Bruder Hilpert hob die Laterne in die Höhe und ging suchend zwischen den Regalen auf und ab. »Wie alt ist dieser Cuntz eigentlich?«

»Zweiundsechzig.«

»Das heißt, er war zum fraglichen Zeitpunkt um die fünfunddreißig Jahre alt.«

»Exakt. Und Amalrichs älterer Bruder.«

»Sein Bruder? Verstehe.« Bruder Hilpert fuhr sich mit dem Zeigefinger über die Unterlippe und drehte sich zu Baldauf um. »Das heißt, er hat die Ereignisse hautnah mitbekommen.«

Der Studiosus nickte. »Es war ein abgekartetes Spiel, von Anfang an. Els, behauptet er, sei über beide Ohren in Amalrich verliebt gewesen. Und er in sie. So lange jedenfalls, bis sein Auge auf Walpurgis fiel. Da hat er sie dann sitzen lassen. Knall auf Fall. Amalrich hat Walpurgis zur Frau genommen und ist im darauffolgenden Jahr Vater geworden.«

»Und Els hat diese Kränkung nicht verwinden können.«

»Was nicht weiter verwunderlich ist.« Baldauf fuhr mit den Handballen über die Augenlider und seufzte. »Auf die Gelegenheit zur Rache hat sie dann ja wohl auch nicht lange warten müssen.«

»Mit anderen Worten: Sie lauert den drei Frauen am Rossweiher auf, beobachtet das Treiben der Satansbräute und hat anschließend nicht Besseres zu tun, als ihnen Bruder Severus auf den Hals zu hetzen. Der, so steht zu vermuten, bereits damals bestrebt war, seinem Namen Ehre zu machen.«

»Stattgegeben.«

»Woraufhin sich besagte Grete und Veronika mit der Absicht, die eigene Haut zu retten, während des Prozesses von ihrer Gefährtin abgewandt und Walpurgis die Schuld in die Schuhe geschoben haben.«

»Sieg auf der ganzen Linie, Bruder.«

Bruder Hilpert gab ein zustimmendes Nicken von sich. »Und dann?«

»Danach kam eins zum anderen. Schlimmer, als es sich Walpurgis je hätte denken können. Man stelle sich einmal vor: Da wird man denunziert und zu lebenslänglicher Verbannung verurteilt. Und dann wendet sich der eigene Mann von einem ab. Gnadenloser hätte das Schicksal wirklich nicht zuschlagen können. Kein Wunder, dass sich Walpurgis nicht anders zu helfen gewusst hat, als den Freitod zu wählen. Zumal ihr strengstens untersagt wurde, ihr Kind jemals wiederzusehen.«

»Wie alt war ... wie alt war der Knabe zu diesem Zeitpunkt eigentlich?«

»Keine Ahnung. Jedenfalls keine genaue.« Baldauf kratzte sich nachdenklich hinterm Ohr. »Wie dem auch sei – Amalrich, sein Vater, hat ihm alles verschwiegen. Selbst dann noch, als er auf dem Sterbebett lag.«

»Im Klartext: Da sich der Knabe als geschickt, anstellig und überaus intelligent erwies, wurde er in die Obhut des Klosters gegeben.«

»Um nach diversen Zwischenstationen seine Profess abzulegen, Mönch zu werden und sich hinfort mit Bravour seinen klösterlichen Pflichten zu widmen.«

»Womit es nun freilich ein Ende hat.« Bruder Hilpert hängte die Lampe an einen vorspringenden Haken und wandte sich wieder dem Bücherregal zu. »Na also, endlich!«, murmelte er, hochzufrieden über den Fund, den er gemacht zu haben schien.

»Was ist das?«, fragte Baldauf beim Nähertreten, während der Infirmarius auf seinem Horchposten neben der Tür verharrte.

»Eine Art Register«, antwortete Bruder Hilpert, während er den vergilbten Folianten durchblätterte, den er dem Regal entnommen hatte. »Mit den Namen sämtlicher Novizen, welche im Verlauf der Jahre unserem Orden beigetreten sind.«

»Und?«

Bruder Hilpert ließ sich mit seiner Antwort Zeit, suchte nach dem betreffenden Datum und atmete erleichtert auf. »Sieht so aus, als hätte dieser Cuntz die Wahrheit gesagt«, murmelte er. »Hier – das Datum seines Eintritts. Und hier dasjenige seiner Profess. Bleibt die Frage, woher Euer Gewährsmann seine detaillierten Informationen hat.«

»Cuntz?« Baldauf runzelte die Stirn. »Ganz einfach: Jahre später, als unser Delinquent längst Chorbruder war, hat sich Els verplappert. Im Zorn, wie er mir glaubhaft versichert hat.«

»Woraufhin Cuntz es aus nachvollziehbaren Gründen unterließ, seinem Neffen die Wahrheit zu sagen – ich verstehe. Bis er von selbst darauf gekommen und ihn so lange unter Druck gesetzt hat, bis er seinem Ansinnen nachgegeben und den Sattelgurt des Zehntgrafen entsprechend präpariert hat.«

»Genau. Woraus sich die Frage nach dem Mörder von Bruder Severus und der alten Els ergibt.« Baldauf gab einen gequälten Seufzer von sich. »Cuntz kann es ja wohl schlecht gewesen sein.«

»Da habt Ihr zweifelsohne recht, mein Sohn.« Bruder Hilpert stellte den Folianten wieder an seinen Platz, rieb die Fingerkuppen am Kinn und dachte nach. »Bevor wir unseren Delinquenten der Anstiftung zum Mord bezichtigen, sind wir gezwungen, uns diesbezüglich Klarheit zu verschaffen.«

»Und wie habt Ihr Euch das gedacht?«

»Ganz einfach – wenn die Vigilien vorüber sind, werde ich mir einen gewissen Bruder Oswin vorknüpfen und ihm einige höchst unangenehme Fragen stellen.«

»Der Mann, der Euch den Dolch in die Rippen stoßen wollte?«

»Ihr habt es erfasst, Infirmarius«, gab Bruder Hilpert zur Antwort, während sich seine Miene spürbar verdüsterte. »Bis dahin jedoch meine Bitte: kein Wort über das, worüber wir drei gesprochen haben.«

»Selbstverständlich, Bruder«, erwiderten Baldauf und der Infirmarius wie aus einem Munde und machten dem Bibliothekarius Platz. »Auf uns könnt Ihr Euch verlassen.«

»Und ich mich ganz offensichtlich auf Gott den Herrn«, gab Bruder Hilpert zurück, öffnete die Tür und trat in die Dunkelheit hinaus.

VIGILIEN

[Pförtnerstube, 1:30 h]

Worin die Geduld von Bruder Thaddäus erneut auf eine harte Probe gestellt wird.

»Dô kennsch auf dr Sau naus!«[43] Nein, offensichtlich war das immer noch nicht alles. Zank, Mord und Hader zuhauf, dazu jede Menge Aufregung. Bruder Thaddäus schwäbelte indigniert vor sich hin. Und dann noch dieser Cuntz, auf den ausgerechnet er Obacht geben musste.

Einfach zum Davonreiten. Am besten auf einer Sau.

Drauf und dran, sich Luft zu machen, schluckte der Pförtner seinen Ärger hinunter, schloss seinen Schützling ein und watschelte grummelnd und brummelnd auf den Torbogen zu. Das Klopfen war zwar leise, aber nicht zu überhören, und nachdem er gelauscht hatte, riss ihm schließlich der Geduldsfaden. Bruder Thaddäus zog seinen Schlüsselbund unter dem Skapulier hervor und setzte eine gestrenge Miene auf. Um wen auch immer es sich da draußen handelte, er würde ihm einen christlichen Empfang bereiten.

Und zwar einen, der sich gewaschen hatte.

---

[43] hochdeutsch: Einfach zum Verrücktwerden!

Ein Blick durch den Sehschlitz, und der Pförtner gab sein Vorhaben auf. Der schmächtige Jüngling vor dem Tor war ihm wohlbekannt. Er hieß Lutz, war Hirte auf dem Schafhof und so etwas wie ein Mädchen für alles. Auch ihm, Thaddäus, war er schon zur Hand gegangen, weshalb sich sein Zorn spürbar abzukühlen begann.

»Bruder Thaddäus?«, fragte der Jüngling und riss vor lauter Ehrerbietung die Filzkappe vom Kopf.

»Wer sonst?«, schnaubte der Pförtner, dermaßen überrascht, dass er sein schwäbisches Idiom vergaß. »Was gibt's denn so Wichtiges, dass du mich mitten in der Nacht aus dem Bett …«

»Bei allem Respekt, Bruder – etwas sehr Wichtiges«, gab der Jüngling postwendend zurück. »Sonst würde ich es nicht wagen, Euch zu behelligen.«

»Und um was handelt es sich, Lutz?«

»Bitte um Vergebung, Bruder: Das möchte ich dem Herrn Bibliothekarius lieber unter vier Augen sagen.«

»Bruder Hilpert?«

Der Schafhirte sah verschämt zu Boden. »So ist es.«

»Ja, jetzt leck … äh … ja, was glaubst du denn überhaupt, wer du bist, mein Sohn? Einfach so mir nichts, dir nichts hier aufzukreuzen und sich einzubilden, Bruder Hilpert hätte Zeit für dich! Sag mal, Lutz, das meinst du doch wohl nicht ernst.«

»Ernst? Ernster geht's gar nicht.«

Die Laterne auf Augenhöhe, runzelte Bruder Thaddäus die Stirn. Um ein Haar wäre der Choleriker in ihm erneut zum Vorschein gekommen, aber da er Lutz mochte, rang er ihn erfolgreich nieder. »Und was soll das heißen?«, fragte er, auf dem besten Wege, Mitgefühl zu zeigen.

»Das bedeutet, dass ich ihn dringend sprechen muss, Bruder«, beharrte der Schafhirte, vor Nervosität leichenblass. »Sonst ist es am Ende noch zu spät.«

»Du sprichst in Rätseln, Lutz«, erwiderte der Pförtner, bei dem der Junge einen höchst zwiespältigen Eindruck hinterließ. Da war etwas an ihm, das ihn davon abhielt, das Schiebefenster einfach wieder zu schließen, und da war sein Sinn für Anstand und Manieren. Bruder Hilpert sprechen – und das ausgerechnet während der Vigilien. Das konnte ja nicht mit rechten Dingen zugehen. »Sag mir, was du willst, und ich werde sehen, was sich machen lässt.«

»Ich will ... ich will ...«, druckste der Schafhirte herum, während die Filzmütze in seinen Händen um die Hälfte geschrumpft zu sein schien, »ich will Bruder Hilpert sagen, wer die Els auf dem Gewissen hat.«

»Du willst was?«, rief Bruder Thaddäus ohne Rücksicht auf die klösterliche Nachtruhe aus. »Sag das noch mal.«

»Bruder Hilpert ein wenig auf die Sprünge helfen, ganz recht«, erläuterte der Jüngling pikiert, während der Pförtner den Schlüssel für die Nachtpforte bereits in Händen hielt. »Damit das endlich aufhört mit der Metzelei.«

ZUR GLEICHEN ZEIT

[Skriptorium, 1:30 h]

Worin Bruder Hilpert dem Ziel, seinem Widersacher das Handwerk zu legen, erneut ein gewaltiges Stück näher kommt.

Es geschah auf dem Weg zur Kirche, keine drei Schritte von der Mönchspforte entfernt. Weshalb er sich umdrehte, konnte er beim besten Willen nicht sagen. Doch dann, ohne sein Zutun, schärfte sich sein Blick, durchbrach die Dunkelheit und blieb am anderen Ende des Kreuzganges haften. Der Bibliothekarius zögerte. Durch die Mönchspforte war der Klang der Orgel zu hören, und wenn er nicht zu spät kommen wollte, musste er sich sputen.

Doch das war leichter gesagt als getan. Auf seinen Instinkt hatte sich Bruder Hilpert stets verlassen können, fast so sehr wie auf seinen Verstand. Und so zögerte der Bibliothekarius keine Sekunde, schloss die Pforte und bewegte sich auf leisen Sohlen den Kreuzgang entlang. Je näher er seinem Ziel kam, umso heftiger klopfte sein Herz, und als er den Kapitelsaal hinter sich gelassen hatte, war seine Befürchtung Wirklichkeit geworden.

Starr vor Entsetzen, blieb Bruder Hilpert stehen. Am Gerüst, hinter dem sich die Konturen des halb fertigen

Fensters abzeichneten, hing ein Leichnam und schwang kaum merklich hin und her. Der Bibliothekarius erschauderte. Um wen es sich handelte, war nicht zu erkennen, und so blieb ihm nichts anderes übrig, als ihn aus der Nähe zu betrachten.

Wie kaum anders zu erwarten, war es einer der Chorbrüder, welcher von ihnen, wurde bei genauerem Hinsehen klar. Bruder Hilpert seufzte aus tiefster Seele. Er hatte sich ohnehin so etwas gedacht, wenngleich er es nicht hatte wahrhaben wollen.

Bruder Oswin, der Elemosinarius. Der Mann, der ihm nach dem Leben getrachtet hatte.

»Vater, vergib Ihnen, denn sie wissen nicht, was sie tun«, murmelte Bruder Hilpert vor sich hin, schlug ein Kreuz und rang um Fassung. An sich hätte er erleichtert sein müssen, doch blieb die Genugtuung über das Schicksal seines Widersachers aus. Zu viel war geschehen, als dass er sich hätte freuen, zu wenig, als dass er hätte triumphieren können. Der Fall war noch nicht gelöst, obwohl er seinem Ziel ein gewaltiges Stück näher gekommen war.

Blieb die Frage nach dem Warum, die Frage aller Fragen. Warum hatte sich Bruder Oswin zum Handlanger degradieren und vor den Karren eines Mannes spannen lassen, der zum blindwütigen Werkzeug seiner Rache geworden war? Warum dieser Mord an Bruder Severus, der in puncto Grausamkeit schwerlich zu übertreffen war? Der Mord an der alten Els, zu der er in keinerlei Beziehung gestanden zu haben schien? Bruder Hilpert legte die Stirn in Falten und ließ den Tag noch einmal an sich vorüberziehen. Kein Zweifel: Bevor diese Fragen nicht geklärt waren, konnte von einer Lösung des

Falles keine Rede sein. Dies war ihm einmal mehr klar geworden.

Was also tun? Schwer vorstellbar, dass sich der Mann, dem er das Handwerk legen wollte, so einfach in sein Schicksal fügen würde. Was fehlte, waren Beweise, Fakten, Zeugenaussagen. Dann, und nur dann, würde er den Drahtzieher im Hintergrund auch wirklich zu fassen kriegen.

Ohne es zu bemerken, hatte sich Bruder Hilpert dem Leichnam des Elemosinarius bis auf wenige Zoll genähert. Als er den Blick hob, fiel ihm das Lächeln auf, welches auf den Zügen des Toten lag. Keine Spur von Qual, Schmerz oder Pein. Keine Spur von Furcht, sondern das genaue Gegenteil.

Höchst ungewöhnlich, in der Tat.

Bruder Hilpert kratzte sich nachdenklich am Kinn, und es fiel ihm schwer, seine Gedanken zu ordnen. Vier Tote, und immer noch kein Ende in Sicht. Bis zum Kapitel blieben lediglich acht Stunden, und die Beweiskette war immer noch nicht geschlossen.

Was also tun, wohin sich wenden, wie reagieren?

»Der Herr möge sich seiner erbarmen.« Beim Klang der Stimme, welche die Stille im Kreuzgang urplötzlich zerplatzen ließ, fuhr Bruder Hilpert zusammen, machte einen Ausfallschritt und wirbelte herum. Er rechnete mit dem Schlimmsten, sogar mit einem weiteren Mordanschlag. Doch er irrte. Der Rubrikator, der den Toten wie gebannt musterte, war mindestens ebenso erschrocken wie er.

»Darf man fragen, was Ihr hier zu suchen habt, Bruder?«, fuhr der Bibliothekarius seinen Untergebenen an. »Warum seid Ihr nicht in der Kirche?«

»Auf die Gefahr hin, mir Euren Zorn zuzuziehen, Bruder«, druckste der zweiundzwanzigjährige Chorbruder mit Kölner Akzent herum. »Isch hatte noch wat zu … ich wollte sagen, ich hatte noch etwas zu erledigen.«
»Mitten in der Nacht? Schon einmal etwas von Bettruhe gehört?«
»Selbstverständlich, Bruder«, erwiderte der Rubrikator und zupfte an seinen abstehenden Ohren herum. »Was soll man machen, wenn es so viel zu tun gibt?«
»Erklärt Euch, wenn's beliebt.«
»Nichts leichter als das.« Der Rubrikator atmete tief durch. »Wie Ihr wisst, arbeite ich gerade an einem Kodex, der für die Bibliothek des Pfalzgrafen bestimmt ist.«
»In der Tat.«
»Damit er rechtzeitig fertig wird, habe ich mir gedacht, ist es vielleicht am besten, wenn ich eine kleine Sonderschicht einlege.« Der Rubrikator wich Bruder Hilperts Blick aus. »Zur höheren Ehre Gottes sozusagen. Will heißen: Da ich sowieso nicht schlafen konnte, habe ich mich aus dem Dormitorium geschlichen und bin rüber ins Skriptorium, um mich noch ein wenig an meinem Kodex zu ver …«
»Ihr seid was?«
»Rüber ins Skriptorium«, quäkte der Rubrikator, sichtlich betrübt über den zu erwartenden Rüffel. »Ist das denn so schlimm?«
Bruder Hilpert ging nicht auf die Frage ein. »Und wann?«, insistierte er, wobei er den Elemosinarius glatt vergaß. »Wann genau – raus mit der Sprache!«
Der Rubrikator blinzelte nervös. »Vor etwa einer halben Stunde«, beeilte er sich zu antworten. »Wieso?«

»Wieso? Ganz einfach: Weil Ihr, gesetzt den Fall, Eure Zeitangabe träfe zu, Bruder Oswin direkt in die Arme gelaufen sein müsst.«

»Bin ich ja auch.«

»Ihr seid was?«, wiederholte Bruder Hilpert, dem die Verblüffung ins Gesicht geschrieben stand. »Und dann?«

Der Rubrikator rieb sich die Nase, sah den Toten flüchtig an und trat verlegen auf der Stelle. »Als ich gehört habe, dass sich jemand an der Tür zu schaffen macht, habe ich mir den Kodex geschnappt, die Kerze ausgeblasen und zugesehen, dass ich so schnell wie möglich unter meinem Schreibtisch verschwinde. Gerade rechtzeitig, um von Bruder Oswin nicht entdeckt zu werden.«

»Wie – Ihr habt ihn gesehen?«

»Das schon, aber er mich nicht«, gab der Rubrikator postwendend zurück. »Eben noch mal Glück gehabt.«

»Glück? Wieso denn?«

»Wieso? Weil er sich sonst aus dem Staub gemacht hätte, denke ich.«

»Heißt das, er war nach irgendetwas auf der Suche?«

»Nein. Er schien mir darauf bedacht, keinen Lärm zu machen«, antwortete der Rubrikator. »Herumgeschnüffelt hat er nicht.«

»Sondern?«

»Er hat es eilig gehabt, ver … äh … furchtbar eilig sogar. Um nur ja nicht entdeckt zu werden, hatte ich das Gefühl.« Ein Lächeln auf den Lippen, zog der Rubrikator eine versiegelte Schriftrolle hervor und drückte sie Bruder Hilpert in die Hand. »Und wisst Ihr auch, wieso?«

»Nein«, antwortete der Bibliothekarius, der sich aus alldem keinen Reim machen konnte.

Das Lächeln des Rubrikators wurde immer breiter. Doch dann, von einem Moment auf den anderen, war es wieder verschwunden. »Weil es sich dieser arme Teufel da droben – Gott möge seiner Seele gnädig sein! – offenbar in den Kopf gesetzt hatte, Euch einen Abschiedsbrief zu hinterlassen.«

»Abschiedsbrief?«, rief Bruder Hilpert aus, erbrach das Siegel und begann zu lesen.

»Selbstverständlich«, antwortete der Rubrikator, wandte sich ab und machte Anstalten, auf das Gerüst zu klettern. »Welchen Grund hätte er denn sonst haben sollen, ihn auf Eurem Pult zu deponieren?«

⁓☙⁓

Nach beendeter Lektüre ließ Bruder Hilpert die Schriftrolle sinken und starrte in den Kreuzgarten hinaus. Ein kalter Luftzug wehte ihm ins Gesicht, und er konnte sich eines Fröstelns nicht erwehren.

»So, jeschafft.«

Die Stimme des Rubrikators, aus der ein gerüttelt Maß an Erleichterung sprach, holte ihn allerdings wieder in die Gegenwart zurück. Er war froh, dass sich sein Gehilfe um den Leichnam gekümmert hatte, dementsprechend dankbar sein Blick.

»Der Herr möge sich seiner annehmen«, flüsterte der Bibliothekarius, kniete nieder und schloss die Augen des Elemosinarius. »Und ihm die Schuld, die er auf sich geladen hat, verzeihen.«

»Soll das heißen, er ist der Mörder?«, hakte der Rubrikator nach, bei dem Bruder Hilperts Bemerkung beträchtliche Konfusion erzeugt hatte. »Falls dem so ist, denke ich, kann Gottes Strafgericht ja wohl nicht ...«

»... erbarmungslos genug ausfallen, meint Ihr?«, vollendete Bruder Hilpert betrübt. Die Ränder unter seinen Augen waren nicht zu übersehen, und eine bleierne Müdigkeit legte sich über seine Sinne. »Ich fürchte, dass diesbezüglich das letzte Wort noch nicht gesprochen ist.«

Der Rubrikator setzte zu einer Erwiderung an, ließ jedoch von seinem Vorhaben ab. »Nun ja«, knurrte er in missbilligendem Ton. »Da Ihr offenbar besser Bescheid wisst als ich, werdet Ihr gewiss Gründe für Eure Nachsicht haben.«

»Die habe ich, Bruder«, sprach Hilpert von Maulbronn mit gedämpfter Stimme, während er die Schriftrolle unter seinem Habit verschwinden ließ. »Die habe ich.«

Klug genug, um es damit bewenden zu lassen, nahm der Rubrikator seine Laterne zur Hand und sah den Bibliothekarius fragend an. »Und was jetzt?«, erkundigte er sich in beiläufigem Ton.

»Jetzt, Bruder, werdet Ihr dafür Sorge tragen, dass Bruder Oswins Leichnam an einem Ort deponiert wird, wo man ihn nicht findet. Und zwar so lange, bis Ihr von mir weitere Instruktionen bekommt.«

»Heißt das, ich soll ihn verstecken?«

»So könnte man es nennen, Bruder«, gab der Bibliothekarius zurück, wobei sich sein Ton spürbar verschärfte. »Ach ja – noch etwas: Zu niemandem ein Wort, ist das klar? Ich hoffe, ich kann mich auf Euch verlassen.«

Der Rubrikator schien unschlüssig, willigte aber schließlich ein. »Könnt Ihr, Bruder«, sagte er und fuhr nach kurzem Zögern fort: »Und wo soll ich ihn ...«

Es war das Klappern von Holzpantinen, welches dafür sorgte, dass der Rubrikator seine Frage für sich behielt und Bruder Hilpert achselzuckend ansah. Dieser wiederum schien nicht im Mindesten überrascht, merkte er doch schon am Gang, wer gleich um die Ecke biegen würde. Wenn er jemanden mit verbundenen Augen erkannte, dann Bruder Thaddäus, Pförtner und Unglücksbote zugleich.

Eine Befürchtung, die sich dagegen nicht bewahrheiten sollte. Denn kaum war das Unikum aufgetaucht, wurde klar, dass er gute Kunde brachte. »Jauchzet Gott, alle Lande!«[44], rief er freudestrahlend aus, als er Bruder Hilpert ansichtig wurde. »Ich glaube, das Rätsel ist ...«

Weiter kam Bruder Thaddäus nicht, und als er den Toten bemerkte, schlug er entsetzt die Hand vor den Mund. »Sieht ... sieht so aus, als hätte er die gerechte Strafe bekommen«, stammelte er, nachdem sein Blick zwischen dem Rubrikator und Bruder Hilpert hin- und hergewandert war.

»Kommt drauf an, von welcher Seite aus man den Kasus betrachtet«, ließ Bruder Hilperts Antwort nicht lange auf sich warten. »Gleichwohl, jetzt liegt alles in Gottes Hand. Wie heißt es doch gleich: Mea est ...«

»... ultio!«, vollendete der Pförtner zum allgemeinen Erstaunen. »Mag Gott der Herr verfahren, wie es Ihm beliebt.«

»Amen!«, vollendete der Bibliothekarius mit Nachdruck und winkte Bruder Thaddäus zu sich heran. »Und nun zu Euch, Bruder – was gibt es zu berichten?«

---

[44] Psalm 66,1

ZWEITER TAG

(Montag, 15. November 1417)

VOR DEN LAUDES

[07:00 h]

Worin Mechthild große Pein zu erdulden hat und Alanus zu einem unverzichtbaren Helfer wird.

ALS SIE NOCH jünger war, etwa zwölf, hatte sie sich gefragt, ob es den Teufel überhaupt gäbe. Jetzt, mit sechzehn, hatte sie die Antwort bekommen. Es gab ihn, und er trug den Namen Remigius.

Dabei hatte der Großinquisitor weder geschrien noch gedroht oder sie gar misshandelt. Nein, das hatte er nicht. Die sonore, weiche und bisweilen sogar einschmeichelnde Stimme war während der stundenlangen Verhöre stets die gleiche geblieben. Und der, zu dem sie gehörte, ein Ausbund an Höflichkeit. Kein Zweifel, der Großinquisitor war ein Mann von Welt.

Oder tat zumindest so.

Denn da waren zum einen diese Augen, starr wie die einer Schlange. Und dann war da diese Art, ihr Dinge in den Mund zu legen. Dinge, die sie weder gesagt oder von denen sie noch nie im Leben etwas gehört hatte. Teufelsbuhlschaft, Pakt mit dem Leibhaftigen und Schadenzauber. Als ob sie, als ob überhaupt ein Mensch zu so etwas in der Lage wäre. Mechthild ächzte gequält. Und dann erst die Geschichte mit dem Nachtfrost: Mumpitz, wie er im Buche stand.

Bis weit nach Mitternacht hatte ihr dieser Satan im Mönchshabit zugesetzt, bis zu dem Punkt, an dem sie beinahe den Verstand verloren hätte. Dann, auf einmal, war es vorbei gewesen. Allem Anschein nach hatte der Großinquisitor genug gehabt. Fürs Erste jedenfalls. Denn dass die Sache noch keineswegs ausgestanden war, darüber gab sich Mechthild keinerlei Illusionen hin.

Luzifer würde zurückkehren. Listiger, hinterhältiger und gemeiner denn je.

Zitternd vor Kälte, richtete sich das Mädchen langsam auf. Die Nacht über hatte sie kaum ein Auge zugetan, und wenn, war sie von Albträumen gepeinigt worden. Was der nächste Tag bringen würde, wusste sie nicht, und mitunter beschlich sie der Gedanke, es könnte ihr letzter sein.

Es stand nicht gut um sie, und sie wusste es.

»Gelang es dir, etwas Schlaf zu finden?« Den Rücken gegen die feuchte Kellerwand gelehnt, huschte ein Lächeln über Mechthilds Gesicht. Alanus war wirklich ein Schatz. Etwas ganz Besonderes. Obwohl ihm sämtliche Knochen wehtaten, hatte er sich ihrer angenommen, sie getröstet, ihr Mut zugesprochen. Das machte ihm so schnell keiner nach.

»Schlecht und recht«, antwortete Mechthild und rieb ihr Handgelenk oberhalb ihrer Fesseln, das sich vollkommen taub anfühlte. »Und du?«

»Könnte nicht besser sein«, antwortete der Novize, eine Untertreibung sondergleichen. Um ihn an der Flucht zu hindern, hatte man ihn in den Stock geschlossen, und seine Füße, welche ein rostiges Paar Bandeisen umschloss, waren mit Wunden übersät. »Bin gespannt, was die da droben mit uns vorhaben.«

»Ich auch.« Mechthild schloss die Augen und bewegte den Kopf kreisförmig hin und her. »Viel Gutes haben wir wahrscheinlich nicht zu erwarten.«

»Na, wenn schon«, murmelte Alanus und wandte sich ihr zu. »Wenn wir zusammenhalten, wird uns dieser Baltazzi nichts anhaben können. An uns beiden werden sie sich die Zähne ausbeißen, das schwöre ich dir.« Alanus machte ein grimmiges Gesicht, verscheuchte eine Ratte und rutschte auf dem Hosenboden an den Wassernapf heran. Der Geruch nach faulem Stroh, Blut und den Exkrementen der Nager war schier unerträglich, doch daran hatte er sich gewöhnt. »Zu dumm, dass wir uns erst gestern begegnet sind.«

Mechthild errötete, froh, dass man hier drunten so gut wie nichts sah. »Das stimmt«, gab sie zu, und schon war ihre Angst nur noch halb so groß. Kein Zweifel, mit Alanus an ihrer Seite würde ihr so schnell nichts passieren.

Dachte sie jedenfalls.

Wie um sie Lügen zu strafen, waren draußen vor der Tür plötzlich Schritte, Gelächter und das Klimpern eines Schlüsselbundes zu hören. Mechthild durchfuhr es eiskalt. Unter den Stimmen war zumindest eine, die sie auf Anhieb erkannte, und das bedeutete nichts Gutes.

»Sieht so aus, als bekämen wir Besuch«, stellte Alanus mit stoischer Gelassenheit fest. »Mal sehen, was sich dieser Remigius noch so alles einfallen lässt. Für eine Überraschung ist der Herr Großinquisitor ja immer gut.«

»Allerdings«, erwiderte Mechthild und rückte näher

an Alanus heran. »Doch egal, was passiert – uns beiden werden sie so schnell nichts anhaben können.«

Dann drückte sie Alanus einen Kuss auf die Wange und ließ den Kopf auf seiner Schulter ruhen.

Der Tag der Entscheidung konnte beginnen.

LAUDES

[Klosterkirche, 7:15 h]

Worin Bruder Hilpert den Segen des Allmächtigen erfleht und einen Hinweis von unschätzbarem Wert erhält.

WIE DURCH EIN Wunder teilte sich der Nebel, und durch das Chorfenster strömte gleißendes Licht. Es war ein Morgen, wie er schöner nicht hätte sein können, so hell wie am allerersten Tag. Das bunt schillernde Glas erstrahlte in all seiner Pracht, weshalb der Lobgesang der Fratres besonders inbrünstig ausfiel.

Nur einer, so schien es, war mit den Gedanken nicht bei der Sache, und obwohl sich Bruder Hilpert redlich mühte, kehrten seine Gedanken immer wieder zu der bevorstehenden Kapitelsitzung zurück. In knapp zweieinhalb Stunden war es so weit, die Entscheidung zum Greifen nah. Nach außen hin kalt wie ein Fisch, ließ der Bibliothekarius den Blick über die Reihen seiner Mitbrüder schweifen. An der Tatsache, dass der Elemosinarius fehlte, schien sich niemand sonderlich zu stören, doch war das sicherlich nur Fassade. Dafür kannte Bruder Hilpert seine Schäfchen zu gut. Wenn er sich über etwas im Klaren war, dann darüber, dass jede seiner Bewegungen aufmerksam registriert wurde. Insbesondere von seinem Widersacher, der sich seiner Sache absolut sicher zu sein schien.

In diesem Punkt sollte er sich jedoch irren. Bruder Hilpert konnte es kaum erwarten, ihm die Stirn zu bieten, je eher, desto besser. Die Beweislage war erdrückend, eindeutiger ging es wirklich nicht. Vielleicht war es gerade dieser Umstand, der den Bibliothekarius in Unruhe versetzte, weshalb er das Ende des Morgenlobes kaum abwarten konnte.

Nur noch ein wenig Geduld, und dann war es so weit.

»Kompliment, Bruder – wenn man bedenkt, was Euch bevorsteht, legt Ihr eine geradezu bewunderungswürdige Haltung an den Tag«, zischte ihm der Großinquisitor unmittelbar nach dem Ende der Laudes ins Ohr, während ein Großteil der Fratres bereits auf dem Weg nach draußen war. »So schnell macht Euch das keiner nach.«

Bruder Hilpert neigte lächelnd das Haupt. »Keine Ursache«, retournierte er süffisant. »Schließlich habe ich ja auch ein reines Gewissen.«

Die Hände vor der Brust gefaltet, blieb Remigius von Otranto abrupt stehen. Der Ausdruck, mit dem er Bruder Hilpert musterte, ließ an Verachtung nicht zu wünschen übrig, und während er sich mit dem Zeigefinger am Mundwinkel kratzte, lachte er amüsiert auf. »Ich weiß ja nicht, worauf sich Eure Selbstsicherheit gründet, Bruder – aber haltet Ihr das nicht für ein wenig übertrieben?«

»Was denn?«

»So zu tun, als sei überhaupt nichts geschehen.«

Bruder Hilpert ließ sich nicht aus der Reserve locken und sah sich mit an Impertinenz grenzender Gelassenheit um. Der Mann, nach dem er Ausschau hielt, hatte die Kirche indes bereits verlassen. »Mein Kompliment, Remigius«, äffte er den Tonfall des Großinquisitors nach. »In der Kunst des Gedankenlesens scheint Ihr ja über ein Höchstmaß an Erfahrung zu verfügen.«

Die Provokation wirkte. »Eins weiß ich genau –«, zischelte ihm Remigius boshaft ins Ohr, »der Hochmut, den Ihr an den Tag legt, wird Euch ziemlich bald vergehen.«

»Und Euch der Eure«, zahlte Bruder Hilpert mit gleicher Münze heim, legte die Hand auf die Klinke und ließ den Dominikaner mit zuckersüßem Lächeln passieren. »Auf bald, Bruder.«

»Na, dem habt Ihr's aber gezeigt«, konstatierte der Infirmarius mit sichtlichem Vergnügen, als die Mönchspforte hinter Remigius ins Schloss gefallen war. »Alle Achtung.«

Im Glauben, niemand habe etwas von dem Zwist mitbekommen, fuhr Bruder Hilpert erstaunt herum. »Tut man so was?«, wies er Marsilius von Paderborn zurecht, bei dem der Rüffel jedoch nicht die geringste Wirkung zeigte.

»Bisweilen schon«, erwiderte der wortkarge Westfale und sah Bruder Hilpert mit einem entwaffnenden Lächeln an. »Das heißt, wenn es um Dinge von eminenter Wichtigkeit geht.«

»Und was, bitte schön, ist so wichtig, dass Ihr Eure Nase in anderer Leute Angelegenheiten stecken müsst?«, konterte Bruder Hilpert und legte sein Brevier zurück ins Regal.

»Dreimal dürft Ihr raten.«

»Alles, nur das nicht.« Am Ende einer durchwachten Nacht war Bruder Hilpert mit der Geduld am Ende. Und das bekam der Infirmarius zu spüren. »Will heißen: Macht es kurz.«

»Bedaure, das wird nicht möglich sein.«

»Und wieso nicht?«

Marsilius setzte eine Verschwörermiene auf, durchmaß das Seitenschiff und sah sich nach allen Seiten um. Erst als er sicher sein konnte, dass keine Zuhörer in der Nähe waren, rang er sich zu einer Antwort durch. »Weil Ihr mir zuvor die Beichte abnehmen müsst, Bruder«, presste er mühsam hervor. »Und die wird geraume Zeit in Anspruch nehmen.«

NACH DEN LAUDES

Hilpert, Bibliothekarius zu Maulbronn, an seinen Freund Berengar, Vogt des Grafen zu Wertheim.

›*Verzeih mir, teuerster der Freunde, wenn ich schon so lange nichts mehr von mir habe hören lassen, aber wie Du den beiliegenden Briefen entnehmen kannst, ist es um den klösterlichen Frieden zu Maulbronn nicht gerade gut bestellt. Einer davon ist für Dich bestimmt, der zweite für Alkuin und der dritte, welcher über die Ereignisse der letzten Stunden informiert, ebenfalls für Dich. Wie Du feststellen wirst, hat sich am gestrigen Sonntag und im Verlauf der vergangenen Nacht allerlei zugetragen, und vieles wäre mir leichter von der Hand gegangen, hätte ich Dich an meiner Seite gewusst. Dass dem nicht so war, bedaure ich sehr, und ganz gleich, wie der obwaltende Kasus sich entwickelt, hoffe ich, Dich alsbald wiederzusehen. PS: Bei dem jungen Studiosus, welchen ich gebeten habe, Dich auf schnellstmöglichem Wege aufzusuchen, handelt es sich um einen Mann meines Vertrauens. Sollst Du noch Fragen haben, wird er Dich über alles in Kenntnis setzen, was sich in den vergangenen zwei Tagen hier abgespielt hat. Was immer geschieht, mein Freund, bewahre die Briefe*

gut auf, man weiß nie, zu was sie noch einmal gut sein werden. Speziell dann, wenn mir etwas zustoßen und mein Widersacher, von dem ich nichts Gutes zu erwarten habe, falsche Gerüchte über mich in Umlauf setzen wird.
Doch nun, mein Freund, sage ich Dir Lebewohl, in der Hoffung, Dich bald wieder in die Arme zu schließen. Und bitte grüße Irmingardis von mir, ich werde sie stets im Herzen bewahren.

Hilpert, dein Freund‹

VOR DEM KAPITEL

[Eppingen/Kraichgau, 9:00 h]

Worin Hieronymus Baldauf in einen heimtückischen Hinterhalt gerät.

DIE FALLE, DIE Hieronymus Baldauf zum Verhängnis wurde, hätte perfekter nicht sein können. Der Hohlweg, auf dem er entlangpreschte, kaum geeigneter dafür. Er war von dichtem Gestrüpp umgeben, von Geäst überwölbt und gut einsehbar. Der Hinterhalt, in den er geriet, war genau ausgeklügelt, das Werk von Strauchdieben, die ihr Handwerk verstanden. Hinzu kam, dass der Hohlweg von einer hohen Böschung gesäumt wurde und ein Entrinnen unmöglich war. Und schließlich war da noch das Hanfseil, unter Blättern, Moos und Erdklumpen verborgen. Man hätte Hellseher sein müssen, um die Gefahr vorauszuahnen, und so war es nicht weiter verwunderlich, dass die Rechnung der Schnapphähne aufzugehen schien.

Es waren ihrer sieben, verwegene Gesellen, von denen kein Pardon zu erwarten war. Eigentlich hatten sie auf einen Kaufmannszug spekuliert und sich eine halbe Stunde von Eppingen entfernt auf die Lauer gelegt. Es war noch früh, das Blattwerk so dicht, dass man die Lichtflecken auf dem Hohlweg an einer Hand abzählen konnte. Mit ein wenig Geduld würde ihnen der eine oder andere Fisch ins Netz gehen, da waren sich die Wegelagerer sicher.

Lange zu warten brauchten sie nicht. Der Hufschlag des herangaloppierenden Reiters war bereits von Weitem zu hören, und man musste kein Prophet sein, um festzustellen, dass er allein war. Leichte Beute also, mit ein bisschen Glück vielleicht sogar ein Pfeffersack. Von denen war das Meiste zu holen, und wenn nicht, konnte man immerhin noch das Pferd verhökern.

Als der Reiter in den Hohlweg einbog, schien sich die Hoffnung der Strauchdiebe zu erfüllen. Ein junger Fant, noch dazu unbewaffnet. Leichter ging es wirklich nicht. Der Anführer der sieben, ein vierschrötiger Kahlkopf mit abgeschnittenem Ohr und Bart, rieb sich die Hände und bedeutete seinen Gefährten, in Deckung zu gehen. Die ließen sich das nicht zweimal sagen. Einen Fang wie diesen wollten sie sich nicht entgehen lassen.

Was Hieronymus betraf, ahnte er von alldem nichts. In Gedanken rätselte er immer noch herum, weshalb ihn Bruder Hilpert mit dieser Mission betraut hatte. Gut und schön, der Kasus war so gut wie abgeschlossen. Dennoch hätte er es vorgezogen, sich weiter nützlich zu machen. Einen Helfer, so zumindest sein Eindruck, hätte der Bibliothekarius gut gebrauchen können. Oder war der Grund dafür ein gänzlich anderer? Etwa der, dass Bruder Hilpert ihn nicht unnötig in Gefahr bringen wollte?

In derlei Gedanken vertieft, hatte der Studiosus weder Augen noch Ohren für die herannahende Gefahr. Das Gleiche traf auf seinen Vollblüter zu, der in gestrecktem Galopp den Hohlweg entlangpreschte.

Als das Seil in die Höhe schnellte, bäumte sich sein Pferd kurz auf, war jedoch viel zu schnell, um noch zum Stehen zu kommen. Und so kam, was kommen musste. Der Hengst prallte mit voller Wucht gegen das Seil, verfing sich darin und warf Baldauf ab. Dann stürzte er mit einem kläglichen Wiehern zu Boden. Die Schnapphähne hatten sich allerdings zu früh gefreut. Kaum hatte er mit dem Waldboden Bekanntschaft gemacht, rappelte sich der Vollblüter auf, schüttelte die dunkelbraune Mähne und war auf und davon.

So viel Glück wurde Baldauf nicht zuteil. Er landete mitten im Gebüsch, und das Schicksal wollte es, dass er mit dem Kopf auf einer Wurzel aufschlug. Somit hatten die Wegelagerer leichtes Spiel. Bis Baldauf zu sich kam, waren sie längst über ihm. Für die sieben war es ein Leichtes, den Studiosus zu überwältigen, aus dem Gebüsch zu zerren und wie eine Trophäe zu begutachten.

Als er begriff, was vor sich ging, war es für den jungen Mann zu spät. Obwohl er nur ein paar Kratzer abbekommen hatte, lag er wie benommen am Boden, auf allen Seiten von finster dreinblickenden Gestalten umringt.

»Na, wen haben wir denn da?«, machte sich der Kahlkopf einen Spaß daraus, mit dem wehrlosen Opfer seinen Schabernack zu treiben. »Doch wohl nicht etwa einen adeligen Herrn?«

Drauf und dran, sich mit dem Anführer anzulegen, kämpfte Baldauf seine Wut nieder, rieb den schmerzenden Oberarm und machte Anstalten, sich zu erheben. Das misslang gründlich. Kaum auf allen vieren, verpasste ihm einer der Strauchdiebe einen Tritt, woraufhin Hieronymus erneut im Morast landete.

»Wie du siehst, ist es besser, sich nicht mit uns anzulegen«, spottete der Anführer, über dessen Hinterkopf sich eine breite Narbe zog. »Glaub mir, du würdest es bereuen.«

»So, würde ich das«, murmelte Baldauf und rappelte sich mühsam auf. Sein Schädel dröhnte wie beim Jüngsten Gericht, und sämtliche Knochen taten ihm weh. »Abgesehen davon – was wollt ihr von mir?«

»Schön, dass wir uns so gut verstehen.« Der Kahlkopf bleckte die schwefelgelben Zähne, zog den Speichel hoch und spie in hohem Bogen aus. »Das wird es dir, mir und meinen Gefährten erheblich leichter machen.«

»Und was?«, presste Baldauf hervor, drehte sich auf den Rücken und stemmte die Ellbogen in den Morast. »Ihr glaubt doch nicht etwa, von mir wäre etwas zu holen?«

»Dein Pech, wenn dem nicht so ist«, giftete der Anführer und fiel einem bis auf die Zähne bewaffneten Rotschopf in den Arm, der Baldauf den nächsten Tritt verpassen wollte. »Könnte mir vorstellen, dass meine Männer nicht unbedingt erfreut darüber wären. Und daher: Wie heißt du, junger Mann? Und was genau hattest du vor?«

»Jedenfalls nicht das, was ihr denkt«, antwortete Baldauf und ließ den Kahlkopf nicht aus den Augen. »Um der Wahrheit die Ehre zu geben – ich bin Studiosus und im Auftrag des Klosters Maulbronn unterwegs. Aus mir könnt Ihr nichts herauspressen, schon gar kein Lösegeld. Durchsucht mich, wenn Ihr mir nicht glaubt.«

»Findest du nicht, du gehst ein wenig zu weit?« Der Anführer runzelte die Stirn und sah die Gefährten achselzuckend an. »Auf die Gefahr hin, missverstanden zu werden: So leicht kommst du uns nicht davon.«

»Auf die Gefahr hin, meinerseits missverstanden worden zu sein: Wenn ihr denkt, mit mir wäre ein Geschäft zu machen, dann schlagt euch das aus dem ...«

Als Hieronymus ein Surren in der Luft hörte, war es bereits zu spät, die Schlinge um seinen Hals so fest, dass seine Finger nicht mehr dazwischenpassten. Binnen weniger Momente war Baldauf wehrlos, lag auf dem Rücken und wurde unter lautem Gejohle durch den Morast geschleift. Der Fettwanst, der das Wurfseil um seinen Hals zugezogen hatte, griente täppisch vor sich hin. So einfach war es ihm lange nicht mehr gemacht worden.

»Um es auf den Punkt zu bringen, Grünschnabel –«, spottete der Anführer, nachdem er das allgemeine Gaudium beendet, seinen Streitkolben gezückt und sich Baldauf bis auf Armlänge genähert hatte, »solltest du dich weiter verstockt zeigen, wirst du dein blaues Wunder erleben.«

»Und das wäre?«, würgte Baldauf hervor, vergeblich bemüht, sich der Schlinge zu entledigen. »Was habt ihr Strolche mit mir vor?«

»Aber, aber, wer wird denn gleich so nachtragend sein. Schon mal was von Respekt vor dem gemeinen Mann gehört?«

»Kommt drauf an, mit wem ich es zu tun habe.«

»Na schön, du hast es nicht anders gewollt.«

Um zu erreichen, dass die beiden Weidenstämme in circa zwei Schritt Entfernung voneinander den Boden berührten, waren jeweils drei Männer erforderlich. Da die Wegelagerer darin jedoch eine gewisse Übung besaßen, hatten sie ihr Ziel im Handumdrehen erreicht. Bis Baldaufs Fußfesseln an den Baumkronen festgezurrt waren, dauerte es ebenfalls nicht lange. Da half kein Strampeln, Treten, Fluchen. Bevor ihm dämmerte, was die Strauchdiebe im Schilde führten, war seine Lage nahezu aussichtslos geworden.

»Als Mann von Welt ist dir sicherlich klar, was passiert, wenn meine Männer jetzt loslassen«, hänselte ihn der Anführer, der seine Vorfreude auf das kommende Spektakel nicht verbergen konnte. »Jedenfalls rate ich dir, meine Geduld nicht über Gebühr zu strapazieren.« Der Kahlkopf griff nach seiner Feldflasche, löste sie vom Gürtel und entkorkte sie. »Wie du siehst, lasse ich mir von einem hergelaufenen Federfuchser wie dir den Tag nicht verderben«, spie er die Worte förmlich aus, bevor er die Flasche an die Lippen setzte und bis auf den letzten Tropfen Rotwein leerte. »Und darum zum allerletzten Mal: Wie heißt du und wohin warst du unterwegs?«

»Scher dich zum Teufel.«

»Nach dir«, gab der Anführer zurück, grinste breit und vollführte eine gezierte Verbeugung. »Nach dir.«

ZUR GLEICHEN ZEIT

[Etwa eine Viertelmeile entfernt]

Worin sich BERENGAR VON GAMBURG *das Gesicht seines Freundes ausmalt, wenn er unverhofft im Kloster Maulbronn auftaucht.*

BERENGAR VON GAMBURG, Vogt des Grafen von Wertheim, zügelte seinen Rappen, warf einen Blick über die Schulter und trieb seine Kriegsknechte zur Eile an. Bis zum Kloster Maulbronn waren es mindestens noch drei Meilen[45], und er brannte darauf, Hilpert wiederzusehen. Wäre es nach ihm gegangen, hätte er Heilbronn bereits vor dem Morgengrauen verlassen, doch da hatten sich die Stadtknechte quergestellt. Öffnung der Tore erst nach Tagesanbruch, hatte es geheißen. Ordnung müsse ja schließlich sein.

Der Auftrag seines Herrn, eigentlicher Grund für den Aufenthalt in der Reichsstadt, war schneller erledigt gewesen als erwartet, und so war er auf die Idee gekommen, dem Kloster Maulbronn einen Besuch abzustatten. Der dreißigjährige, knapp sechs Fuß große und dunkelhaarige Hüne grinste, gab seinem Pferd die Sporen und hielt auf den Wald zu, durch den der Weg nach Bretten

---

[45] Eine Meile: zehntausend Schritte, d. h. ca. sieben Kilometer

führte. Seit über einem Jahr hatte er Hilpert nicht mehr gesehen, und über das Gesicht, das er machen würde, amüsierte er sich schon jetzt.

Der Drang, sich am Anblick des verdutzten Freundes zu weiden, geriet jedoch schnell in Vergessenheit.

Ein herrenloses Pferd, noch dazu ein so stattliches, war etwas höchst Ungewöhnliches, und so unterbrach er seinen Ritt, sprang aus dem Sattel und drückte seinem Knappen die Zügel in die Hand. Dann näherte er sich dem Schecken, der friedlich grasend am Waldrand stand. Der Vollblüter ließ es geschehen, rührte sich keinen Zoll vom Fleck. Von seinem Herrn, nach dem Berengar angestrengt Ausschau hielt, war nichts zu sehen.

Der Vogt runzelte die Stirn. Irgendetwas an der Sache war faul, keine Frage. Prompt meldete sich der Ordnungshüter in ihm zu Wort, und da er nicht aus seiner Haut konnte, öffnete er die Satteltasche, um auf diesem Wege etwas über den Reiter zu erfahren.

Berengar von Gamburg war ein Mensch, der sein hitziges Naturell mitunter nicht verleugnen konnte. Was seine Knechte dagegen zu sehen bekamen, nachdem die Durchsuchung der Satteltasche beendet war, stellte sämtliche Temperamentsausbrüche ihres Herrn in den Schatten.

Zunächst war der Vogt wie betäubt, las die Briefe, die er gefunden hatte, immer wieder durch. Doch dann, nachdem sich einer der Knechte des Pferdes angenommen hatte, rollte Berengar die drei Bögen zusammen, stopfte sie eilig in sein Wams und rannte wie von Furien gehetzt auf seinen Rappen zu. Die Kriegsknechte sahen sich überrascht an. Wahrhaftig, so konfus hatten sie ihren Herrn noch nie erlebt. Der Grund, weshalb sie unschlüssig stehen blieben.

Berengar focht all das nicht an. Er hatte weder Augen für das Pferd noch für seine saumseligen Knechte und erst recht nicht für die fragenden Blicke, mit denen sie ihn bedachten. Er hatte nur noch eines im Sinn: so schnell wie möglich nach Maulbronn zu kommen.

Koste es, was es wolle.

Und so blieb seiner Eskorte nicht anderes übrig, als ebenfalls in den Sattel zu steigen, ihren Rössern die Sporen zu geben und zu versuchen, mit dem halsbrecherischen Tempo ihres Herrn Schritt zu halten.

Ein Unterfangen, das sich als äußerst schwierig erwies.

⁓☙⁓

Er wähnte sich an der Schwelle des Todes, und so hatte Hieronymus Baldauf dem Geräusch, das die Stille ringsum jäh durchbrach, zunächst keinerlei Beachtung geschenkt.

Anders die Wegelagerer, bei denen die herannahenden Hufschläge für beträchtliche Konfusion sorgten. Ihr Anführer, gerade eben noch Herr der Lage, machte da keine Ausnahme. Bleich vor Schreck, starrte er in die Richtung, aus welcher der Reitertrupp kam. Mindestens ein halbes Dutzend!, fuhr es ihm durch den Sinn, und wenn seine Vermutung zutraf, gab es nichts mehr zu überlegen. »Losbinden, und dann nichts wie weg!«, schrie er seine Spießgesellen an, denen man die Furcht von den Gesichtern ablesen konnte. Die ließen sich das nicht zweimal sagen, taten, wie ihnen geheißen und nahmen schleunigst Reißaus.

»Irre ich mich, oder ist Euch vor Kurzem Euer Pferd abhandengekommen?«, rief Berengar dem Studiosus zu, stieg von seinem Rappen und hob das Seil auf, das am Rand des Hochwegs lag. »Und das auf höchst unangenehme Weise?«

»Könnte man so sagen«, gestand Baldauf ein, massierte das Fußgelenk und begutachtete die Weidenbäume, die ihm beinahe zum Verhängnis geworden wären. Trotz Windstille schaukelten sie sacht hin und her, und er wollte sich lieber nicht ausmalen, was um ein Haar mit ihm geschehen wäre. »Und mit wem habe ich das Vergnügen?«

Berengars Grinsen hätte breiter nicht ausfallen können. »Gestatten: Berengar von Gamburg, Vogt des Grafen von Wertheim«, antwortete er, streckte die Hand aus und zog den Studiosus in die Höhe. »Und Ihr seid Hieronymus Baldauf, stimmt's?«

»Stimmt«, erwiderte der Studiosus und bekam vor Überraschung den Mund nicht zu. Auf selbigen gefallen war er weiß Gott nicht, aber was zu viel war, war nun einmal zu viel.

»Freut mich«, antwortete Berengar verschmitzt und begab sich zurück zu seinem Pferd, während der Knecht, welcher Baldaufs Hengst am Zügel führte, als Letzter am Ort des Geschehens erschien. »Sieht so aus, als hätten wir beide uns eine Menge zu erzählen.«

»Kann man wohl sagen«, pflichtete ihm Baldauf bei, nahm seinen Schecken in Empfang und blieb neben Berengar stehen. »Und wo fangen wir an?«

»Ganz am Anfang, junger Mann, ganz am Anfang.« Berengar stemmte den Fuß in den Steigbügel und schwang sich in den Sattel. »Damit ich über alles informiert bin, wenn wir dieser Teufelsbrut den Garaus machen.«

»Sieht so aus, als wärt Ihr Eurer Sache sicher.«

Die Miene des Vogtes verhärtete sich. »So ziemlich, junger Freund«, erwiderte er. »Schließlich haben der gute alte Hilpert und ich eine gewisse Übung darin.«

KAPITEL

[Kapitelsaal, 10:35 h]

Worin das Kreuzverhör, dem sich Mechthild und Alanus unterziehen müssen, seinen Höhepunkt erreicht.

»Und darum, Fratres conscripti[46]«, rief Remigius von Otranto aus, während er mit ausgestrecktem Zeigefinger auf Mechthild zeigte, »bezichtige ich jene unter dem Namen Mechthild bekannte Weibsperson, Bruder Severus vom Leben zum Tode befördert, zerstückelt und seine sterbliche Hülle anschließend ins Kalefaktorium verbracht zu haben, mit der Absicht, sämtliche Spuren ihres ruchlosen Tuns zu tilgen.«

»Und das Motiv?«

»Hass, Cellerarius«, fuhr der Großinquisitor fort und nahm den Fragesteller ins Visier. »Blanker Hass. Um es genauer zu sagen: Laut Aussage von Bruder Venantius soll es im Verlauf der vergangenen Woche zu einer heftigen Auseinandersetzung zwischen der Angeklagten und dem allseits geschätzten Bursarius gekommen sein. Trifft dies zu, Vestiarius?«

Bruder Venantius gab ein eilfertiges Nicken von sich. »Das tut es, Herr«, antwortete er in servilem Ton, kaum

---

* dt.: versammelte Brüder

fähig, seine Schadenfreude zu verhehlen. »Vor genau vier Tagen, an des heiligen Martin Fest.«

»Und wo genau sind die beiden aneinandergeraten?«

»Drüben auf dem Schafhof, Herr.«

»Der Grund?«

Der Vestiarius lächelte stillvergnügt vor sich hin. »Soweit ich mich entsinnen kann, hat sie der Bursarius beschuldigt, von den Vorräten hin und wieder etwas für sich abgezweigt zu haben.«

»Und wie hat die Angeklagte auf die Vorwürfe reagiert?«

»Wie, wollt ihr wissen?«, führte Bruder Venantius den Gedanken des Inquisitors weiter, während ein schmieriges Lächeln über sein Gesicht huschte. »Auf höchst vorlaute Art und Weise, würde ich sagen.«

»Ach ja?«, hakte der Großinquisitor scheinheilig nach. »Wie denn?«

»Sie hat gesagt, das werde er noch mal bereuen.«

Remigius stemmte die Hände in die Hüften und sah sich Beifall heischend um. Im Kapitelsaal war es so still, dass man eine Stecknadel hätte zu Boden fallen hören können, und die Fratres hielten den Atem an. »Irrtum ausgeschlossen?«, fügte er nach einer Kunstpause hinzu.

Der Vestiarius senkte das Haupt. »So wahr mir Gott helfe, Bruder.«

»Amen.« Mit einem süffisanten Gesichtsausdruck wandte sich der Großinquisitor seinem Auditorium zu, welches um den U-förmigen Eichentisch versammelt war. »Was die Art und Weise betrifft, wie besagte Mechthild unerkannt in die Klausur gelangt ist, wäre noch hinzuzufügen, dass ...«

»… sie über Kräfte verfügt, welche ihr der Leibhaftige höchstselbst eingepflanzt hat«, vollendete der Cellerar.

»Da capo, Bruder«, nahm Remigius den Ball dankbar auf. »Wie ich sehe, scheint es sich in Eurem Falle um einen mit den Schlichen des Bösen bestens vertrauten Mönch zu handeln.«

»Danke, Herr.«

»Nichts zu danken«, entgegnete Remigius und warf Mechthild, die gefesselt auf der Anklagebank saß, hohntriefende Blicke zu. »Um es allerdings auf den Punkt zu bringen: Wie jener wackere Cellerarius anzudeuten geruhte, verfügen die Bräute des Satans über spezielle Kräfte. Kräfte, die es ihnen gestatten, die Gestalt zu wechseln, sich in die Lüfte zu erheben oder gar unsichtbar zu werden. Unnötig hinzuzufügen, dass im vorliegenden Kasus reichlich Gebrauch davon gemacht worden ist. Anders ausgedrückt: Um ihrer Rache frönen und ihre abscheuliche Tat verüben zu können, war es der Angeklagten ein Leichtes, unerkannt in die Klausur zu gelangen, Bruder Severus zu meucheln und seine sterblichen Überreste im Heizraum zu deponieren. Noch irgendwelche Fragen?«

»Ja«, antwortete Mechthild mit fester Stimme, während Alanus, der neben ihr auf der Anklagebank saß, die Augen kaum von ihr abwenden konnte.

»Und die wäre?«

»Glaubt Ihr an das, was Ihr sagt, Bruder? Oder bin ich nur so etwas wie ein Mittel zum …«

»Nimm das, Metze!«

»… Zweck?« Auf diesen Moment hatte Baltazzi die ganze Zeit gewartet. Da er den Großinquisitor gut kannte, wusste er, was sein Kopfnicken zu bedeuten hatte. Ohne sich um die Fratres zu kümmern, war er plötzlich zur Stelle, stieß Mechthild von der Bank und schleifte sie zum Stuhl, auf dem der Großinquisitor thronte. Außer sich vor Zorn, hielt es Alanus nicht mehr auf seinem Platz. Doch kaum war er aufgesprungen, packte ihn ein Kondottiere am Kragen und zerrte ihn auf die Anklagebank zurück.

Der Großinquisitor verzog keine Miene. »Nachdem somit geklärt wäre, dass sich Verstocktheit im Angesicht eines Inquisitors nicht ziemt, noch ein paar Worte zum Schluss. Wie Euch, versammelte Brüder, nicht verborgen geblieben ist, steht am heutigen Tage noch ein weiterer Angeklagter vor Gericht. Einer, der Euch allen bekannt sein dürfte. Wie meine Nachforschungen ergeben haben, handelt es sich bei Alanus, Novize zu Maulbronn, um den Komplizen jener des Teufelspaktes überführten Weibsperson.«

»Und der Beweis?«

»Der Beweis, Bruder Marsilius?« Der Großinquisitor funkelte den Infirmarius wütend an, wodurch sich dieser jedoch nicht aus der Ruhe bringen ließ.

»Nichts leichter als das.« Remigius gab Baltazzi einen Wink. »Cesare – die Zeugen.«

»Wie Eminenz wünschen.«

Während sich Baltazzi zur Tür begab, ging ein Raunen durch den Saal. Beim Auftauchen von Billung, Diepold und Gozbert kehrte schlagartig Ruhe ein. Die Fratres tauschten überraschte Blicke, und es gab nicht wenige, die den Kopf schüttelten.

»Dein Name?«, herrschte der Großinquisitor einen

der Novizen an, offenbar nicht gewillt, sich mit Vorreden aufzuhalten.

»Billung von Steinsfurt, hochwürdigste Eminenz.«

Der Großinquisitor lächelte, verschränkte die Arme vor der Brust und lehnte sich genüsslich zurück. »Wie schön, es zur Abwechslung einmal mit einem wohlerzogenen Herrn von Stand zu tun zu haben«, erwiderte er mit unterschwelliger Ironie. Billung fühlte sich geschmeichelt und reckte das grobknochige Kinn. »Ihr seid zu gütig, Eminenz.«

»Und nun, junger Mann, tue kund, was du uns zu sagen hast.«

»Mit ihr getroffen hat er sich, ein paar Mal schon!«, platzte Billung mit unverhohlener Schadenfreude heraus. »Nachts, wenn Bruder Cyprianus bei den Vigilien war.«

»Wen meinst du damit, mein Sohn?«, bohrte Remigius, der die Schmierenkomödie sichtlich genoss.

»Die da, Eminenz!«, rief der Novize mit ausgestrecktem Zeigefinger, während sich Mechthild mühsam aufzurappeln versuchte. Aufgrund der Fesseln, die sie trug, hatte sie kein Gefühl mehr in den Händen, und es schien, als sei sie am Ende ihrer Kraft.

Doch dem war beileibe nicht so. »Lügner!«, schleuderte sie dem verdutzten Speichellecker ins Gesicht. »Wie viel haben sie dir dafür bezahlt?«

»Der Lohn, welcher dieser wackere Jüngling empfangen wird, ist mehr wert als alles Gold der Welt«, konterte Remigius süffisant. »Doch zurück zum Thema. Trifft es zu, Billung von Steinsfurt, dass dein Mitschüler der Buhle dieser Satansbraut ist?«

»Gewiss, Herr.«

»Und woher weißt du das so genau?«

»Weil wir sie droben in der Köhlerhütte auf frischer Tat ertappt haben«, beeilte sich Billung zu entgegnen, während Gozbert und Diepold ein Nicken beisteuerten. »Er hat sie bestiegen, Eminenz, wie der Bock seine ...«

»Schon gut, schon gut«, fuhr der Großinquisitor dazwischen. »Das genügt. So genau wollen es die frommen Brüder nicht wissen.« Remigius atmete hörbar durch. »Ach ja, wenn wir gerade dabei sind: Gibt es sonst noch etwas, das euch dreien beim Betreten der Köhlerhütte aufgefallen ist?«

»Und ob, Herr«, meldete sich Diepold zu Wort.

»Ach ja?«

»Gestunken hat es, Eminenz. So, dass einem die Luft weggeblieben ist.«

Remigius schnellte nach vorn, stützte die Ellbogen auf den Tisch und sah Diepold mit gespielter Neugierde an. »Nach was denn?«

»Schwefel, Herr. Jede Wette, dass der Leibhaftige mit von der Partie gewesen ist.«

»Falls du es noch nicht bemerkt haben solltest, Novize«, stauchte der Großinquisitor den verblüfften Klosterschüler zusammen, »wir befinden uns hier nicht in einer Schenke, sondern vor Gericht.« Von jetzt auf nachher hatte Remigius seinen Plauderton aufgegeben, womit weder die Zeugen noch die Fratres gerechnet hatten. Diepold von Germersheim schlotterten die Knie, und er brachte es nicht fertig, dem Blick des Inquisitors standzuhalten. »Habe ich mich klar genug ausgedrückt, junger Mann?«

»Selbstverständlich, Eminenz.«

»Dann lass dir das eine Warnung sein.« Um seinen Worten Nachdruck zu verleihen, erhob sich Remigius von seinem Platz und sagte: »Fazit: Du und deine Gefährten seid der übereinstimmenden Meinung, in der Köhlerhütte sei es nicht mit rechten Dingen zugegangen, sprich: Die Weibsperson zu deiner Linken steht mit dem Teufel im Bunde. Verhält es sich so – ja oder nein?«

Diepold, Gozbert und Billung nickten.

»Dann seid ihr fürs Erste entlassen.« Als handele es sich um lästige Fliegen, wimmelte Remigius die drei Novizen ab und wandte sich seinen Zuhörern zu. »Aus all dem, versammelte Brüder«, begann er und taxierte Mechthild auf einschüchternde Weise, »ergibt sich folgendes Bild: Um ihrem Laster ungestört frönen zu können und nicht mehr von ihm behelligt zu werden, beschließt diese Metze, Bruder Severus zu beseitigen. Dank der ihr vom Leibhaftigen verliehenen Kräfte gelingt ihr dies auch, insbesondere deshalb, weil sie einen Helfershelfer hat. Gleichwohl: Ohne dass einer der Brüder dies bemerkt, lauert sie Bruder Severus auf, schlägt ihn nieder, um ihn anschließend ...«

»Verzeihung, Bruder, wenn ich Euch unterbreche – aber wie kommt Ihr eigentlich darauf, dass Bruder Severus niedergeschlagen worden ist?«

Der Großinquisitor erstarrte, und die Art, wie er Bruder Hilpert musterte, war fahrig und nervös. Ein Raunen ging durch den Saal, und die Fratres warfen sich entgeisterte Blicke zu. »Was ... was wollt Ihr damit sagen?«, stammelte er, allem Anschein nach kalt erwischt.

»Nichts, Bruder, nichts«, wiegelte Bruder Hilpert ab und genoss die Verlegenheit des Rivalen in vollen Zügen.

»Wobei ich mir im Folgenden die Freiheit nehme, meine eigene Sicht der Dinge darzulegen.«

»Tut, was Ihr nicht lassen könnt, Bruder«, giftete der Großinquisitor. »Ändern wird dies ohnehin nicht viel.«

»Wenn Ihr Euch da mal nicht täuscht.«

Remigius lächelte affektiert. »Und was, wenn die Frage gestattet ist?«

»Eine Menge, wenn nicht gar alles«, erwiderte Bruder Hilpert in scharfem Ton. »Ich denke, die um uns versammelten Brüder haben ein Recht, die Wahrheit zu erfahren.«

»Und die wäre?«

»Dass Ihr die Falsche angeklagt habt. Absichtlich.«

Remigius lachte schrill. »Wer, wenn nicht jenes perfide Subjekt da drüben, soll es Eurer Meinung nach gewesen sein?«

Bruder Hilpert ließ sich mit seiner Antwort Zeit. Die Stunde der Wahrheit war gekommen, und es gab niemandem im Saal, der jetzt nicht den Atem anhielt. Der Bibliothekarius erhob sich, umrundete den Tisch und ging auf das Kopfende des Saales zu. Dort angekommen, sah er Remigius lange an, viel zu lange für dessen Geschmack. Der Großinquisitor kaute nervös auf der Unterlippe herum, während seine Blicke ziellos umherzuirren schienen.

Als die Spannung unerträglich geworden war, wandte sich Bruder Hilpert nach links, hob den Arm und zeigte auf den Mann, der den Platz an der Seite des Inquisitors einnahm. »Der da!«, stieß er hervor, und ihm war, als reiße man ihm das Herz aus der Brust.

Albrecht von Ötisheim, Abt zu Maulbronn, streckte den Kopf aus dem Fenster, betrachtete die nebelverhangenen Talauen und strahlte übers ganze Gesicht. Er war seit vier Tagen unterwegs, und er konnte es kaum erwarten, wieder nach Hause zu kommen. Trotz Reisewagen war ihm die Heimreise vom Konstanzer Konzil wie ein Martyrium vorgekommen. Die Straßen waren holprig und voller Schlaglöcher, die Schenken, mit denen er hatte Vorlieb nehmen müssen, denkbar schlecht gewesen. Wie gut, wieder zu Hause zu sein, dachte er, nach dem Rechten zu sehen und bei einem Becher Klosterberg die zurückliegende Papstwahl Revue passieren zu lassen. Vom Konzil, das seit mehr als drei Jahren tagte, hatte er die Nase voll. Fast so voll wie von den Huren, Beutelschneidern und zwielichtigen Gestalten, welche wie die Heuschrecken über die Stadt gekommen waren. Einem Mann wie ihm, der sich am liebsten in seinem Studierzimmer aufhielt, war dieses Sodom aufs Äußerste zuwider gewesen, und dass sich die Prälaten, Bischöfe und Fürsten auf einen neuen Papst hatten einigen können, grenzte sowieso fast an ein Wunder.

Endlich zu Hause, weit weg von diesem Sündenbabel, dachte er und zog den Kopf wieder ein, als sein Wagen den Elfinger Hof passierte. Da er es eilig hatte, beachtete der Abt den klösterlichen Wirtschaftshof kaum, machte es sich bequem und legte die Hände in den Schoß. Doch er hatte sich zu früh gefreut. Kaum war der Reisewagen in Sicht gekommen, begann der Hofhund wie wild zu kläffen, und ehe es sich der Abt versah, war der Meier auf ihn aufmerksam geworden und rannte mit weit ausholenden Schritten hinter dem Reisewagen her.

»Vater Abt!«, krakeelte die stoppelbärtige Bohnenstange und ließ sich auch dadurch nicht abwimmeln, dass ihn der Kutscher geflissentlich übersah. »Vater Abt, es ist etwas Furchtbares ...«

Der Rest des Satzes ging im Gebrüll des Kutschers unter. Es hagelte Schimpfwörter, Flüche und Verwünschungen, der Verwalter indes ließ sich nicht beirren.

Da Albrecht von Ötisheim ein friedfertiger Mensch war, machte er dem Treiben ein Ende und streckte den Kopf erneut aus dem Reisewagen hinaus. »Was gibt es, Meier?«, sprach er den Verwalter des Wirtschaftshofes an, woraufhin dieser seine Filzmütze abnahm und sich dem Wagen bis auf wenige Schritte näherte. »Weshalb dieses hysterische Geschrei?«

Der Meier, auf dessen Nase eine rosarote Warze prangte, besann sich, machte einen Bückling und schob sich näher an das Wagenfenster heran. »Ja, wisst Ihr es denn noch nicht, Vater?«, druckste er herum, längst nicht mehr so mitteilsam wie zuvor. Vor den hohen Herren musste man sich in Acht nehmen, schließlich konnte man nie wissen, wie sie gelaunt waren.

Albrecht von Ötisheim war gut gestimmt – noch. »Was soll ich wissen, Meier, heraus damit«, forderte er seinen Verwalter auf. »Was, in Sankt Bernhards Namen, ist geschehen? Rede, bevor ich die Geduld verliere.«

»Aber nur, wenn Ihr mir deswegen nicht gram ...«

»Warum in aller Welt sollte ich dir gram sein?«, fragte der Abt, kurz davor, die Geduld zu verlieren. »Auf ein Neues, Meier – was ist geschehen?«

»Der da!« Die Worte hallten wie Peitschenhiebe durch den Saal, und während sich ihr Echo verlor, kehrte allmählich wieder Ruhe ein. Dutzende Augen waren auf den Prior gerichtet, dennoch schien es, als nehme er sie überhaupt nicht war. Bruder Adalbrand rührte sich nicht vom Fleck, wenngleich nicht zu übersehen war, wie sehr ihn Bruder Hilperts Attacke verunsichert hatte.

»Ihr macht Euch lächerlich, Bruder!«, antwortete er schließlich in hochtrabendem Ton, wodurch sich der Bibliothekarius jedoch nicht beeindrucken ließ. »Mir scheint, Ihr habt den Verstand verloren.«

»Das Gleiche könnte ich von Euch behaupten«, zahlte Bruder Hilpert mit gleicher Münze heim, während sich auf der Stirn seines Kontrahenten winzige Schweißperlen sammelten. Gegenüber dem Vortag war der Siebenundzwanzigjährige nicht wiederzuerkennen, und das nicht nur der übernächtigten Züge wegen, die sich wie ein Schatten auf sein Erscheinungsbild legten. Der Mann, in dem die meisten bereits den zukünftigen Abt sahen, war nur noch ein Schatten seiner selbst. Das konnte jeder im Kapitelsaal sehen. »Aber alles Leugnen, solltet Ihr danach trachten, wird Euch nichts nützen.«

»Wer gibt Euch eigentlich das Recht«, schnaubte Remigius, »mir einfach ins Wort ...«

»Mein Gewissen«, beschied ihn Bruder Hilpert barsch. »Und die Ordensregel, welche es mir gestattet, hier und jetzt das Wort zu ergreifen. Keine Sorge, Bruder, es wird nicht lange dauern.«

»Wenn Euch danach ist – bitte.«

»Zu gütig, Bruder Adalbrand.« Ein letzter Blick auf den Mann, zu dem nicht nur er grenzenloses Vertrauen gehabt hatte. Dann drehte sich Bruder Hilpert um, sammelte sich und richtete das Wort an die Fratres. »Versammelte Brüder«, begann er, »um nicht unnötig für Konfusion zu sorgen, hier meine Sicht der betrüblichen Geschehnisse, welche wie eine Heimsuchung über diesen Hort des Friedens und der Ruhe gekommen sind: Vor zwei Tagen, genauer gesagt nach der Komplet, wurde unser aller Mitbruder Severus auf heimtückische Weise ermordet. Nicht etwa von jener Jungfer zu meiner Linken, wie Remigius von Otranto uns glauben machen möchte, sondern durch einen unserer Mitbrüder, wie ich mit großem Schmerz konstatieren muss.«

»Und durch wen?«, quakte der Cellerarius, Böses ahnend.

»Durch Bruder Oswin, den Elemosinarius.«

Die Fratres sahen sich entsetzt an, reagierten jedoch mit keinem Wort.

Bruder Hilpert räusperte sich und sagte: »So bedauerlich dieser Umstand auch sein mag, es gibt nicht den geringsten Zweifel daran. Bevor Bruder Oswin Hand an sich legte, hat er mir einen Brief hinterlassen, worin er sich zu dieser seiner Tat bekennt. Um Euch, Brüder in Christo, betrübliche Details zu ersparen, hier ein Auszug daraus.« Bruder Hilpert zog einen Pergamentbogen hervor, überflog ihn und begann zu lesen: »»Nachdem die Tat vollbracht war, wähnte ich mich bereits am Ziel. Allein, ich sollte mich täuschen. Bruder Adalbrand, der mich dazu angestiftet hat, verlangte von mir, ich möge ihm eine weitere Gefälligkeit erweisen. Die unwiderruflich letzte, wie er hinzuzufügen geruhte. Also bediente ich mich des Giftes, welches ich aus dem Laboratorium von Bruder Marsilius entwendet hatte, ein zweites Mal, begab mich zum Schafhof und tötete die alte Els, welche von alldem nicht das Geringste ahnte. Es war das gleiche Gift, mit welchem ich Euch während des Mittagessens aus dem Weg hätte räumen sollen. Ein Unterfangen, dem, wie Ihr Euch sicherlich entsinnen könnt, kein Erfolg beschieden war.‹«

»Und warum hätte ich dies tun sollen?«

»Nur noch ein wenig Geduld, Bruder Prior – dazu kommen wir gleich«, retournierte Bruder Hilpert mit tonloser Stimme und ließ sein Auditorium dabei nicht aus den Augen. »Was das Motiv von Bruder Oswin betrifft, kann es ebenfalls keinerlei Zweifel geben. Gibt er doch zu, von Bruder Severus bei jeder Gelegenheit auf das Unerträglichste gemaßregelt, gedemütigt und mitunter sogar misshandelt worden zu sein.«

»Gut und schön – aber was hat das mit Bruder Adalbrand zu tun?«

»Ganz einfach, Vestiarius: Wie Bruder Oswin zugibt, wusste unser Prior davon, dass er von den Gaben, welche für die Armen bestimmt waren, hin und wieder etwas für sich abgezweigt hat. Bruder Adalbrand hat es für sich behalten, jahrelang. Bis zu dem Zeitpunkt, an dem er sich entschloss, Bruder Oswin für seine Zwecke einzuspannen.«

»Und die wären?«

Bruder Hilpert wandte sich an Bruder Thaddäus, der neben der Tür Posten bezogen hatte, und nickte ihm zu. Der Pförtner erwiderte das Nicken und verschwand.

»Audiendum, deinde audendum est[47], Verstiarius«, stutzte

---

[47] dt.: Erst soll man hören, dann wagen.

ihn Bruder Hilpert zurecht. »Ich finde, Ihr solltet Euch das merken.«

»Das ist ja wohl die ...«

»Ganz Eurer Meinung, Remigius, dieser Kasus zählt zum Abgefeimtesten, was mir auf Gottes Erdboden untergekommen ist. Allerdings genug der Vorrede. Wenn Ihr gestattet, möchte ich nun fortfahren. Also: Da er Bruder Adalbrand auf Gedeih und Verderb ausgeliefert ist, begeht unser Elemosinarius zwei Morde, den einen aus Überzeugung, den zweiten, weil er dazu gezwungen worden ist. Für den ersten, den Mord an Bruder Severus, hatte er sogar ein Alibi. Passte es Euch, Adalbrand, doch bestens ins Konzept, dass Bruder Oswin von Samstag auf Sonntag Nachtwache hatte.« Bruder Hilpert pausierte und sah dem Prior verächtlich in die Augen. »Doch das war noch nicht alles.«

»Wie? Noch mehr Morde?«

»Ihr habt es erfasst, Bruder Achatius. Ad rem![48], Brüder: Am gestrigen Tage wurde der uns allen bekannte Zehntgraf, welcher sich auf dem Weg zu seinem Neffen befand, tot aufgefunden. Das allein ist betrüblich genug. Hinzu kommt, dass sein Sattelgurt präpariert und der Tod des Zehntgrafen somit willentlich herbeigeführt worden ist.«

»Von wem denn? So etwas gibt's doch nicht.«

»Und ob es das gibt, Bruder Gervasius. Jener Mann dort drüben am Eingang neben Bruder Thaddäus kann es bestätigen.« Bruder Hilpert atmete tief durch und ließ die Schriftrolle wieder unter seiner Kukulle verschwinden. Dann wandte er sich dem alten Cuntz zu, der mit gesenktem Haupt neben dem Pförtner stand. Lutz, Hir-

---

[48] dt.: Zur Sache!

tenjunge auf dem Schafhof, machte das Trio komplett.

»Ich weiß nicht, ob er jedem von Euch bekannt ist, Bruder«, fuhr Bruder Hilpert unbeirrt fort. »Aber der alte Cuntz ist seit über zehn Jahren auf dem Elfinger Hof tätig, davor erledigte er auf dem Schafhof seinen Dienst. Dort war er nicht nur Hüteknecht, sondern auch Ziehvater. Eine Aufgabe, der er sich mit bewundernswürdiger Hingabe gewidmet hat.«

»Bitte um Vergebung, Bruder – gehört das wirklich hierher?«

»Spart Euch die Ironie, Remigius, Ihr werdet es gleich erfahren. Doch nun zu dir, Cuntz. Befindet sich der Mann, für den du seit zwanzig Jahren die Vaterstelle eingenommen hast – dein Neffe, um es zu präzisieren –, in diesem Saal?«

Der alte Knecht blickte kurz auf. »Ja, Bruder«, antwortete er beschämt, Tränen der Verzweiflung im Gesicht.

»Kannst du ihn uns zeigen?«

Cuntz nickte.

»Und um wen handelt es sich?«

»Um den Prior, Bruder«, presste der alte Knecht mühsam hervor. Dann fügte er unter Aufbietung all seiner Kraft hinzu: »Er war es, der mir nahegelegt hat, es sei an der Zeit, dieser Landplage von einem Zehntgrafen eine Lektion zu erteilen.«

»Warum?«

»Das ... das hat er mir nicht gesagt.«

»Aber du hast es gewusst.«

Cuntz wischte sich die Tränen aus dem Gesicht und nickte. »Ja, Bruder. Irgendwann musste er ja einmal dahinterkommen.«

»Hinter was?«, hakte Bruder Hilpert beharrlich nach.

»Dass ... dass Bruder Severus, die alte Els und der Zehntgraf seine Mutter auf dem Gewissen haben.«

Ohne den Prior zu beachten, der wie versteinert neben Remigius saß, nahm Bruder Hilpert aus der Hand des Infirmarius ein Buch entgegen, hob es hoch und machte die Runde durch den Saal. Wieder zurück an der Stirnseite, blieb er Auge in Auge mit Bruder Adalbrand stehen. »Zu Eurer Information, Adalbrand«, grollte er, kaum fähig, seine Wut zu bezähmen. »Bei diesem Buch handelt es sich um das Fiskalbuch des Zehntgrafen, welches ...«

»Wo habt Ihr das her?«

»... seinem Neffen Hieronymus beim Durchsuchen von dessen Kammer in die Hände fiel.« Ohne von dem Prior, der wutentbrannt aufgesprungen war, Notiz zu nehmen, öffnete Bruder Hilpert das Buch, entfernte den Buchzeiger und begann zu lesen: ›Dreißigster Tag im Monat Mai, Anno Domini 1390. Prozess gegen Walpurgis Eggingerin, Eheweib des Amalrich Egginger, Knecht auf dem Schafhofe zu Maulbronn. Vorwurf: Teufelsbuhlschaft und Zauberei. Urteil: Verbannung auf Lebenszeit, zu vollziehen innerhalb von vierundzwanzig Stunden. Zeugin: Elisabeth Eberhartinger, genannt Els, sechsundzwanzig Jahre, Dienstmagd ebendaselbst. Weitere Zeugen: Grete, ebenfalls Dienstmagd, und Veronika, genannt ›Ziegen-Vroni‹. Ankläger: Bruder Severus, Bursarius. Prozesskosten: drei Gulden, acht Heller und sechs Pfennige, davon ein Gulden Handgeld an besagte Els Eberhartinger.‹« Bruder Hilpert klappte das Buch zu und durchbohrte Bruder Adalbrand mit seinem Blick. »Stellt sich die Frage, wozu bei einem derartigen Prozess ein Handgeld bezahlt wird, welches dem Monatslohn eines Tagelöhners entspricht.«

Der Prior schlug die Augen nieder und schwieg.

»Ich denke, wir beide wissen sehr wohl, wovon im Fiskalbuch des Zehntgrafen die Rede ist, oder?«

»Tatsächlich?«

Bruder Hilperts Mundwinkel verzogen sich zu einem Lächeln. »Wie Cuntz, Euer Ziehvater, bestätigt hat, soll Els Eure Mutter denunziert und des Teufelsreigens und anschließender Buhlschaft mit dem Leibhaftigen bezichtigt haben. Trifft das zu, ja oder nein?«

Ein gallenbitteres Lachen erklang. »Wenn Ihr alles so genau wisst, wozu fragt Ihr mich überhaupt?«

»Vielleicht, weil ich es von Euch selbst hören will, Adalbrand.« Bruder Hilpert sah zu Cuntz, nickte ihm zu und wandte sich erneut an seinen Widersacher. »Sei's drum«, kehrte er zum Thema zurück, »wie Cuntz glaubhaft dargelegt hat, hat sich Els geraume Zeit später im Zorn dazu bekannt, den drei Frauen aufgelauert, Walpurgis denunziert und ihre beiden Gefährtinnen genötigt zu haben, in ihrem Sinne auszusagen. Will heißen: Walpurgis habe sie in der Nacht auf den ersten Mai gezwungen, gemeinsam mit ihr des Teufelsreigens zu frönen. Und zwar unweit des Klosters, am Rande des Rossweihers. Anschließend, so die übereinstimmende Darstellung der drei, habe sich Eure Mutter mit dem Bock der unter dem Namen Ziegen-Vroni ...«

»Das ist nicht wahr – nie und nimmer ist das wahr!«, schrie der Prior, außer sich vor Zorn. Wäre der Tisch nicht gewesen, hätte er sich auf Bruder Hilpert gestürzt. »Lüge, Lüge und nochmals Lüge!«

»Selbstverständlich«, erwiderte Bruder Hilpert mit unbeweglicher Miene. »Pure Eifersucht, wie man korrekterweise hinzufügen muss. Doch damit war die Sache noch nicht ausgestanden. Da Eure Mutter die Trennung von Euch nicht verschmerzt und Euer leiblicher Vater ihr die Tür gewiesen hat, hat sie keinen anderen Ausweg mehr gesehen als den, ihrem Leben ein Ende zu setzen.« Bruder Hilpert gab einen lauten Seufzer von sich. »Euch in Liebe zugetan, hat Euer leiblicher Vater kein Sterbenswörtchen darüber verlauten lassen. Auch dann nicht, als er in Eurem siebten Lebensjahr starb. Hätte er geahnt, was er damit anrichten würde, wäre er vermutlich zu einem anderen Entschluss gelangt.«

»Hätte, wäre, könnte – unnütz, darüber zu reden«, giftete der Prior zurück. »Und überhaupt: Wie soll ich davon erfahren haben?«

»Vom Schicksal Eurer Mutter? Ganz einfach: Nachdem Ihr im Besitz der Schlüssel zur Abtsstube wart, habt Ihr als Mann der Wissenschaft einen Blick in die dortigen Bücher geworfen. Unter anderem in die Chronik des Klosters, wo Ihr per Zufall auf einen entsprechenden Hinweis gestoßen sein müsst.«

»Woher wollt Ihr das wissen?«

Bruder Hilpert zog die Brauen hoch und lächelte. »Als Prior, Adalbrand, solltet Ihr eigentlich wissen, dass die Chronik dieses Konvents in zweifacher Ausführung vorhanden ist. Eine davon in der Abtsstube, die andere im Skriptorium, wo ich – ebenfalls durch Zufall – auf eine fehlende Seite gestoßen bin. Fazit: Um jeglichen Verdacht von Euch fernzuhalten, habt Ihr die fraglichen Seiten herausgetrennt. Eine davon – und zwar jene aus dem Jahre

1390 – wurde vernichtet, die andere dazu benutzt, um Euren Spott mit mir zu treiben. Drei Morde, drei Botschaften. ›MEA EST ULTIO‹ – habt Ihr einmal davon gehört?«

»Alles frei erfunden.«

»Wenn da nicht die beiden Zeugen wären. Ach ja, bevor ich es vergesse: Legt Ihr Wert darauf, dass der Hirtenjunge Lutz, der da drüben neben Bruder Thaddäus steht, von mir ins Kreuzverhör genommen wird? Laut eigener Aussage hat er Bruder Oswin dabei beobachtet, wie er …«

»Ja, ja, ja, verdammt noch mal! Es war so, wie Ihr sagt. Bis ins kleinste Detail.« Der Prior funkelte Bruder Hilpert wütend an. »Seid Ihr jetzt endlich fertig mit mir?«

»Mit Euch schon, Adalbrand. Und deshalb nur noch eine Frage. Der Abwechslung halber jedoch an Bruder Remigius.«

»Da bin ich gespannt, Bibliothekarius«, gab der Angesprochene höhnisch zurück.

»Superbientem animus prosternet[49], Remigius – das müsstet Ihr eigentlich wissen«, ging Bruder Hilpert einfach darüber hinweg. »Nicht genug, dass ihr auf einen abgefeimten Mörder hereingefallen seid, diese Jungfer und einen unserer Novizen vor ein Tribunal gezerrt und mich und die versammelten Brüder an der Nase herumgeführt habt, lasst Ihr zu, dass die Wahrheit unter einem Berg von Lügen, Verrat und falschen Beschuldigungen begraben wird.«

»Euren Hang zu poetischer Diktion in allen Ehren, Bruder – ich habe nicht die geringste Ahnung, wovon Ihr sprecht.«

---

[49] dt.: Hochmut kommt vor dem Fall.

»Trifft es zu, Herr Großinquisitor«, fuhr Bruder Hilpert unbeeindruckt fort, »dass Bruder Oswin Euch am gestrigen Abend ersucht hat, die Beichte ablegen zu dürfen? Vermutlich deshalb, weil er sich nicht mehr anders zu helfen gewusst hat?«

»Hirngespinste, nichts weiter.«

»Sagt Ihr.« Bruder Hilpert und der Infirmarius wechselten einen vielsagenden Blick. »Zu dumm, dass Bruder Marsilius per Zufall Zeuge dieses Gespräches geworden ist. Unter uns: Seid Ihr wirklich erpicht darauf, dass sein Inhalt publik gemacht wird? Nein? Für so töricht hätte ich Euch auch nicht gehalten, Bruder.« Hilpert von Maulbronn atmete tief durch, ging auf Mechthild zu und legte schützend den Arm um sie. Dann wandte er sich an die Fratres, die immer noch nicht ganz begriffen hatten, was gerade vor sich ging. »Aus alldem, versammelte Brüder«, sprach er und winkte Alanus zu sich heran, »ergibt sich, dass diese beiden jungen Menschen zu Unrecht verhaftet, verhört und auf das Widerwärtigste malträtiert worden sind. Alanus und Mechthild sind unschuldig, Opfer meineidiger Strolche, die nichts Besseres im Sinn hatten, als mithilfe von Falschaussagen ihr Mütchen zu kühlen. Sie der Klosterschule zu verweisen ist wohl das Mindeste, was ihnen widerfahren kann.« Der Bibliothekarius klopfte Alanus auf die Schulter und wandte sich Remigius zu. »Und darum, Bruder«, fuhr er mit Blick auf die beiden Kondottieri fort, welche hinter dem Großinquisitor Aufstellung genommen hatten, »halte ich es für an der Zeit, Mechthild und Alanus von ihren Ketten zu ...«

Bruder Hilpert kam nicht dazu, den Satz zu vollenden. Aschfahl im Gesicht, sprang der Großinquisitor auf, drehte sich um und schrie: »Legt ihn in Ketten, den Infirmarius und die drei da drüben am Eingang auch. Vielleicht lernen sie dann, was es heißt, sich mit einem Großinquisitor anzulegen. Heda, ihr nichtswürdigen Tagediebe – ihr sollt sie verhaften, habe ich gesagt! Arrestare – ma subito!⁵⁰«

»An eurer Stelle würde ich das bleiben lassen, ihr welschen Mausefallenhändler. Sonst werde ich euch zeigen, was ein Teutone in gräflichen Diensten alles auf Lager hat.«

»Wer zum Teufel ...«

»Oh, verzeiht, Eminenz, dass ich mich nicht vorgestellt habe«, fügte Berengar mit breitem Grinsen hinzu, während Baldauf und ein halbes Dutzend Kriegsknechte in den Saal stürmten, die Kondottieri überwältigten und sich anschließend Baltazzi vorknöpften. »Von Gamburg ist mein Name, Vogt des Grafen von Wertheim. Für meine Freunde, beispielsweise für diesen wackeren Bücherwurm mit Namen Hilpert, höre ich auf den Namen Berengar. Was Euch betrifft, würde ich es allerdings vorziehen, wenn Ihr mich mit meinem Familiennamen ansprecht. Und damit Ihr nicht auf dumme Gedanken kommt, muss ich Euch mitteilen, dass wir den Rest Eurer südländischen Heroen bereits außer Gefecht gesetzt haben. Noch irgendwelche Fragen? Nein? Dann erlaubt, dass ich jetzt meinen Freund begrüße.«

Der Großinquisitor ballte die Faust. »Schert euch doch alle zum ...«, begann er, blieb jedoch im Angesicht des Greises, der das Habit der Zisterzienser trug und in diesem Moment den Saal betrat, wie betäubt stehen.

---

⁵⁰ dt.: Verhaften – aber schnell!

»Aber nicht, solange ich Abt dieses Klosters bin!«, sprach Albrecht von Ötisheim mit fester Stimme, während sich die Fratres von ihren Sitzen erhoben, in Jubel ausbrachen und auf ihren Oberhirten zuströmten. »Will heißen: In spätestens einer halben Stunde seid Ihr von hier verschwunden, ist das klar?«

EPILOG

(Montag, 15. November 1417)

SEXT

[Abtsstube, 11:20 h]

Worin der Kasus zu einem für alle Beteiligten zufriedenstellenden Ende gelangt.

»MEA EST ULTIO«, murmelte der Abt, seufzte und klappte den Folianten mit der Aufschrift ›Anno Domini 1390‹ wieder zu. »Gut gemacht, Bruder. Auf Euch kann man sich wenigstens verlassen.«

Bruder Hilpert deutete eine Verbeugung an und schwieg.

»Was würdet Ihr dazu sagen, wenn ich Euch zum Prior vorschlagen würde? Als Anerkennung für Eure Verdienste.«

Bruder Hilpert kratzte sich verlegen an der Tonsur. »Offen gestanden ... wenn ich ehrlich bin ... auf so eine Idee wäre ich im Leben nicht ...«

»Was mein Freund sagen will, ist, dass er viel lieber mit mir auf Verbrecherjagd gehen würde«, fiel Berengar dem Bibliothekarius ins Wort und rettete so die Situation. »Sozusagen als Gegenleistung dafür, dass ich Euch meine Eskorte zur Verfügung gestellt habe, um diesen Adalbrand dem Hofgericht des Pfalzgrafen zu überstellen. Stimmt's oder hab ich recht, Hilpert?«

Der Bibliothekarius scharrte verlegen mit dem Fuß. »Könnte man so sagen, mein Freund«, gestand er kleinlaut ein. »Wobei ich hoffe, dass Hieronymus ihn nicht entwischen lässt«, ergänzte er.

»Wird schon schiefgehen, alter Knabe«, warf Berengar treuherzig ein. »Der junge Fant wird seine Sache gut machen, da kannst du absolut sicher sein.«

Beim Anblick der beiden Freunde, die wie Pech und Schwefel zusammenhielten, konnte sich Albrecht von Ötisheim ein Lächeln nicht verkneifen und ließ sich in den gepolsterten Lehnstuhl hinter seinem Schreibtisch fallen. »Wenn es Euer Wunsch ist, mein Sohn, Eurem Freund mit Rat und Tat zur Seite zu stehen, dann habt Ihr hiermit meine Erlaubnis dazu.«

»Ist es, Vater Abt, ist es«, bekräftigte Berengar und strahlte übers ganze Gesicht. »Er traut sich nur nicht, Euch reinen Wein einzuschenken.«

»Berengar, bitte.« Knallrot im Gesicht, verpasste Bruder Hilpert dem Vogt einen Rippenstoß, nur um sich kurz darauf wieder dem Abt zuzuwenden. »Habt Dank für Eure Güte, Vater«, sagte er, während die Anspannung der letzten Stunden allmählich von ihm wich. »Eine Bitte hätte ich freilich noch.«

»Nur keine Scheu, mein Sohn.«

»Es geht um den alten Cuntz, Vater. Ich denke, er hat sich Eure Fürsprache redlich verdient.«

»Das denke ich auch. Ich weiß zwar nicht, wie das Hofgericht entscheiden wird, werde jedoch mein Bestes tun.« Albrecht von Ötisheim fuhr sich durch den silbergrauen Haarkranz und sah Bruder Hilpert verschmitzt an. »Zufrieden?«

»Nicht ganz, Vater.«

»Gib einem Zisterzienser einen Finger, und er nimmt die ganze Hand«, rief der hagere Greis gut gelaunt aus. »Und um was dreht es sich, mein Sohn?«

»Ich möchte Euch bitten, Alanus in Ehren ziehen zu lassen. Wenn ich ihn richtig verstanden habe, möchte er erst einmal nach Hause. Um in Ruhe über alles nachzudenken.«

»Einverstanden.«

Bruder Hilpert hielt den Handrücken vors Gesicht und gab ein verlegenes Hüsteln von sich. »In Begleitung, um der Wahrheit die Ehre zu geben.«

»Ach, so ist das!« Der Abt hob den Zeigefinger und bewegte ihn lächelnd hin und her. »Ich muss schon sagen, Bruder Hilpert: Als Händler hättet Ihr es weit bringen können.«

Bruder Hilpert neigte das Haupt. »Ein schöneres Kompliment hättet Ihr mir nicht machen können, Vater«, erwiderte er.

»Etwas dagegen, wenn ich diese drei Halunken in hohem Bogen hinauswerfe?«, fragte der Abt.

»Keineswegs, Vater.«

»Dann wäre ja alles geklärt«, bilanzierte der Abt mit zufriedener Miene. »Außer vielleicht, dass ich Euch bitten möchte, die Sache mit Eurem Sohn nicht an die große Glocke zu hängen. Ihr wisst ja, wie diese Dominikaner so sind.«

»Das werde ich, Vater. Und danke für Euer Verständnis.«

»Ich habe zu danken, Bruder«, antwortete der Abt, erhob sich und trat auf Bruder Hilpert zu. »Ein halbes

Jahr, und nicht mehr«, schärfte er seinem Bibliothekarius ein. »Jemanden wie Euch zu verlieren, kann sich kein Kloster leisten.«

Bruder Hilpert nickte, beugte das Knie und küsste den Siegelring des Abtes. »Ein halbes Jahr, Vater«, flüsterte er, erhob sich und verließ zusammen mit Berengar den Raum.

»Gottes Segen, Bruder«, murmelte Albrecht von Ötisheim, ließ sich in seinen Lehnstuhl sinken und lauschte den Schritten der beiden Freunde, deren Echo noch lange im Korridor widerhallte. »Was immer dir und deinem Freund widerfahren mag.«

»Na los – worauf warten wir noch?«

»Nur noch einen Moment, Berengar.« Der Rossweiher funkelte im Licht der Nachmittagssonne, und das Schilfrohr schaukelte sanft hin und her. Alles war friedlich und still, die Zugvögel, welche im Sommer hier nisteten, längst gen Süden gezogen. Trotzdem konnte sich Bruder Hilpert vom Anblick des Teichs nicht losreißen, und ihm war, als könne er von irgendwoher das glockenhelle Gekicher mehrerer Frauen hören.

»Warum so nachdenklich, mein Freund?« Es war Berengar, der Bruder Hilpert wieder in die Gegenwart zurückholte, wofür ihm der Bibliothekarius insgeheim dankbar war.

»Die Toten, Berengar, die Toten«, erwiderte Hilpert und atmete tief durch. »Wie immer sind es zu viele gewesen.«

»Mag sein«, antwortete der Vogt des Grafen von Wertheim, warf einen Blick zurück zum Kloster und schwang sich in den Sattel. »Aber wie immer hat das Gute gesiegt.«

»Amen.«

Der Vogt tätschelte den Hals seines Rappen und streckte sich. »Höchste Zeit, sich mit den Lebenden zu beschäftigen, findest du nicht?«

Bruder Hilpert wandte sich ab, lächelte und band die Zügel seines Wallachs los. »Da hast du wahrscheinlich recht, mein Freund«, entgegnete er und stieg ebenfalls auf sein Pferd. »Und wohin reiten wir jetzt?«

»Nach Hause, Bücherwurm, nach Hause!«, rief Berengar lachend aus und gab seinem Rappen die Sporen.

»Nach Hause«, flüsterte Hilpert bei sich und konnte nicht umhin, einen letzten Blick zum Dachreiter der Klosterkirche zu werfen.

Dann schwang er sich in den Sattel, zog die Zügel an und galoppierte Berengar hinterher, das Gekicher der Frauen, welches der Wind zu ihm herübertrug, noch lange Zeit im Ohr.

ENDE

*Weitere Titel finden Sie auf den
folgenden Seiten und im Internet:*

WWW.GMEINER-VERLAG.DE

Bruder Hilpert und Berengar von Gamburg ermitteln:

1. Fall: Die Pforten der Hölle
ISBN 978-3-89977-729-1

2. Fall: Die Kiliansverschwörung
ISBN 978-3-89977-768-0

3. Fall: Pilger des Zorns
ISBN 978-3-8392-1019-2

4. Fall: Die Bräute des Satans
ISBN 978-3-8392-1072-7

5. Fall: Engel der Rache
ISBN 978-3-8392-1267-7

6. Fall: Die Fährte der Wölfe
ISBN 978-3-8392-1649-1

7. Fall: Die Krypta des Satans
ISBN 978-3-8392-2555-4

8. Fall: Die Stunde der Sühne
ISBN 978-3-8392-0255-5

WWW.GMEINER-VERLAG.DE
Wir machen's spannend

Kommissar Tom Sydow ermittelt:

1. Fall: Walhalla-Code
ISBN 978-3-89977-808-3

2. Fall: Odessa-Komplott
ISBN 978-3-8392-1053-6

3. Fall: Bernstein-Connection
ISBN 978-3-8392-1113-7

4. Fall: Kennedy-Syndrom
ISBN 978-3-8392-1185-4

5. Fall: Eichmann-Syndikat
ISBN 978-3-8392-1300-1

6. Fall: Stasi-Konzern
ISBN 978-3-8392-1548-7

7. Fall: Walküre-Alarm
ISBN 978-3-8392-1622-4

8. Fall: Führerbefehl
ISBN 978-3-8392-1800-6

9. Fall: Blumenkinder
ISBN 978-3-8392-1977-5

10. Fall: Staatskomplott
ISBN 978-3-8392-2132-7

11. Fall: Stadtguerilla – Tage der Entscheidung
ISBN 978-3-8392-2496-0

12. Fall: Operation Werwolf – Blutweihe
ISBN 978-3-8392-2745-9

13. Fall: Operation Werwolf – Ehrensold
ISBN 978-3-8392-2848-7

14. Fall: Operation Werwolf – Fememord
ISBN 978-3-8392-0067-4

15. Fall: Operation Werwolf – Teufelspakt
ISBN 978-3-8392-0183-1

16. Fall: Operation Werwolf – Gnadenmord
ISBN 978-3-8392-0221-0

17. Fall: Operation Werwolf – Todesprotokoll
ISBN 978-3-8392-0294-4

Alle Bücher von Uwe Klausner finden Sie unter **www.gmeiner-verlag.de**